新 潮 文 庫

安 土 往 還 記

辻 邦 生著

新 潮 社 版

2061

安土往還記

森　有正氏に

I

私が以下に訳を試みるのは、南仏ロデス市の著名な蔵書家C・ルジエース氏の書庫で発見された古写本の最後に、別紙で裏打されて綴《と》じこまれている、発信者自筆と思われるかなり長文の書簡断片である。原文はイタリア語であるが、私はC・ルジエース氏の仏文の試訳に基づいて日本訳を行なった。古写本そのものについてはすでに二、三の研究が発表されているが、その前半一五〇葉ほどは、一九三一年にドロテウス・シリングによって発見されたルイス・フロイスの『日本史』古写本(サルダ古写本A)に綴じこまれているディエゴ・デ・メスキータのポルトガル文紀行『一五八二年に日本からローマへ赴いた日本使節に関する記録』の異筆写本である。後半の一五〇葉の部分は現在リスボンのアジュダ図書館所蔵のイエズス会日本布教区関係写本、記録類と比較研究が行なわれているが、現在までのところ、筆者、書名ともに不明である。近い将来、ローマのイエズス会文書館、マドリッド国立図書館、エスコリアルのサン・ロレンソ図書館、あるいはその他の日本関係古写本の蔵書家の書庫で、同系の古写本が発見されるにちがいない。ちょうどシリングがフロイスの『日本史』写本を、トゥールーズのポール・サルダの書庫とリスボンの Archivo Histórico Colonial の書庫とで、ほとんど同時に捜しあてたように。しかし私がここに訳出した書簡については、おそらくそうした異本が存在しないのではないかと思う。それはまずこの発信者がイエズス会の聖職者でないばかりでなく、キリスト教布教に関してはほとんど無関係であり、時にかなり批判的であって、むしろ十六世紀の航海冒険者の系譜に属する人物であること、第二にこの書簡がなんら公的機関に対しての報告ではなく、単なる私信であって、聖職関係者の観点からはまったく無価値であること、第三にこれがルジエース古写本に綴じこまれたのは、この書簡が発送される前に、発信者がなんらかの理由で（病気、死、その他）そのままそれが書かれたゴアの聖パウロ学院に残され、他の報告書類のなかに偶然まぎれていた結果であると推定されること（報告書は主としてポルトガル語、スペイン語により書かれ、イタリア語で書かれたものが少かったことも、本書簡が記録のなかにまぎれこんだ理由になるかもしれない）等の理由が考えられるからである。

にもかかわらず私がこの書簡断片をあえて訳出しようと思ったのは、現在までに発見され、翻訳されているイエズス会聖職者たちの確信にみちた、細心正確な日本教区の報告とは異なる視野と気分で、十六世紀末の日本が描きだされているからである。もしここに新しい時代の鼓動にふれた人間の声が低くしか聞えないとしたら、それは重訳のためというより、ひとえに訳出者の時代的な制約のためであろうと思う。

II

この前、貴兄に手紙を書いたのは、何年ごろだったろうか。〔一五〕七三年か、四年か、そのころだったように思う。私はその手紙のなかで、マラッカから日本へ渡った経緯について、かなり詳細に書いたように記憶している。(実は、最近、といってももう一年半になるが、このゴアに来てから、君の書いた『フィレンツェ、ヴェネツィア、ナポリ公国における政体比較研究』を手に入れることができた。そのなかで君は、私がジェノヴァを出て、ノヴィスパニアを経、モルッカ諸島まで遍歴した航海記録を全面的に収録してくれたのを見いだし、ほとんど狂喜に近い気持を感じた。第一に、不定期なポルトガル船に委託する郵便物の不確かな運命については、誰よりも当のこの私がよく知っているからであり、あの長い記録を書いた当時、それが確実に誰かの眼に触れるだろうとは思ってもいなかったからだし、第二に、君がそれを友人B・F＊＊の記録として、政体研究の有力な証拠に用いてくれたからだ。しかし何よりも私はそこに君からの返信を感じとったのだ。おそらく君も私あてに書信を送ってくれているにちがいないが、遠い異郷を転々としている私の手許《てもと》に達する可能性はまず考えられない。だからこそ、この著作のなかで君はまるで私に語りかけるかのような数節を書いているのであろう。たしかに印刷される書物のほうが、はるかに広く人間の眼にもつこうものだからだ。君の目的は達せられた。私は、自分の航海記が君の手に無事渡ったことを知ったばかりではなく、君がそれを喜んでくれたことを知りえたのである。）おそらく同じようにしてFirado（平戸）から書いた手紙も入手して貰《もら》えただろうと思う。しかしそれ以来、私はなんら記録を書く時間もなく、その気持もなかった。それに日本に関して私の知りえたところがあまりに少いように思われたが、それほどこの王国に関する諸事情は特殊で複雑であった。

しかし正直のところ私はこの地に来てはじめて自分が足を停め、ひょっとしたら何か生きるに価《あたい》するものを見いだせるのではないかと思ったのだ。

たしかにノヴィスパニアでは、私は三年のあいだ、あの片目の総督のもとで、指揮官の一人として働いた。私は何週間も乾いた岩山や涸《か》れた谷を灼熱の太陽にやかれながら行進した。北部で叛乱《はんらん》が起ったとき（あの有名なキューバ島での叛乱だ）私はホンデュラスの密林のなかを、来る日も来る日も、歩きつづけたものだった。湿気と暑熱、それに熱病と飢えが、私の軍隊を苦しめた。私たちは沼を渡り、まつわりつく蔓《つる》を切りはらいながら進んだ。出発の日、紅顔を輝かしていた若者まで黄色く痩《や》せおとろえ、老人のように鈍い動作しか示さなかった。部隊全員が泥人形になり、喘《あえ》ぎ、よろめき、うめきながら進んだ。それでも私はなお総督の命令をまもりつづけた。部隊の半数が熱病に冒され、あるいは沼のなかに沈み、あるいは叢林《そうりん》のなかへ頭を突っこんで死んでいっても、私は部隊を引きかえすことはしなかった。私にはそれが自分の運命への挑戦だと感じられたからだ。

私が軍隊を離れてモルッカ諸島へ出帆するスペイン船団に加わったのは、片目の総督に対する失望もあったが、それ以上に私は、自分の宿命をぎりぎりのところまで追いつめたいという狂暴な気持に駆りたてられていたからである。だから私にとって、あの太平洋の不気味な広さは、刻々の運命の表情にほかならなかった。私はすでに十数年の航海経験者であるにもかかわらず、帆柱のきしりはじめるあの大時化《おおしけ》の前の、黒い雲の動き、次第に高まってくる波のうねりを、完全な冷静さで見ることができない。そんなとき、胸の奥に一種の冷たい重いものが、黒ずんで、うずくまっているのを感じつづけるのは、あまり気持のいいものではない。まして地の涯《はて》かと思われる二十日、三十日の航海の揚句の荒涼とした海で、ただ風の吹きおこるのを幾日も待たなければならないようなとき、どんな老練な船乗りでさえ、自分の無謀な航海を、心のどこかで悔まずにはいられないのだ。

　だが友よ。私が少くともこのような生涯を選んだ理由があるとすれば、まさにそのような瞬間に、断乎《だんこ》として宿命と戦おうとする意志を自分のなかに確認するためだった、といえるであろう。私が故郷のあの懐《なつか》しい港町の裏通りで、妻と、妻の情夫を刺し殺したとき、私はいささかの悔恨を覚えることなく、もしそれが私の宿命であるならば、なんとしてもそれに屈しまい、なんとしてもそれを捻《ね》じ伏せねばならぬ、と誓ったのだ。私は法に対しても、慣習に対しても、ジェノヴァの沈鬱《ちんうつ》な実利主義に対しても、断じて屈しまいと決意したのである。

　それはなにも私という一個の人間が法と秩序の外へ逃亡し、辛うじて身の保全を計ろうという意図によるものではない。私にとっては、というより私の愛情にとっては、妻の裏切りは、当然、死によって贖《あがな》われなければならぬものに思われる。もし私がそれを罪と感じ、法に服するとすれば、私が抱いた愛情といい、人間としての誇りといい、すべて泥土のなかに投げすてることになる。また同じようにして、私がそのような宿命の暗い力に支配され、その結果に、かかる行為を強制されたと信じれば、私の内なる自由も、激しい情念も、はじめから存在しないことになってしまう。私は愛の激情から妻とその情夫を刺殺した。しかもそれは私の自由意志により、私の自由な選択によって行なわれたのだ。

私はジェノヴァの官憲の手を逃れて、リスボアへ渡った。

リスボアで私は荷かつぎをやり、港の倉庫の隅でねむり、町を歩きまわり、馭者《ぎょしゃ》の鞭《むち》で叩《たた》きのめされ、女たちに嘲笑《ちょうしょう》された。時には私は人の前に這《は》いつくばり、酒場で物乞《ものご》いをし、露天の雑貨をかすめとった。そうなのだ、私は殺人を犯したばかりではない、乞食《こじき》となり、こそ泥をやり、もっとも恥ずべき仲間にさえ身を売ったのだ。だがそれは私自身の意志で選びとったというただそれだけの理由で、私は運命に支配されているのではなく、逆に、私のほうが、自分の運命を捻じ伏せ、運命に軌跡をえがかしていることになるのだった。運命より、一足、前へ出て、運命の鼻づらを自分の思いのままに動かしているのであった。

しかしそれは運命との刻々の鍔《つば》ぜり合いであり、私のほうが一瞬でもためらったり、おびえたり、自信をうしなったりすれば、すべてが反転して、逆に私が首の根を運命に押えられ、振りまわされなければならないのである。

そうなのだ。私は自分に襲ってくるすべてのことを（たとえ道で石につまずこうが、馭者たちに身ぐるみ剝《は》がれようが、それをさえも）、自分が意志し、望んだこととして、それにかじりつき、もぎとり、自分の腕にかかえこまなければならないのだ。どんなに運命が私に追いつき、私の先を越そうとしても、私は必死でその前へ出て、「私がそれを望んだのだ。それは私の意志なのだ」と叫ぶのである。だから私がリスボアから新大陸探険のための航海者の募集に応じたのも、自分の誇りをまもるためであり、逃亡ではなく、挑戦であった。ひたすら自分の宿命に対する挑戦のためであった。私は自らを正当化するために、地の涯まで流れていったのではない。私にはまもりぬかねばならぬものがあり、いわばその義のために戦いつづけるのを自分の仕事として課したのである。

そしてまさに、かかる理由から私の予想もせぬ日本滞在がはじまり、そして同じ理由で日本を去ることになったのだ。そのことを思うと、今の私は感慨無量である。ながい日本滞在のおかげで、私は日本語にかなり熟達したが、現在はその語学力によって、当地の聖パウロ学院で、日本布教区へ派遣される聖職者たちに、この東方の官能的な、柔和な言葉を教えている。私の部屋からはゴアの外郭をめぐる厚い堅固な城砦《じようさい》が、白く眩《まぶ》しく見えている。灼熱の太陽が黒い影を狭い路地に濃くきざみこんで、その影のなかに首をうなだれた驢馬《ろば》が佇《たたず》んでいる。海の風の吹きとおる城壁のうえに、黒ずんだ点となって、守備隊の一人がゆっくり歩くのが見える。白い壁と灰褐色の屋根屋根、一段と高く聳《そび》える聖フランシスコ教会とインド副王の宮殿、それらが狭い路地をはさみ、身を寄せ合い、ぎっしりとこの小さな要塞《ようさい》島にひしめいているのだ。狭い海峡をこえてゴア王国の町々が望まれ、間近に迫る仄青《ほのあお》い山脈を背に、回教寺院の崩れた円屋根が見えている。春もなければ冬もない、常夏《とこなつ》の暑熱が、碧緑《へきりょく》の海を眩しく霞《かす》ませ、単調無為な時間が、重く、のろのろとすぎてゆく。時おり学院の坂下の共同井戸から女たちの喧騒《けんそう》の声が聞えてくる。しかしそれも途絶えると、暗い室内を飛ぶ蠅《はえ》のうなりと、遠い海のつぶやきが暑くだるい昼さがりの町の静寂を破るだけだ。ポルトガル船もここ三カ月というもの姿を見せない。今月予定されていたサンタ・マリア号もまだ姿を現わさない。だが、それが姿を見せたとしても、どれほどのなぐさめを私にもたらしてくれるだろうか。たしかに今の私はゴアの暑熱と無為に倦《う》んでいるのかもしれぬ。だが、もしそうだとしても、私は、自分がそれ以上に自分のなかに大きく穿《うが》たれた空白を、埋めつくせないでいるのを知っている。そしてそれが日本で起り、いまにつづいていることを知っている。私はいま君に日本に関する政体研究、比較風俗の研究を書き送れないのを残念に思う。私のなかに、こうした空白感が起ったことは、いまだかつてないことだった。それだけに私は、現在、ただ私のうしなったものについてだけ君に書いておきたい気がする。あるいはひょっとすると、それは私が地上に捜しあてた私自身だったかもしれぬという気が、頭のどこかに残っているためなのだ……。

私があの王国に上陸したのは〔一五〕七〇年の初夏であった。本船から艀《はしけ》で陸に近づいてゆくと、人々は十字架を持ち、数珠《じゆず》を掛け、感激を表情にあらわして、波打際《なみうちぎわ》に駆けおりてきた。私はその土地へはるばる伝道にきたカブラル師、オルガンティノ師を送りとどけるのが役目だったのである。

私たちの着いた口の津港も、その後日本船で訪れた志岐も、静かな入江を前にした穏やかな清潔な村落であった。ポルトガル語を流暢《りゆうちよう》にあやつる何人かの日本人修道士がおり、小さな会堂が村はずれに立っていた。

日本人は色が白く、慇懃《いんぎん》で、よく笑い、清潔好きであるような印象をあたえた（これは後になっても大して修正する必要がなかったように思う。ただ慇懃で、温厚な態度は、ヨーロッパ人のそれとはやや異なり、時に鋭い軽蔑《けいべつ》を含んでいる場合がある）。志岐の会堂の裏の、日の当らぬ部屋で、そのころ、ちょうど病床にあった老トルレス師――いまゴアやマラッカで聖人扱いにしているあの政治的な布教家と一緒にこの王国に伝道して、以来二十年、僅《わず》かの米と、干し大根と、野菜の屑《くず》をたべながら、風雨にうたれ、戦乱のあいだを逃げまどい、坊主《ぼうず》たちに襲われ、町の人々からののしられて、それでもようやくシモの地方（九州）に一つの教区をつくりあげ、ミヤコへも出かけた老トルレス師――が、いくらか元気を恢復《かいふく》して、カブラル師やオルガンティノ師の来訪を、涙を流して喜んでいたのだった。

「よく来て下されたの。よく来て下されたの」

老人は日焼けして、もはやヨーロッパ人とは見別《みわ》けられぬ皺《しわ》だらけの顔を、涙にぬらして、そうつぶやくだけであった。新来の神父たちに対して、この謙遜《けんそん》な老人はただ、いかにキリシタン宗門に未聞《みもん》の土地であり、戦乱や無知や偏見にわざわいされたとはいえ、イエズス会総会長や全会員の希望に十分応《こた》えられなかったことは残念だったと言った。

「私はもう老いてしまった。そのうえ病いにとりつかれて、二度と街頭で人々に呼びかけることもできまい。何もせぬうちに、私は老いてしまった。それが私には残念でならぬ。本当に残念でならぬ」老人は言った。「ミヤコではパードレ・フロイスがひとり残って、キリシタンの人々の心を支えている。早く誰なりとミヤコへ出かけて、パードレ・フロイスを援助してほしい。ミヤコにパードレが足りぬのが、ただ一つの心残りだ。師よ、早く誰なりとミヤコへ派遣してほしい」

私は老トルレスのこうした言葉をすでに何度か聞いた。彼の頭が老耄《ろうもう》したのか、あるいは肉体の衰弱にもこうした執念がしみこんでいたのか、彼は人さえみると、うわ言のように、そう繰りかえした。

カブラル師がオルガンティノの病気がなお十分に癒《なお》りきっていないのを知りながら、彼を都へ派遣するよう命令したのは、明らかにこうした老トルレスの願いがあったからである。老人が死んだのはそれから四カ月後の十月二日であった。黒く日焼けし、皺だらけになった老人の屍体《したい》は、小さくなり、固くなって、すでにそのままミイラになっているようであった。暗く窪《くぼ》んで閉じられた眼は、むしろながい苦痛をのがれた人の苦がい静けさが感じられた。

私は老トルレスの顔を眺めながら、オルガンティノのことを考えないわけにゆかなかった。彼はもともとブレシア近郷の農家の出身で、陽気な、屈託のない性格で、冗談なども好んだが、小肥《こぶと》りした身体に似ず、よく病気をした。すでにゴアからの航海のあいだ、彼は船酔いに悩み、暑気にうたれ、腹痛をおこし、船底を転々として苦しんでいた。オルガンティノが日々の聖務を船中で果したのは、日本教区の布教長カブラル師が同行していたためだといっていい。このポルトガル貴族出身の神父は、厳正で苛酷《かこく》、人を許すことを一切しなかった。おそろしい長身、鋭い灰色の眼、突きでた鼻、への字に結んだ口、ながい南海の船旅に日焼けした肌などから、私たちは神父というより、さながら一個の禁欲的な中世の戦士を想像したものである。

彼は私たち船員をこの世でもっとも自堕落な人間ときめつけているらしかった。個人的には、むろん私は彼が好きになれなかったが、彼に異常な精神力と、一種独特な説教の才があることは認めた。それは激しい火のような熱弁で、眼のあたり堕地獄を描いてみせる映像の豊かさをもち、倨傲《きょごう》に、峻厳《しゅんげん》に、人々の罪を糾弾するのであった。

これに対してオルガンティノはまったく平民的で、親しみやすい人物だった。彼には、私の不信心でも容易にわかってもらえそうな、そうした心安い、気らくな信頼が感じられた。時どき青い、まるい、人の好い眼を、きょろりと、真面目《まじめ》な表情にして、人を見つめる癖があった。私はほとんど同郷といっていい彼とは、ゴアで出会った最初から気があった。マラッカに碇泊《ていはく》中、町で私は賭博《とばく》がもとで大喧嘩《おおげんか》をし、相手を三人傷つけたが、その事件を穏便におさめてくれたのは、このオルガンティノであった。彼がいなければ、私は船の職をうしなったばかりか、またモルッカ諸島のどこかの島に、懲役兵役へ出なければならなかったであろう。たしかにそれは酒のうえの愚行ではあれ、オルガンティノに恩義を感じないわけにはゆかなかった。そのうえ航海がながびくにつれて、オルガンティノの病気は一進一退しながら、少しずつ悪化してゆくように思われ、私は日本に到着する数カ月というもの、オルガンティノにつききりだったといっていい。私が志岐までオルガンティノを送っていったのもそのためだったのである。

しかし私はそこで老トルレスの最後に立ちあった。日本人の信徒たちは会堂の床に身を投げて慟哭《どうこく》していた。厳《おごそ》かに、沈痛に、鐘が静かな志岐の入江に響いていた。私にはその眼の落ち窪んだ、皺だらけの、日焼けした顔が、どうしても十分に自分の生涯を生ききった人間の顔に見えなかった。それは一生何ものかに負い目を感じ、身を苛《さいな》み、びくびくと生きてきた男の表情のように思えた。そしてなぜかその顔が、あの人の好いオルガンティノの顔と重なった。船酔いの最中にも、無理に笑おうとし、冗談をみつけて、私を笑わそうとしているオルガンティノの歪《ゆが》んだ顔と重なったのである。

もちろん私は、遠い異郷へ伝道を決意した彼の精神的な内面へ立ちいろうなどとは一度も考えたことはなかった。ましてそのような生涯を選んだ人間に対して、私が一片の感傷を感じたとしたら、それはとんでもないお笑い種だ。それはむしろ私自身の生涯に用意しておいてもらいたいものだ。私はただ老トルレスやオルガンティノが、いわばそのけがれなさというべきもののゆえに蒙《こうむ》る単純な傷を正視できなかったのだと思う。あたかも仔犬《こいぬ》が、飼主の放つ気まぐれな矢に刺しつらぬかれ、腹わたを赤く引きずりながら、声もなく、ただ驚いて、それでも飼主に向って、よたよたと歩いてくる、そうしたときの無言の愚かしい信頼をこめた顔をみるような気持が、私をかすめたのだと思う。

おまけに志岐から口の津へ帰る途中、オルガンティノが異教徒たちの一団に襲われるという事件がおこった。私がたとえ現在の船の船長と仲がわるく、帰りの航海になんの責任ももっていなかったとしても、日本に滞在する理由などは何もなかった。少くともその当初には何もなかったのだ。それを不意に私に決意させたのは、口の津の会堂に運びこまれてきたときのオルガンティノの血にまみれた土気色の顔だった。そのとき理由も何もなく、ただこのブレシアの百姓の子とともに、ともかくミヤコまでは行かねばならぬという気持が、反射的に私のなかに生れたのであった。

カブラル師はもともとこの王国の人間たちをゴア王国、マラッカ王国あたりの土民たちと大して違ったものとは考えなかった。いかにあの政治的な布教家や老トルレスやビレラ師が長文の報告書や書簡をゴアの聖パウロ学院に送って、この王国の価値を説明したところで、新任の傲慢で厳格な布教長はいささかも自分の意見を変えなかったのである。そして最初のオルガンティノ攻撃事件が彼のこうした信念をますます不動のものにした。彼は一般信徒はもちろん、日本人修道士とも食事をともにすることはなかった。老トルレスが米や粟《あわ》を食らい、干し大根を噛って、農民や浮浪人と一緒に生活したのに較《くら》べると、カブラル師は、つねにポルトガル貴族の生活様式を変えようとはせず、肉とチーズと葡萄酒《ぶどうしゅ》をかかしたことがなかったのである。

オルガンティノは私の申し出をなんとしても受けつけようとはしなかった。彼は以前から私に、早く故郷へ帰るように言っていた。そして私がミヤコまで彼を送ってゆきたいと言うのに対して「ジェノヴァも変りましたよ。私たちの国も変っているんです。一度ぐらい故郷を見てやったっていいでしょう」と答えるのだった。「それにあんたは私を護衛するというけれど、あんたを見ただけで、相手が逃げだすというふうにも見えないですよ」

そこで私はオルガンティノを会堂の裏に連れていった。そこは五十歩ほどの菜園になっていて、一方の端が石垣で仕切られていた。私はその石垣の前に身体につけていた銀のメダイヨンを置いた。メダイヨンにはジェノヴァの守護聖人が浮彫りにされていた。私はそこから五十歩離れ、雑嚢《ざつのう》のなかから小銃《アルカブス》をとりだし、装塡《そうてん》し、発火し、狙《ねら》って、引き金をひいた。轟音《ごうおん》とともに、銀のメダイヨンはけしとんだ。私はそのよじれた銀の破片をオルガンティノに差しだした。

「ほら、ジェノヴァはもう影も形もない。ぼくはあんたに随《つ》いてゆくほかないですよ」

私はノヴィスパニアにいたあいだに、測量や築城法とともに射撃術をも学んでいた。そして射撃は一時私の情熱をかりたてたことがあり、五十歩離れてイスパニア金貨を射ぬくことができたのである。

オルガンティノは流石《さすが》に驚きの色をかくせなかった。

「いったい、あんたはどこでこんなことを学んだんです？　船員のあんたが……」

それでもオルガンティノはなかなか私を連れてゆこうとは言わなかった。しかし最後に彼は、ミヤコに着くまで、という条件で私に同行を許した。その後は、来年のポルトガル船の来航次第、私はそれに乗ってヨーロッパに帰ることを約束させられた。そのときの私は、それも悪くないと真実考えていたようである。

オルガンティノのミヤコ派遣についてどのような会議が開かれたのか、どのような指令がカブラル師のもとに届いていたのか、私は知らない。ただ病気の癒《い》えないオルガンティノが老トルレスの葬儀の後、間もなく旅立たなければならぬことを知っていただけである。私たちはほかに日本人修道士二人、信者で諸道具の運搬に当る者五人ほどで、海路で口の津を立った。平戸でながいこと滞在し、そこから陸路を辿《たど》り府内へ出て、ふたたび海路に出た。

航海は概《おおむ》ね平穏であったが、途中何度か私たちは不快な思いを味わった。ある男は私たちが邪教の徒である故《ゆえ》に同船をことわるべきだと船頭に申しいれた。ある女はちょうど臨月に近かったが、私たち邪教の徒とともにいると形相のおそろしい子が生れるであろうから、すぐにも私たちを海に投げこむべきだとわめいた。また事実、小銃で威嚇《いかく》するまでに到らなかったが、二度、三度と男たちが乱暴をしかけてくることがあった。しかし中には私たちに木の葉に包んだ米のめしを食べるようにとすすめる老《ろう》婆《ば》などもいた。

私がオルガンティノからこの王国について話をきいたのは、そのときが最初ではない。ながいゴアからの船旅のあいだじゅう、彼は熱にうかされたようになって、日本のことを話していたのだ。それはいずれも先任の神父たちが都や豊後《ぶんご》からゴア宛《あて》に、またコインブラ宛に書きおくった厖大《ぼうだい》な量の報告書による知識であった。ビレラ、フロイス、アルメイダたちが老トルレスのあと都で布教するかたわら、王国の歴史、風俗、人情、生活様式、食事、衣服、家屋、政治形態、都市制度、土地、そしてとくに仏教と呼ぶ宗教について、克明に報告していたのである。

しかしながらそうしたオルガンティノの言葉をはっきり理解するようになったのは、この平穏な内海の船旅のあいだだった。

私はそこでダンジョードノとか、ミヨシドノとか、クボーサマとかいう耳なれない言葉を聞いたが、それが現在ミヤコで騒乱をひきおこしている大身たちだということであった。しかしそうはいっても、オルガンティノ自身まだその詳細な対立関係や依存関係は理解していないらしかった。

私たちは旬日の後、堺《さかい》の港に到着した。港にはながい石垣を組んだ防波堤があり、その先端に燈明台《とうみょうだい》が立っていた。港内は大小さまざまな船で賑《にぎ》わい、旗を立てたのや、出てゆくのや、入ってくるのや、横づけになるのや、綱を投げているのでひしめき、たえず叫んだり、銅鑼《どら》を鳴らしたりしていた。

波止場には、一人の瘠《や》せた、日焼けした、小柄な、びっこの老人が私たちを待っていた。彼はそのうえ片眼が見えず、残ったほうの眼も辛うじて物を判別する程度であった。それが、オルガンティノがよく話していた日本人修道士ロレンソ老人であった。彼は老トルレスとその生涯をともにして布教に専念した最も古い修道士の一人であった。見えないほうの片眼は深く窪み、もう一方の眼は、細く灰色に見ひらかれていた。彼は老トルレスが死んだ報《しら》せを受けとると、その両眼から涙が静かにあふれてきた。

私たちは堺の大通りに面した宏壮《こうそう》な商人の屋敷に導かれた。この町で有力な商人の一人で統治委員会《コンソラート》の構成員をつとめていた。鷹揚《おうよう》な肥った人物で、態度にはどこかジェノヴァの金融業者に共通する曖昧《あいまい》な狡猾《こうかつ》な感じがあった。後になって気がついたことだが、この町の人間たちは、共通して傲慢で尊大なところがあり、ひどく上等な衣服を着て、そのことをあからさまに誇る様子があった。現世的で、しきりと感覚的な享楽《きょうらく》を求めている点も、私の故郷の町を思いださせた。しかしそれは懐《なつか》しさを感じさせるよりも、一種の嫌悪《けんお》を呼びおこした。私の妻が不貞に走るような雰囲気を、この町ももっているような気がしたのだ。

しかしながら、私の嫌悪がつのろうと、またオルガンティノの気持がしきりと都へ向っていようと、私たちはすぐ堺を離れることはできなかった。ロレンソ老人が私たちを堺港で出迎えてくれたのは、歓迎のしるしであるとともに、そこで足どめを命じるための生きた歯止めとなるためだった。いまは都は大へんな騒ぎなのです、とロレンソ老人は言った。いま都では二つの勢力が対立し、町々は略奪され、郊外の村落は焼かれ、黒い煙がたえず空を覆《おお》い、通りから通りへ影のように騎馬の兵隊たちが走りぬけ、鐘が鳴り、家から走り出す人、家財道具を車で運ぶ人、裏庭に穴を掘って財宝をかくそうとする人、叫ぶ人、泣く人で町は騒然としているのです、と彼はつづけた。

「その都にパードレ・フロイスはとどまっておられるのですか」

オルガンティノは思わず声を高めた。

「左様、いまこそキリシタン宗門の方々はパードレを必要としているからでございます」とロレンソ老人は言った。「パードレは宮廷《コルテ》に赴き、王と面会され、キリシタン宗門の保護を願いでられるばかりではない。都の内外隈《くま》なく宗門の方々を慰められ、空屋同然の会堂に帰られては、残された古い祭具でミサをおこなわれております。いまもしパードレ・フロイスが都を離れられたら、宗門の方々は心の支えをうしなうも同然。折角ここまで築かれた宗門の礎《いしずえ》がいつ崩れ落ちるとも判《わか》りませせぬ。（ロレンソ老人はオルガンティノの言葉をさえぎるようにしてつづけた）されぱでございまする。パードレは私をこちらへ差しつかわされました。私はパードレと一心同体になって布教にいそしんできた者でございます。パードレの私に申されるには、いま日本語も喋《しゃべ》れず、王国の事情にもうといあなた様に混乱の都へ来ていただくより、何よりもまず言葉を巧みに修得せられ、王国の政情を深く理解されることこそ肝要とのこと。さればこの町に私とともにしばらく滞留なされて、パードレの御意図を体《たい》されまするように」

「だがそれは……」とオルガンティノが言った。「カブラル布教長の御命令に反することになるのです。私はただちに……」

「それはよく判っております。パードレもそのことを心得ておられるからこそ、私をここへよこされたのでございます。パードレ・カブラルは優れた見識と強い意志の持ち主と私どもも前々から承っております。されど、日本にはじめて御到来のお方であってみますれば、まして都の変転するさまを眼にされておられませぬからには、パードレ・フロイスのようには、先をお見通しになれぬのも道理。ここは私どもが布教長殿に責任をとらせて頂きますによって、なにとぞ堺の町におとどまり下さいますよう」

私たちは結局この港町にしばらく滞在しなければならなかった。ロレンソ老人の言葉をまつまでもなく、この町は、水をたたえた深い掘割と高い城壁にかこまれ、厳重に警備された都門を通ってのみ外部と接触することができ、その橋も夜は刎《は》ね上げられて、傭兵《ようへい》たちが番所を固め、ほとんどヴェネツィアに匹敵する自衛能力をもっていた。それにキリシタンに対する迫害もなく、ここにとどまる以上に安全なことはなかったのである。

町の中央を十字形に大通りが走り、それにそって碁盤状に町すじが通っていた。大通りには宏大《こうだい》な商店や市場や取引所が並び、港にそって魚市場、米市場、船工場、木材市場が連なり、人々が入ったり、出たり、話したり、取引きしたり、荷をかついだり、それをおろしたりしていた。町のなかを歩くと、鍛冶《かじ》屋があり、糸屋があり、染物屋があり、薬屋があり、金融業者がおり、版木で印刷を試みる者もいた。しかし私の興味をひいたのは町の北に軒をつらねた武器製造業者たちで、彼らは火をおこし、鉄板を叩《たた》き、鉄棒を曲げていた。町の北端に雑草のはえた乾いた広場が土塀に仕切られていて、一方が厚みのある土手になっていた。それは武器製造業者たちが新しい長銃《エスピンガルダ》を試してみる試射場であった。

私はロレンソ老人に町を案内されながら、町の人々の多くが、都で起っている戦争を利用して大急ぎで商売をしようと狂奔しているのに気がついた。鉄砲製造業者たちの働きは昼夜兼行で、職人たちは交代で工場に入り、ふいごを吹き、鉄を打った。どこにいってもあわただしく、何かに憑《つ》かれたような感じがした。食糧品を満載した車が幾台も幾台も港から倉庫へ、倉庫から港へと動いていた。そして彼らになぜそんなに働くのか、と訊《たず》ねると、一様にVoary（尾張《おわり》）の大殿《シニョーレ》から厖大な矢銭（軍事費）が割りあてられているからだ、といまいましそうな表情で答えるのだった。そして私が、そのオワリの大殿《シニョーレ》とは誰なのか、どんな人物なのか、と重ねて訊ねると、彼らは口々に、それは今まで現われた最も残忍で冷酷な武将であり領主である、と答えた。

またある一人の貿易商は顔をしかめて、大殿《シニョーレ》は自らの手で実弟を殺し、養父を追い、多くの家臣を殺害し、そうした血のなかで生きるのを快楽に感じているような人物なのだ、と言った。「戦えば相手方を一人残らず容赦なく斬《き》りすてる。町々は焼き払い、仏寺は破壊する。物怪《もののけ》がついたのでなければ、生れながらの天魔にちがいない。いや、いま思ってもぞっとする。大殿《シニョーレ》が二万貫の矢銭を求めたとき、町の委員会《コンソラート》は一致してこれを拒み、橋を刎ねあげ、門をとざし、防砦《ぼうさい》を立て、人々は武器を手にしたのだ。ところが都にはそのとき五万の軍勢が控えていて、一挙にこの町を焼き払おうと待ちかまえていたのだ。あれに較べれば三好《みよし》殿、弾正殿のほうがまだましだ。大殿《シニョーレ》ときたら、神もない、仏もない。ただ焼き払い、ただ殺害する。それだけなのだ。なんという恐しい人間が生れたのだろう。なんという妖怪《ばけもの》が人間の形をして現われたのだろう」

貿易商は昂奮《こうふん》したように早口になりながらそう言ったが、それだけで、自分の身近に災害でも迫ったかのように、不安そうにあたりを見まわし、急に不機嫌になってしまうのであった。

おそらくコジモ・デ・メディチだってこんなには嫌われなかったろう、と私は思った。ネロかネブカドネザルか、それとも血に飢えたあのフンの王族たちか。私はふと蒼白《あおじろ》く、冷たい肌をした、陰気な偏執狂の顔を想像した。小男で、せむしで、片方の手には満足に指がないのかもしれぬ。そんな男が、町々を焼く炎にじっと見いっている姿が思いうかんだ。そういえばコルテスにしても、フランシスコ・ピサロにしても、なんと土民たちを殺害してきたことか。十人、二十人が死ぬのではない。何百人、何千人の人間が一時に殺されるのだ。村を焼く。町を焼く。それにしても彼らは一様に暗い顔をしている。陽気を粧《よそお》っていたとしても、彼らの暗さはどうしようもない。尾張の大殿《シニヨーレ》もそんな男なのか。コルテスのような男なのか。それともピサロか。はたしていつか私はその男に会えるだろうか。私が会ったときのコルテスはもう老いぼれだった。口の端から涎《よだれ》をたらして、甘い菓子を欲しがっている好々爺《こうこうや》にすぎなかった。ノヴィスパニアで二十万の軍隊を震えあがらせた将軍の、それは晩年の姿だった。あの片目の総督にいたっては、もはやコルテスどころではなかった。せめて私が若いコルテスにでも会えていたら……そしてもし……

私は堺の町にとどまっているあいだ、何度かこうしたもの思いにとらえられたのを思いだす。

他方、オルガンティノはロレンソ老人を相手に日本語の修得にかかりきり、四カ月後、私たちの宿泊する宏壮な屋敷の一角（奥まった最上階の広間）で説教がおこなわれるとき、彼はロレンソに助けられると、たどたどしい日本語で喋れるようになっていた。彼は町へ出ると、広場ででも、市場ででも相手かまわず話しかけた。私にはもちろんその意味はわかりかねたが、しかしそれは彼独特の気楽なブレシア訛《なま》りを聞いているのと同じ感じがした。事実、話しかけられた人々はいずれも愉快そうな表情をし、なかには声をだして笑うものもいた。

はじめの頃、私たちが町を歩くと、人々は立ちどまり、仕事をやめ、門口まで出てきてはじろじろと見たものであった。子供や女たちは私たちの後からぞろぞろついてくるほどだったが、オルガンティノが日本語の片ことを話せるようになると、彼らのこうした無遠慮な好奇心は急速に減じ、しばしば市場や商店や港で何人かの顔見知りから挨拶《あいさつ》されるようになった。

私が執政員《コンソーレ》の一人である豪商の Tzuda（津田）と出会ったのもこの頃である。津田は大柄の、堂々とした、耳の厚くて大きい、ぎょろ眼の四十恰好《かっこう》の男だった。

私は彼と会うずっと以前に、この町の鉄砲製造の発達に感心して、その製作工程を見せてもらうよう頼んだことがあった。しかし人々は秘伝と称して、それを関係者以外には公表したがらないのを知った。それで私は例の特技を鉄砲試射場で製造人たちに披露し、その結果、逆に彼らの製造過程を点検してまわる人間として、そこに招かれるようになったのである。津田はそこでつくられた武器、弾薬を大口に販売する商人の一人だった。

私は彼の前でもう一度、酒の小瓶を小銃《アルカブス》で撃ちぬいてみせた。彼は私の技倆《ぎりょう》にも驚いたらしかったが、それ以上に、私が愛蔵する最新のイタリア銃に眼を光らせているのがわかった。

津田は私に、小銃《アルカブス》が長銃《エスピンガルダ》とどう違うのか説明して欲しい、と言った。私は新型銃が採用しているばね附き歯車による発火装置を、銃底を開いて、説明してやった。硝薬、火縄、鉛弾をまとめて紙包にくるみ、それを一瞬に装塡するには、長銃《エスピンガルダ》より、はるかに小銃《アルカブス》のほうが有利であることを、実際やってみることで示した。

津田はその後で私を宏大な彼の邸《やしき》へ連れていった。高い塀にかこまれた邸は、塀の外に掘割がめぐらされ、きれいな水が流れていた。幾間もある部屋は、金色の戸で仕切られ、花や動物を描いた豪華な板戸が廊下の左右に並んでいた。庭には花と石にかこまれた池があり、池に迫って小山が築かれ、小山のうえには小さな四阿《あずまや》がたっていた。

宴席のあいだ津田はゴアやマカオとの取引の実情などをいろいろと訊《き》いた。彼はマカオから硝石を大量に輸入したいのだと言った。私は私で、日本に来るまで、この王国で火器がこのように発達し、広く普及しているとは予想もできなかったと言った。

「いったいあなたはそれをどんな領主や将軍たちに売るのですか」

私は津田にそう訊ねた。すると津田の表情のなかに、なにか曖昧な、薄笑いのようなものが浮んだ。それはたしかにこの町の商人特有の狡猾そうな、かけ引きをするような顔つきには違いなかった。

　しかしその薄笑いは、そうした表情ともどこか違って、もっと根拠のない、もっと説明のつかぬ笑いであった。強いていえば、それは笑いの動機をもたぬ笑いとでもいうべきものだった。私は津田がその薄笑いを無意識に浮べているのに気がついた。彼は私が商売の機微について質問したから笑ったのではない。そうした商習慣の相違はお互いさまのことであるし、あえて私が商売上の秘密に立ち入ったのであれば、相手はそれを告げて、その返答を断わればいいのである。すくなくともここには滑稽《こっけい》な要素はなかったのだ。だが私の理解をいっそう困難にしたのは、津田が私の予期に反して、その商取引の内容を話しだしたことだった。

「他言されると困りますが、あなたからは新式銃の御説明をしていただいたわけで、いわば取引仲間。そこで打明けて申しあげますと、Cubōsama（公方《くぼう》様）、Matzinanga（松永）殿、Mioxen（三好）殿、それに本願寺のBonzos（僧侶《そうりょ》）。また尾張の大殿《シニョーレ》にも……」

　しかし彼のそうした言葉をきいているうち、私にはようやく津田の薄笑いの意味がのみこめてくるような気がした。彼は敵対する二つの勢力のそれぞれに武器を売りわたしている――もちろん私にはその敵対関係の複雑な構成をのみこめるだけの予備知識はもっていない。だが、彼の薄笑いが敵対する両陣営と取引きするという事実からうまれていることは推測できた。とすれば、それをどう解釈すればいいのか。なんらかの狡猾さの象徴であろうか。だが商取引をする以上、たとえそれが武器であろうと、より多い利潤に従って売買されるべきは当然であろう。それともこの堂々と見える男の魂胆のどこかに、それが武器であるからには、どちらか一方に組するべきだという考えがひそんでいるのであろうか。まるでフィレンツェの染物屋の娘が一人の男を想《おも》い通してでもいるかのように。それとも有利な一方に賭《か》けるのがおそろしいのか。いずれにせよ首鼠《しゅそ》両端の態度のなかには、笑いの動機は見当らない。もしあるとすれば、彼が自分のそうした二股《ふたまた》掛けを、何らかの意味で、悪いことと感じる、そうした通俗的な道徳感覚から生れている。このような道徳感覚にしたがえば、二股掛けは、まさしく背信行為となる。敵対する両陣営に武器を売るのは、明白な裏切り行為となるのだ。だが問題はここにある。

もしそれが背信であり、悪であると感じるなら、そのような自分に従うべきである。通俗的であろうとなかろうとあくまでこの道徳基準に従わねばならぬ。他方、もし両陣営に武器を売りこむ決意をする以上、それをよしとする自分がいるはずである。いなければ、それをつくらなければならぬ。それをよしと判断できる道徳基準をつくり、それを断乎《だんこ》として守りぬかなければならぬ。道は二つに一つしかない。

　ところが津田は二股掛けを悪いと感じつつそれをあえてしているのだ。ということは、低い道徳感覚を抱いているにもかかわらず、それに従うこともしないし、また新しい道徳をつくりだそうともしないということだ。私は妻を殺害した。妻の情夫を刺し殺した。だが、その瞬間、私はそれを悪とする道徳基準をも打ち砕かねばならなかった。こうして私は新しい道徳基準をつくったが、こんどはそうした新しい基準を支え通すために、私は自分のすべてを賭けなければならなかった。そこには人間の品位がかかっている。人間の意味がかかっている。私はそう感じた。私にとって、この支える意志のみが一つの生きる意味だったのである。

　とすれば私は断乎として津田の態度に同ずべきではない。津田がもっと冷厳であり、暗く厳しく私に対するのであったなら、また話しあう余地も残されているかもしれぬ。彼がその全人格をかけて守りぬこうとする基準に即して行動するのであるなら、私もそれにふさわしい態度をとりうるであろう。だが彼はそうした一切をもたないのである。

　宴席が終るころ、彼は相変らず薄笑いをうかべながら、私に、例の小銃を譲ってもらえまいか、と言った。どのような代価を支払ってでも、それが欲しいのだ、と繰りかえして言った。私が断わると、津田はさまざまな条件を出した。揚句のはて、私がこの町で小銃製造に乗りだしてはどうか。津田はその販売だけを引きうけさせてもらえば、それで十分だ、などと切りだした。彼は必要以上に卑屈な態度で、この取引を成立させようとしていた。

しかし私は最後までどんな条件をも断わった。新型銃はいずれポルトガル船が運んでくるはずで、それまで待つことだってできるではないか、と私は言った。

「これほど申しあげてもですか」と津田は顔を紅潮させながら言った。私は首をふった。彼はぶるぶると身体を震わせながら立ちあがった。

「どうしても譲っていただけませんか」

「私は、いや、と申しあげているんですよ」通訳が私の言葉を早口に相手に伝えた。

津田は突然、何かを大声でわめきはじめた。むろん私にはその意味はわからなかった。が、大体それがどんな言葉であるか見当はついた。津田は激昂《げっこう》した。そり返って威丈高となった。私を威嚇《いかく》した。それはつい先刻とは手のひらを返すような変り方だった。しかし私の気持には何の反応も起らなかった。言葉がわからないせいもあった。だが、わかったとしても、私の心は動かなかったに違いない。妙に私は気持が冷たく冴《さ》えかえっていた。津田の邸を出たとき、一種の空虚な感じとともに、しきりと尾張の大殿《シニヨーレ》のことが思われた。なぜか理由はわからない。日本酒でいくらか酔った頭に、その憎悪《ぞうお》されている男のことが、しきりと浮んでいたのである。

京都のフロイス師から待望の手紙がもたらされたのはそれから四カ月ほど後の〔一五〕七一年はじめであった。私たちはすぐに堺《さかい》をたった。道々、私たちは焼け落ちた村落や、まだ煙をあげている民家や、畑地や街道をぞろぞろと歩く難民や、その間を駆けぬけてゆく騎馬武士などを見かけ、この辺りがつい最近まで戦場であったことを知らされた。夜になると街道の諸所に篝火《かがりび》がたかれ、その火影《ほかげ》のなかに、甲冑《かっちゅう》姿の武士たちが黒々と浮びあがった。彼らは関所をつくり、砦《とりで》をつくり、砦の前衛となって防備をかためているのであった。

ロレンソ老人の説明によると、それらはいずれもVazadono（和田殿）の守備兵であり、和田殿はいま京都の宮廷に入っている大殿《グラン・シニヨーレ》麾下《きか》の総大将《カピターノ・ジェネラーレ》の一人だということだった。フロイス師はすでに前の年、ロレンソ老人とともに大殿《シニヨーレ》に謁見《えっけん》を許され、布教に関して種々の便宜を与えられていた。この大殿とフロイス師の間を取りもっていたのが和田殿であって、事実、私たちが都に着くまで和田殿麾下の若い武士と兵十人がずっと護衛の任に当ってくれたのである。

私は堺を出て京都に向って馬を進める道々、ロレンソ老人の携えた皺《しわ》だらけの古地図を拡《ひろ》げ、城や砦や町や村落を確かめていった。大殿《シニヨーレ》に敵対しているMioxendono（三好殿）は南の方角から京都へ圧力を加えており、同じく北の方角からAsaydono（浅井殿）、Asacuradono（朝倉殿）が大殿を圧迫していた。このような南北挟撃に対して大殿自身は北方の侵入軍を反撃し、この和田殿が南方の三好軍と戦っていたのである。

「和田殿こそデウスが私たちにお遣わし下された御人に違いございませぬ。陰《ひ》日向《なた》になりしてキリシタン宗門の徒を守り給《たも》う和田殿がおられませなんだら、戦乱のなかで、私どもの生活は、いまよりも、もっと苦しいものとなったでございましょう」

ロレンソ老人は和田殿の陣屋の一つを過ぎるとき、そう言った。それからつづけて、和田殿そのひとはキリシタンに深い同情を寄せているにもかかわらず、キリシタンではないのだと言った。

「なぜでしょう。なぜ異教徒《ゼンチヨ》なのに、私たちに好意を示されるのですか」

オルガンティノは人の好い青い眼で老人にたずねた。冬なのに、その短い丸い鼻の頭には汗がにじんでいた。

「和田殿はすべての人々に対して愛情をもたれる方だと聞いております。和田殿の憎まれるのは、ただ頑な偏見と我執だけであると、さる近侍の者が申しておりました」

「それならば、デウス御宗門にむかわれるのに最もふさわしいかたであるように見えますね。そういうかたをこそ私たちは真の友としたいものです」

オルガンティノとロレンソ老人がこうした話を交しているあいだ、私は兵卒に引き立てられている何人かの剃髪《ていはつ》した男たちを見た。

「Bonzos（坊主《ぼうず》たち）です」と老人は言った。彼らは形こそ僧侶でありながら、事実上は職業的な戦闘員であり、北方侵入軍に対しては比叡《ひえい》山の僧たちが、南方侵入軍に対しては石山本願寺の僧たちが、それぞれ同盟を結んで、大殿《シニヨーレ》に反抗しているのだという。泥まみれの法衣、暗い陰惨な顔、ゆがんだ坊主頭、血まみれの裸足《はだし》、よろめいてゆく一足一足、彼らを数珠《じゅず》つなぎにした太綱――そういったものが眼に焼きついた。

「彼らはどうなります？」

私は老人にたずねた。老人は首を前にのばすような恰好をして「斬首です。大殿《シニヨーレ》は僧侶たちにいささかの容赦もなさらぬのです」と言った。私がその理由をたずねると、ロレンソ老人ははっきり嫌悪《けんお》の情をあらわしてこう答えた。

「大殿《シニョーレ》ならずとも、坊主たちが真実を究めることを怠り、無益な議論、空虚な経文の解釈に時間を費し、それも自らの虚栄心を満足させるためであるのは、容易に見ぬくことができます。彼らは原則として妻を持ちませんが、しかし若衆を抱え、時には女たちをも引きいれて、淫楽《いんらく》に耽《ふけ》っているのは、いまでは、誰ひとり知らぬ者のない事実なのですから」

そしてフロイスやビレラやロレンソ老人その人が都から追放されたのは、ただに彼ら坊主たちの陰険な誹謗《ひぼう》と画策のためなのだ、と言った。

私たちはこんな風にして京都に入っていった。町に近づくころから雑踏がはじまった。郊外から荷を引いて帰ってくる家族が幾十組といて、彼らの話から私たちは戦乱がひとまず小康状態に入っていることを知ったのである。

都は堺の町より広かったが、あの都市の秩序も、清潔さもなかった。私たちの通ってゆく道すじには焼けた家があり、崩れた家があり、半壊の家があり、破壊をまぬがれた家も荒廃していた。人々は町角に群がり、物を呼び売り、不安げに走りまわり、子供たちは泣いていた。路地にうずくまる老人や、髪を乱して行方知れぬ良人《おっと》を捜す女や、歩きまわる男や、喚《わめ》き散らす老婆《ろうば》がいた。時おり群衆がどっと通りを走ってゆくのを見たが、それは三好殿の残党が駆り出され捕えられたという噂《うわさ》が伝わってきたからだった。

私たちが会堂に着いたとき、フロイス師はすでに門前に出て私たちを待っていた。

「よく来られましたな」

彼は一言そういっただけでオルガンティノのずんぐりした身体を抱擁した。フロイス師は中背の、几帳面《きちようめん》な表情の、活動的な人物で、たえず歩きまわり、説教をし、集会を司会し、そうした仕事のないときは、寸暇を惜んで書きものに没頭した。彼が書きおくるイエズス会総会長あての書簡は、その詳細な観察と柔軟な表現力とで、すでに全会員のあいだに知れわたっていた。オルガンティノはゴアに着任する以前にビレラ書簡につづいて、フロイス書簡の評判を耳にしていた。そしてゴアの聖パウロ学院で東洋布教の特別教育を受けるあいだ、彼はフロイス書簡の写しを何度もくりかえして読んだのである。そこには不思議と聖職者特有の空虚な形式的文飾が感じられず、簡潔な筆致で、必要な事実だけが記録されていた。しかもそれは決して無味乾燥な文体ではなく、細かい観察者の視線にそって、ぐんぐん文章がのびてゆくような、一種の速度をもった文体であった。オルガンティノはフロイス書簡に描きだされた日本事情にも興味を呼びおこされたが、それ以上に、Ximonoxima（九州）から Yamaguchi（山口）へ、山口からミヤコへと布教の旅をつづけながら、その困難を誇大に感じるでもなく、異教徒への嫌悪や生活習慣の相違から生れる偏見をもつでもなく、自由で活潑《かっぱつ》な好奇心を働かせているフロイスその人に、いっそうの興味をかきたてられたのである。

この書簡に報告されている九州、山口の内乱の描写の的確さはどうであろうか。一切の余剰物を剝《は》ぎとった人間たちの、明確な行動の軌跡だけが「記録」として記されている。そこには疲れることを知らない観察者の眼がある。この眼に映る人間の行動には善もなければ悪もない。そこでは人々はただ動いている。人々は信じるか、信じないか、だけなのである。ある人々は謀反《むほん》する。また他の人々は反撃する。町が焼かれ、砦が落ちる。そして敗れさる人々があり、短い勝利に酔う人々がいる。こうして一日が来り、一日が去ってゆく。何か静かな水の流れに似た時の経過なのである……。

それがフロイスの態度だった。それが最も困難な布教区で辛苦をなめている人の態度だった。なんというすばらしい人格だろうか。なんという驚くべき精神力だろうか。オルガンティノは聖パウロ学院でその書簡を読むたびにそう思ったのである。

それ以来、すでに二年の歳月がたつ。その間一日としてフロイスとの対面を考えない日はなかった。そしていま彼はそのフロイスを自分の眼の前にしているのである。フロイスはいくらか早口で、喋《しゃべ》っているあいだにも、部屋の端から端へとたえず歩きまわっていた。

「いま都がどんな状態であるか、よくお判《わか》りでしょう。都は荒廃のどん底にあります。もうここ百年来、都は荒廃のままなのです。子は親を失うし、親は子を戦で失っている。家は焼かれ、作物は荒らされ、家財は略奪にまかせられている。それがこの王国の現状です。だからこそ、ふだんにまして人々は心の平安を求めている。不安を救う確かな証《あか》しを求めている。キリシタン宗門の戸を叩《たた》き、人々がデウスの御宗門を有難く聴聞《ちょうもん》するのはそのためです」

フロイスはあたかも血まみれの重傷者を前にした老練の外科医のような態度に見えた。彼の眼は混乱した日本王国の全体を一眼で見渡しているようであった。誰の勢力がどこへ向い、誰の勢力がそれに逆らい、また誰の勢力がその対立を利用しているか、という政治のからくりを、彼は慎重に、的確に見ぬいているようであった。フロイスの説明によると、いま日本王国は一つの巨大な転回期にさしかかっているというのだった。それは渦巻のようであって、その全体がどの方向へ進行しているか、理解することはできないという。「ただこの王国を大きな疾風怒濤《どとう》が襲い、全体が鳴動し、激昂し、新しい時代を産もうと歯をくいしばっているとは言えるのです」とフロイスは一瞬足をとめ、両手を前へさしだして言った。

「そのなかで私たち宗門のとるべき道はどこにあるのでしょうか」

オルガンティノはフロイスと話しているという興奮から、赤らんだ人の好い顔が一段と赤くほてり、青い丸い眼はますます大きく見開かれた。

「私たちに残された道は一つしかありません。すでにロレンソからお聞きでしょうが、この王国の仏教徒たちが私たちを邪教と譏《そし》り、彼ら自身の堕落腐敗は棚にあげて、私たちの迫害にとりかかっているのです。彼らは宮廷《コルテ》に勢力をもち、支配者《ゴベルナトーレ》を味方にひきいれて、合法的に、全面的に、キリシタン禁圧に乗りだしているのです」

「その次第は老人からよく承っておりますが」オルガンティノはブレシア近郷の農民の子らしい真正直な怒りを外にあらわして言った。「彼らと宗論で争う道もないのですか」

「いや、一度、Foque（法華《ほつけ》）と宗論したことはあります。しかしそれは、尾張《おわり》の大《グラ》領主《ン・シニョーレ》のもとで行なわれたのです。この大殿《シニョーレ》をのぞけば、支配者もその同盟者たちも、キリシタン宗門については厳しい弾圧の態度を変えないのです。したがって当然ながらこの大殿の興廃は私たち宗門のそれと密接に関係しているのです。しかし重要なのは、彼がキリシタンを理解しもしなければ、信仰《ヒイデス》の何たるかも知ろうとしない点です。彼は表面上は仏教徒ですが、地上のもの、眼に見えるもの以外、何も信じようとはしません。彼は無神論者です。それは彼自身が誇らしげに私に向って言ったことなのです」

「それなのに、なぜキリシタン宗門を保護しようというのですか」

オルガンティノはフロイス師の動きから眼を離さずにたずねた。フロイスは部屋の端から端へ歩くのをやめようともせず、言葉をつづけた。

「それは一口には言えません。ただ私に言えるのは、彼が異常な好奇心と探究心を持っているということ、徹底して僧侶《そうりょ》たちを憎悪しているということ、だけです。しかしこの事実から私たちは十分に行動の原則をひきだすことはできるはずです」

しかし彼はそう喋りながら、この尾張の大殿《シニョーレ》の話になると、不思議なほど熱中してゆくのに私は気がついた。フロイス師の話をきいていると、この領主ほど明敏で、決断力のある政治家《レプブリカーノ》は他にいないということになる。この領主だけが異国の宗門を許している。そして彼だけが外来人や外来宗教に対して柔軟な理解力と好奇心をもっている。彼だけがパードレたちの無償の努力を認め、金品をまきあげる坊主たちと対比して、彼らを賞讃《しょうさん》している。そして彼だけがこうであり、彼だけがああである、とフロイス師はつづける。これは堺での評価と大した相違である。堺では憎悪と恐怖の的であり、ここでは、このような観察家の口から賞讃の言葉がもれる。私はふとコルテスのことを考えた。若いコルテスだったら、あるいは……。

フロイス師は部屋の端までゆき、そこからくるりと向きをかえ、とめどなく喋りつづけた。尾張の大殿《シニョーレ》は年のころ三十七、八。長身で、骨張った敏捷《びんしょう》な身体《からだ》つきをし、色は白く、細面で、髯《ひげ》はない。彼の声は高く、発音は明瞭《めいりょう》で、日夜剣をふり、槍《やり》をふるい、馬術にはげんでいる。態度は荒々しく、家臣たちはその一挙手一投足に恐れ、おののいている感じである。しかし本人は正義を行なうことを好み、ひどく些細《ささい》な愛情に感動する。ただ他人の言葉には絶対に耳を傾けず、自分の考えや判断に対しては、ほとんど信仰的な信念をもっている。たえず新しい工夫にみたされ、前に考えついた規則や事実を平然として棄《す》てさる。それはあまりたびたびなので、そばで見ていると、単なる気まぐれのように感じられる。しかしそうした目まぐるしい変化の底に一貫している彼の個性に気がつくと、その迅速な変貌《へんぼう》も納得がゆく。Faxibadono（羽柴《はしば》殿）という寵臣《ちょうしん》などは、大殿《シニョーレ》のこうした気質をのみこんでいるばかりに、気に入られている。彼は部将たちが酒を飲むのを許し、彼らがこの王国の作法にしたがって、泥酔《でいすい》するまで酒盃《しゅはい》を強いるのを大目に見ているが、彼自身は酒を飲んだことがない。彼はまた自分にこだわることもなく、自分の意見や面子にもこだわらない。およそ虚栄心というものを持ちあわせず、いつも質素な服装をし、たえず納得のゆくことを信条としている。彼は二、三十人の若武者だけを連れて、たえず軍団から軍団へ、城砦《じょうさい》から城砦へと移動している。彼らが一団となって騎馬で疾走する姿はまるで領主に従う鋭敏な猟犬の群のようだという……。

フロイス師のこうした言葉のなかに、私は、彼が大殿《シニョーレ》から布教許可状を得たという感激がこめられていると感じたが、それにしてもそこには不思議と人のこころを酔わせるような調子があったことも事実である。私はそれに参らされたとは言うまい。だが、堺について以来、事にふれて、私の内奥《ないおう》に目ざめた一種の好奇心を、いっそう煽《あお》りたてたとはいえるであろう。私はコルテスの話をきいたとき、やはりこうした酩酊感はあったように思う。

私はフロイス師の話をききながら、現在、南北を包囲され、明らかに苦境にあるこの大殿《シニョーレ》が、どのような方策によってそれを切りぬけるのか、深い興味を感じた。私はノヴィスパニアの三年のあいだに一度だけ、キューバ総督の叛乱《はんらん》が起り、叛乱軍討伐の苦しい戦いに出たことがある。マラッカから送った記録に詳細に記してあるあれだ。そのときの状況が、ちょうど現在の大殿《シニョーレ》の陥っている南北包囲の状況に酷似していた。つまり私たち討伐隊はホンデュラスの密林を突破して北に向ったが、南では本隊が動揺し、いつ謀反するかわからない状態にあったのだ。

大殿《シニョーレ》の場合もまったく同様で、南の包囲軍団は背後の西方地区からの食糧、武器の補給をうけており、北方軍団は嶮岨《けんそ》な山岳地を根拠にして、伸縮自在な陣形で大殿《シニョーレ》を圧迫していた。北にむかえば南が蹶起《けっき》し、南を抑えると北が蠢動《しゅんどう》するのである。

一時戦乱が小康を得たのは、和田殿が南方軍団を掃蕩《そうとう》した結果、北方の浅井殿、朝倉殿と和解が講じられていたからである。ロレンソ老人の集めてくる種々の情報から見ても、この一時的な均衡はいつ破れるかわからなかった。フロイスとオルガンティノはこの短い平穏な時期を十二分に活用するため、ほとんど不眠不休の活動をつづけていた。彼らの活動は主として会堂の修復と、信者たちの結合を再組織することに向けられていた。肉親を失い、家を焼かれた信者たちも多かった。神父たちは日々のミサをとりおこなうばかりではなく、流民《るみん》となった信徒たちに衣食住の世話をしなければならなかった。しかし彼らはそれにとどまらず多くの難民たちが集まる六条河原に出て、大釜《おおがま》に粥《かゆ》をたきだしたのである。私は主としてオルガンティノとともにこの仕事に従事した。

オルガンティノがようやく京都の布教活動に慣れはじめるのをみたフロイス師は、Goquinay（五畿内）の信者たちとの連絡を恢復《かいふく》するために京都を離れた。フロイスの留守のあいだ、オルガンティノは夜おそくまで燭台《しょくだい》の灯をかきたてて、報告書の記述にあたった。彼は生れて以来はじめてのような感激を味わった。彼は自分の力がいま多くの人々にどんなに必要であるかを、日々刻々、痛いように感じていたからである。

京都の暑い夏が終りかけていた。南で疫病《えきびょう》がはやり、村ごと火をかけられたという噂が流れていた。京では、若い娘が老母に酒をのませ、泥酔したところを刺し殺して土中に埋めるという事件が人々を驚かしていた。人喰鬼が北郊の村々に出没するという流言が飛び、それは遠い Tamba（丹波）からやってくるという話であった。放火や強盗、強奪のない日はなかった。町は乾き、河原には辛うじて細々と水が流れるだけであった。何人も行き倒れが荷車で郊外に運ばれていった。なお片附けおわらない屍体《したい》を狙《ねら》って、遠い郊外では鳥たちが鳴き叫んでいた。いたるところ異臭がただよい、夜になっても暑気は去らなかった。兵隊たちは汗まみれになって、そうした町を移動していた。不安はなお人々の胸に重くよどんでいた。

そんな日のある夕方、私が会堂の横手で小銃《アルカブス》の手入れをしていると、表からロレンソ老人が飛びこんできたのである。

「パードレはどこにおいでです？」

老人は肩で激しく息をつき、声が嗄れていた。オルガンティノは奥から飛び出してきた。

「どうされました」私はそう言って老人の身体を支えた。

「和田殿が……昨夜……討死……されました」老人はそう言って床に坐《すわ》りこんだ。

オルガンティノの顔色が一瞬変った。

「和田殿が亡《な》くなられた?」彼は独りごとのように言った。

「そんなことがあっていいものだろうか」

私たちはしばらく茫然《ぼうぜん》として口をきくこともできなかった。

和田殿の死は私たちにとって二重の損失であった。それは彼が篤厚《とっこう》な人格をもち、近い将来、キリシタン宗門に帰依《きえ》するであろうという希望をのぞいたとしても、第一に彼なくしては京都、および五畿内での活動はまったくの危険にさらされるからであった。戦乱が一時おさまっているといい条、京都をとりまく近江《おうみ》、伊勢《いせ》、摂津では、たえず土民の一揆《いっき》が蜂起《ほうき》し城砦を襲い、糧道をおびやかし戦線を攪乱《かくらん》していた。事実、フロイス師が京都を出発するに際しても、わざわざ和田殿のほうから護衛の派遣を言ってきてくれたほどである。第二に和田殿の死は南方軍団、西方軍団に対する圧力の解除を意味した。それはとりもなおさず脆《もろ》い平衡状態が突然崩れさることを意味したのである。

私たちのやるべきことは、とりあえずフロイス師と連絡をとることだった。ロレンソ老人はただちに数人の信者を呼びにいった。私たち自身すでに町に出ることさえ危険であった。町には和田殿殺害の噂が流れ、早くも戦乱の近づくのに怯《おび》える人々の群が郊外へ向って動いていた。別の流言によると、三好殿の南方軍団と、浅井殿、朝倉殿の北方軍団とが都の周辺に迫っているというのだ。そうした流言を裏づけるように、町々の守備兵たちは通りという通りに逆茂木を並べ、古材や土俵をつみあげ、騎馬武士の動きが激しくなっていた。

町々を歩きまわったロレンソ老人の報告をきくと、私たちも戦線が近づいているのを信じないわけにはゆかなかった。私が小銃《アルカブス》の手入れをするような気持になったのも、なにかの予感だったかもしれない。私としては、少くともオルガンティノを混乱から守らなくてはならぬという内奥の義務のようなものを感じつづけていたのだ。

しかしオルガンティノ自身はロレンソ老人より楽天的であった。彼はここ数カ月たらずのうちに日本語が驚くべき進歩を示したということもあり、また日本人と接触してゆくにつれて、彼がますますこの民族に好意を寄せはじめたということもある。彼の生来の陽気な、開放的な性格は、信者以外の日本人の好感を集めていた。私の見るところ、日本人は私たち外来人に対してはほとんど警戒心をもたず、むしろ好奇心にみちている。しかしただそれだけ、というところがないではない。彼らは悪意なくじろじろと私たちを見る。だが話しかける者はない。言葉が異なるということはある。しかしそれはむしろ彼ら特有の遠慮深さと、一種の臆病《おくびょう》さの結果だといっていい。その証拠にはオルガンティノが誰かれの区別なく日本語で話しかけると、堺の町角のときと同じく彼らは好意そのものを表情に表わして喋りだす。喋りだすと、とめどがなくなるのである。

だがロレンソ老人は不安そうに首をふって考えこんでいる。彼には、フロイス師の不在が何よりも懸念《けねん》の種なのである。午後おそくなって、老人はオルガンティノの部屋に入ってきた。彼の顔にはただならぬ気配が感じられた。

「パードレ。私はこれから岐阜の大殿《シニヨーレ》のもとまで出かけてまいります。このままでは私たちは身動きできません。和田殿がおられなくては、仏教徒たちがどんな迫害をまたはじめるかわかりません。私は殉教をおそれるものではありませんが、最後まで手だてを尽すのがキリシタンの道であると、こう、亡くなられたトルレス師がよく申されておりました。私はこれからただちに岐阜へ参り特別な保護を願い出ます。大殿《シニヨーレ》と顔を見知ったのはフロイス様と私の二人しかございません。しかしフロイス様のお帰りを待つだけの時間は、いま、もう残されていないのです」

オルガンティノは老人の言葉に従うほかなかった。彼として為《な》しうることは、老人に、若い日本人修道士をつけて、騎馬で、比較的安全な街道をやること以外、何もなかったのである。旅仕度はただちに調えられた。若い修道士がえらばれ、夜にまぎれて彼らは出発した。〔一五〕七一年九月十一日（当地暦）のことである。

他方、日本人修道士と数人の信者がフロイス師を迎えに逆の方角へと馬を走らせていった。

私たちは急にひっそりした会堂内で、まんじりともしない夜を送った。フロイス師やロレンソ老人の身に迫る危険を思うと、眠ることもできなかった。

私が東山の北方にあがる異様な煙を見たのは翌日の午後であった。それはかつて私が見たホンデュラスの大密林を焼いた山火事にも似て、黒煙は、見えない現場の火勢を示すように、みるみる中天に巻きあがり、渦巻き、反転し、のたうちながら、太陽を暗くとざして、京の町の上空へひろがった。おびただしい火の粉の群が、空中にただよい、町へ火山灰のように舞いおりてきた。黒煙に白煙がまじり、白煙は見るまに黄色く変った。信じられないほどの厖大《ぼうだい》な量の煙があとからあとから湧《わ》きあがり、盛りあがり、上空へ奔騰《ほんとう》した。人々は外へ走り出、茫然としてこの煙を見あげた。何が起ったのか誰にも見当がつかなかった。これは山火事でないことは、火勢が強くなりこそすれ、移動する気配もないので、すぐわかった。何か町か村が焼けているにちがいなかった。オルガンティノは町に出て人々をつかまえて訊《たず》ねた。

「あの方角には何があるのかね。何が焼けているのかね」

声をかけられた人々は、オルガンティノの青い眼と、黒い服を見ると、おびえたように口をつぐみ、袖《そで》をふりきるようにして行ってしまった。最後に一人、年配の肥《ふと》った商人風の男がオルガンティノを憎々しげな表情で眺め、「あれは延暦寺《えんりゃくじ》の堂塔が焼けているんでしょうよ。たしか叡山《えいざん》はこの見当だから。だが、そりゃ、お前がたの仕業じゃないのかい。あいつらがいなければ、寺銭も一段と多くなるからな」と言いすてて立ち去った。

夜に入ると、赤々と空が焦《こ》げ、東山から北山への稜線《りょうせん》の木々の梢《こずえ》が黒い影絵になってはっきり見わけられるほどだった。暗い夜空は地平線から上空へ向って、赤黒く輝き、その赤黒い反映のなかで絶えず煙が動いていた。時おり赤味が薄れ、ただ闇《やみ》の中で動く煙の気配だけが感じられるときがあるが、突然、前よりも一段と明るく赤々と空が焦げはじめるのであった。

翌朝、ロレンソ老人が帰り、事の仔細《しさい》が判明した。尾張の大殿《シニョーレ》は平衡状態が崩れる瞬前に、先手を打って、北方軍団と連絡して戦う僧侶《そうりょ》たちを擁する仏教の拠点 Fiyei zan（比叡山《ひえいざん》）の破壊を企てたのである。

煙は翌日も前日と劣らぬ火勢に煽《あお》られて中天に舞いあがっていた。北方から驚くべき情報が続々と入ってきた。それらを綜合《そうごう》すると、Fiyeizanを埋めつくす寺院、塔、霊社、僧坊、大学などが一挙に焼き払われたばかりではない。そこに住む僧俗男女子供数千人が一人残らず斬《き》り殺されたというのだ。京都の街衢《がいく》が雷に打たれて震撼しているようであった。通りという通りから人影が消え、河原の難民たちも橋の下、石垣の下へ身を寄せあって、乾いた石のうえに時おり火の粉が舞いおりていた。

私たちはこの情報をよろこんでいいのか、悲しんでいいのかわからなかった。それはあまりに衝撃的であり、あまりに意表をついた出来事であった。しかし私は別の意味で衝撃が身体をつらぬくのを感じた。それはこの窮地に立つ大殿《シニヨーレ》のとった作戦の大胆さと決断の早さであった。

私はすでにロレンソ老人から日本人がこの仏教の聖地に抱いている迷信に近い畏怖《いふ》について教えられており、そこがCoyasan, Gozan（高野山、五山）と並んで大学所在地であり、無数の美術品、建築物、経典、偶像神を所有していることを知っていた。聖地に立てこもる僧侶たちも、それを攻める攻撃軍の将兵たちも、ともども、その聖域の「聖性」には触れえないことを暗黙のうちに了解しあっていたのだ。でなければ、京都の町々のこの恐慌《きようこう》ぶりは説明できない。人々は震えおののき、神仏の罰がいまにも落ちるものと怯えきっているのだ。

しかしそれをあえてやったとは。ホンデュラスの密林で、私たち討伐軍が悪疫《あくえき》に冒され、疲労と食糧欠乏に悩み、結局キューバ叛乱軍を討つこともできず、本隊の叛乱にも対処しえずに壊滅したのは、このような電光石火の一撃を行ないえなかったからだ。あのとき、どのような手段でもいい、強行突破して南なり北なりの一方に打撃を与えなければならなかったのだ。それなのに、片目の総督にはそれができなかった。彼は北と南をともに意識しすぎ、その決断の時機を失ったのである。若いコルテスだったら、それをやっただろう。この尾張《おわり》の領主と同じように……。

そのことを思いかえすにつれ、私はこの大殿《シニヨーレ》の果敢な行動力に打たれたのだ。私の中の好奇心がいつか感嘆の思いに変り、なんとしても彼に会おうと思ったのはこの事件の直後からだといっていい。

フロイス師が無事京都に帰ってくると、私たちは今後の問題を討議した。フロイスはあくまで京都にとどまることを主張した。大殿《シニヨーレ》は決して京都を放棄することはあるまいし、和田殿が死んだ今となっては、大殿《シニヨーレ》に直接の庇護《ひご》を受けるほか仕方がない、と彼は言った。フロイスのもとには摂津の Dariodono（高山殿）、丹波の Joandono

（内藤殿）などキリシタン大名からの招聘《しょうへい》があったにもかかわらず、彼の方針は変らなかった。オルガンティノの驚嘆していたように、こういう混乱のさなかにおけるフロイスの判断には、恐しいような明晰《めいせき》さがあらわれていた。彼はそれをもっぱら詳細な観察から得ていたのである。

事実フロイスの予想どおり大殿《シニョーレ》の軍団は京都に姿を見せると、各町の米倉を開いて、市民に米の貸与を開始した。人々は狂喜し、通りという通りは数日来の恐怖を忘れたような騒ぎになった。朝夕の冷えはじめる季節だったが、上半身裸になって、太鼓を叩《たた》き、歌をどなりちらす男が現われたり、老婆《ろうば》が声をあげて泣きながら米袋を抱えていったり、笛や鐘を鳴らして浮かれ騒ぐ若者たちも見られた。大殿《シニョーレ》の人心に対する敏感な反応は彼の軍略家としての資質以上に、政治家としての資質を感じさせた。

あたかもそんなとき九州から教会の特別便が届いた。それによると、九州の巡察をおえたカブラル師が近々京都、五畿内を巡察するというのだった。私はカブラルの尊大な姿を考えるだけでも、うんざりした。彼はその手紙のなかで、彼の手で洗礼をほどこした大名、大身の者たちの氏名をあげ、それを誇っているかのように思えた。といって、私は会堂をほかにしては身を置くところはない。オルガンティノに私の憤懣《ふんまん》をぶちまけたが、彼は笑って問題にさえしなかった。カブラルの傲慢《ごうまん》な態度も時には布教に必要なことがあるのだ、というのだった。

しかし私が大殿《シニヨーレ》に思ったより早く会うことができたのは、このカブラルの来訪のおかげだった。彼は京都に到着早々、会堂の規模が貧弱であること、室内の装飾が簡素でありすぎること、日本人修道士を優遇しすぎていること、などを指摘し、激しい譴《けん》責《せき》の口調で、フロイスの注意を喚起した。またオルガンティノについては、私を連れてきたことを譴責した。彼によれば、私は教区の予算の食費でまかなえるような存在ではないというのだった。

しかしとも角、オルガンティノの取りなしもあって、〔一五〕七二年私はカブラルの岐阜訪問にフロイス、オルガンティノ、ロレンソ老人に従って参加することができたのである。もちろん立案者はフロイスだったが、主賓はあくまで日本布教区長のカブラルであった。

岐阜は都より馬で四日の行程である。途中私たちは巨大な淡水の湖をみた。人々はそこを近江と呼んでいるが、この湖の北部地方に浅井殿、朝倉殿の軍団が勢力をはっているのだという。岐阜は人口約一万。広大な都や整然とした堺《さかい》を見た眼には、それは古代バビロンの喧騒《けんそう》を思わせるような町である。狭い通りには市が立ち、人々が雑踏し、押し合う者、叫ぶ者、雑踏に馬を乗り入れる者、それを罵倒《ばとう》する者、呼び売る者、笑う者、突き倒されて泣く者、荷を担《かつ》ぐ者、地面で食事をする者、荷をつける者、荷をとく者、賭博《とばく》する者、商人たち、遊び人、女たち、子供づれ、他国者、牢人《ろうにん》たちが、昼となく夜となくひしめいていて、私たちが何か話さなければならぬときは、相手の耳もとで叫ばなければならないほどだった。

私たちは喧騒の町の一角の旅館に入ったが、これでは到底眠ることもできまいといって、カブラルの部屋だけが城下の大身の家に移された。

私たちが宮廷《コルテ》に入ったのは翌日の午後である。濠《ほり》に臨んだ巨大な石垣のうえに、銃眼をもった白い胸壁がつづき、胸壁には、そりの美しい瓦《かわら》が並んでいた。同じような巨大な門を二つくぐると、劇場のような宏壮《こうそう》な建物が広場に面して建っており、建物の両側に大きな果樹が植えられていた。

私たちはそこから宮殿《パラッツオ》のなかへ入ったが、入口に三十人ほどの武士が坐《すわ》って私たちを迎えた。

この宮殿の奥の、迷路のような長い廊下を家臣団に取りかこまれ私たちは幾曲りもしながら進んだ。廊下の両側は杉戸を閉めてあったり、開けてあったりした。杉戸には墨、もしくは単純に緑、白、茶を用いた簡素な絵が描かれていた。その画題は多く鳥獣、植物であった。広間には金色の戸がめぐらされ、床は一種の茣蓙《ござ》で敷きつめられ、その周囲の縁は美しい布で飾られていた。庭には泉水を囲んで石と木により、日本人が自然を模したという、特異な様式の造園をほどこし、白い石をしきつめた泉水には魚が泳いでいた。

大殿《シニョーレ》の座席は広間中央にあり、金の屛風《びょうぶ》を立て、唐机を前に椅子《いす》が置かれていた。カブラル師とフロイス師の椅子がそれと向い合い、通訳のロレンソ老人の椅子がその間に置かれた。私はオルガンティノの後に坐った。

私たちが席に着くと間もなく、正面の引き戸が左右に開くと、家臣団に囲まれた長身の人物が入ってきた。フロイス師の言葉のように、蒼白《そうはく》な、面長の、引きしまった顔立ちで、鋭い眼をし、右の顳顬《こめかみ》がたえず病的にひくひくと動いているのが目についた。それが「彼」であることは一目瞭然《いちもくりょうぜん》であった。彼は部屋に入るなり、片手で家臣団に合図をした。すると一瞬のうちに彼らはそこから退席した。あたかもその片手の一ふりが魔法の一撃ででもあり、彼らが瞬時にして搔《か》き消されたような感じだった。

私は彼のなかに聖域を焼き払った果敢な軍略家の姿を見いだそうと努めたが、上機嫌でいるらしい現在の彼からはそうした風貌《ふうぼう》は感じられなかった。彼は贅沢《ぜいたく》ではなかったが、さっぱりした簡素な衣服を着けており、態度はきびきびして、むしろ快活であった。彼が活動家で観察家であるフロイス師に好意をもつ理由がわかるような気がした。

巧みなフロイスの日本語と、流暢《りゅうちょう》なロレンソ老人の通訳によって、大殿《シニョーレ》との会話は活潑《かっぱつ》に交わされた。話はむしろ大殿《シニョーレ》その人からはじまり、フロイス、カブラル、時にオルガンティノがそれに答えるという恰好《かっこう》であった。

彼はフロイス師がえらんだ贈りものを、嬉《うれ》しそうに受けとった。それはまずポルトガルの帽子（ビロード裏つき）、砂時計、諸種のガラス器、遠眼鏡、拡大鏡、コルドバのなめし革、ビロードの財布、刺繍《ししゅう》入り手巾《しゅきん》、壺《つぼ》入りの金米糖、上等の砂糖漬、ポルトガルの黒マント、伽羅、沈香、フランドルの羅紗、毛氈などだった。それをフロイス師はひとつひとつ丹念に説明した。砂時計はこの前の目ざまし時計よりは操作は簡単だから使えるだろう、と彼は笑いながら言った。フロイス師の話によると、大殿《シニョーレ》は以前、ヴェネツィアの目ざまし時計を、自分には複雑すぎて十分使いこなせないから、と言って、返してよこしたということだった。フロイス師が説明しているあいだ、私たちがたえずはらはらしていたのは、ポルトガル貴族出身を誇るカブラル布教長の態度であった。彼は自らの書簡のなかでは、あのように諸侯と交際し、その何人かに洗礼をほどこしたことを誇っていたのであるから、さぞかし大殿《シニョーレ》との会見では自尊心を満足させるであろうと私などは考えていた。しかし大殿《シニョーレ》に会い、私たちが彼の庇護を乞《こ》わねばならぬということになると、カブラルの尊大な性格に、それは我慢ならぬ屈辱とうつったのであろう。彼は頭をそらし、大殿《シニヨーレ》の質問にもほとんど答えないか、答えても、その調子にはなんの親和の念もこめられてはいなかった。オルガンティノの膝《ひざ》は心なしか震えているように見えた。ながい船旅をともにした彼のことだから、どれほど気をもんでいたことだったろう。

「ところで貴公らヨーロッパ人は主食に肉を食されるときくが、貴公ら宣教師はどうであるか」と大殿《シニヨーレ》がたずねた。

カブラル布教長は傲然《ごうぜん》と頭をそらせて言った。

「あなたのお尋ねでは、まるで肉を食するのが悪いことのように聞えまするな。むろん私どもは肉をたべておりまする」

大殿《シニヨーレ》の顔に、一瞬（気のせいかも知れぬ）何か幕のようなものが横切ったような気がした。私は思わず腰を浮かせた。が、次の瞬間、大殿《シニヨーレ》は乾いた声で笑った。

「さよう。当国では、宗教者が肉類を食することは禁じられている。が、何も一般の人間が食するものを宗教者が食してならぬという法はない。それに」と彼はにがにがしくつけ加えた。「当国においても坊主《ぼうず》どもは内緒で食っているのだ」

それからしばらくして大殿《シニヨーレ》は私に何を職業とするかをたずねた。フロイス師が私を聖職者としてでなく、世俗者として紹介していたからである。

私は航海者、探険家としての経歴を簡単に話し、ついでに聖域焼却の果敢さについて讃嘆《さんたん》の気持を表明した。オルガンティノが傍らから私の小銃《アルカブス》射撃の技倆《ぎりよう》を吹聴《ふいちよう》した。カブラルの尊大な態度に対する埋合せを彼はそんな話題によってやろうと思ったのであろう。大殿が長鉄砲《エスピンガルダ》について異常な関心を示していることは、私たちの間ではすでによく知られていたからである。

事実、オルガンティノのこの言葉は大殿《シニヨーレ》のうえに異様な効果をあたえた。彼は私にその銃を持参しているかどうかをたずね、その実技を早速に披露してほしいと言うのであった。

私はフロイス師をかえりみた。彼は即座にその懇望にこたえるように言った。私が翌日宮廷に持参する旨《むね》こたえると、彼は満足そうに立ちあがり、手を叩いた。家臣団が魔法のように現われて彼をとりかこんだ。

「別室に食事の用意がさせてある。肉類もたっぷり供されているゆえ、ゆっくり寛《くつろ》いでいただきたい」

彼は破顔し、身をひるがえすようにして、広間の外へ消えた。私はオルガンティノが太い息を吐くのを耳にした。

翌日、私はロレンソ老人と二人でふたたび宮廷に入った。こんど通されたのは、簡素な頑丈な造りの広間で、床は板張りであり、広間に面した中庭は、石垣に囲まれた馬場と練兵場になっていた。

その日は大殿《シニョーレ》は近侍十人ほどを引きつれているだけだった。私は五十歩ほどに標的を置き、二挺の小銃《アルカブス》をならべ、連続してそれを射撃し、二発とも的を射ぬいた。大殿《シニョーレ》は何度となく私の技倆を賞讃《しょうさん》した。近侍の一人が扇子のうえに銀子をのせて私に差しだした。彼は、躊躇《ちゅうちょ》し、はにかんだ様子をして、それでも足りぬほどだが、ヨーロッパ人に何をとらせるべきか、適当な思案がないので、それだけでも取っておいてほしい、と言った。私は銃に対する彼の異様な執着と、このような一瞬のはにかみとが、頭の中で一つにならずに、いつまでも残った。

大殿《シニョーレ》は私に小銃《アルカブス》と長鉄砲《エスピンガルダ》の長所短所を説明するようにと懇望した。そこで私は言った。長鉄砲《エスピンガルダ》のほうは二百歩、三百歩においても的を狙《ねら》うことができるが、しかし長大であり、操作が緩慢である。これに対し小銃《アルカブス》は距離は五十歩が限度であるけれども、弾丸こめ、発火、撃発の操作は敏捷《びんしょう》に行ないうるし、いま披露したごとく、一度に二挺《ちょう》の操作も可能である。平地戦において、鉄砲隊に対する唯一《ゆいいつ》の弱点は、発射後から弾丸を装塡《そうてん》し発火にいたる時間の空白である。この空白をどのように援護するかが平地戦においてヨーロッパ人が工夫をこらす一点である。普通、それを援護するのは大弓隊の仕事となる。しかし弓隊の効力には限界がある。したがって次に考えられるのは鉄砲隊を二重、三重に編成し、第一隊が発射し、装塡する間、第二、第三と発射し、第三隊の発射が終ったとき、ふたたび第一隊が装塡完了して発射するという段どりである。しかしさらに至近距離において活躍しうる小銃隊を編成すれば、兵力の激突の瞬間までに、相手の戦力を半減以下にすることが可能である。現在、ヨーロッパで用いられている戦術の一つは大略このようなものである。とくにフランス国において、騎馬銃隊と、歩兵銃隊が新しく編成されている……。

大殿《シニヨーレ》はその間なんどか私の話を中断し、その野戦の地形、陣形の種類、展開の長さ、縦列の可否、集団と集団の結合法、また集団の分散法、銃砲に対する防禦法《ぼうぎょほう》、砦《とりで》の種類、尖兵《せんぺい》の使用法、大砲に関する戦術等を質問した。最後に私は、この小銃《アルカブス》を誰か他の者に示したか、とたずねられた。私は、堺での逐一を語った。すると大殿《シニヨーレ》は直ちに何ごとかを近侍の一人に命じ、その小銃は売却、ないし貸与してもらえまいかと言った。私は、むろん銃と、その他技術一切を大殿に献じるつもりでここに持ってきたのだ、と答えた。

旬日の後、私はふたたび宮廷に呼びだされた。驚いたことには、小銃《アルカブス》が新たに数挺つくられていた。手にとると、それは寸分の相違もなく、私はその驚きを大殿に告げた。

「その出来ばえを試してみてほしい」

大殿《シニョーレ》の白い顳顬のあたりはたえずひくひくと動き、その眼は光っていた。

私はそのうちの一挺をとり、標的を狙った。しかしそれは銃身に狂いがあって、使いものにならなかった。他の一つは銃底の撃発装置が狂い、発火しなかった。結局できあがった銃のうち、使用しうるものは二挺にすぎなかった。しかし新たに二挺つくられたということは、火器製法のかなりの進歩を示すものであった。私は岐阜の町に滞在しているあいだ、ロレンソ老人から、大殿が新たに軍団を編成し、演習に余念がない旨知らされた。

しかしロレンソ老人は京都に帰らなければならなかった。私はすでに簡単な日本語は喋《しゃべ》れるものの、老人に行かれては啞《おし》も同然であった。私は困却し、本気で日本語を学ばねばならぬと思うようになった。私は通訳なしで大殿《シニョーレ》と話したかった。彼の精神のなかを素早く横切ってゆく多くの考えに、私は自分の感覚でふれたいと思ったのである。

私がこうして岐阜にとどまり、ひたすら日本語の習得につとめているあいだ、聖域の焼打ちで辛うじて均衡をとり戻していた両陣営の対立に、新しい動揺が生れていた。それは東方からXingendono（信玄殿）の軍団が行動をおこし、これに呼応して、南方侵入軍と北方軍団とが同時に圧力を加えはじめたのだ。いままでこの包囲陣を背後で指揮していた支配者《ゴベルナトーレ》（公方様《くぼう》）は、覆面をかなぐりすてて、大殿に対する敵意をむきだしに表明していた。

岐阜の町の喧騒《けんそう》にも不安の色が濃く感じられた。早くも家財道具を車で運びだす者が見られたし、早く品物を売りさばこうと、金切声をあげて、投げ売りをはじめる商人たちもいた。軍隊が出動するのが毎日毎日町で見られた。東方から迫る信玄殿の軍団は、大殿《シニヨーレ》の聖域焼却に対する復讐《ふくしゅう》として、岐阜の町を焼き払うのだ、という噂《うわさ》が流れていた。軍団の数は二万ともいい、三万ともいい、ある者は五万と言っていた。それは何か不気味な、ひたひたと静かに迫ってくる潮のような圧迫感であった。私は岐阜の宮廷《コルテ》で若い武士たちに射撃術を見せたり、教えたりしながら、ふたたび近づいた危機を、大殿《シニヨーレ》がどのように切りぬけるか、手に汗をにぎる思いで見まもっていた。

こうした状況を利用して、各地の一揆《いっき》がいっせいに蜂起《ほうき》していた。大殿《シニヨーレ》の当面の敵は、信玄殿の二万といい、三万という軍団であった。戦線はとりあえず東に向って敷かれなければならなかった。岐阜の町へ匕首《あいくち》をつきつけるようにして迫る東方軍団に対して、なんとか手を打たなければならないのである。私は毎日焦燥の思いで私に委託された一握りの小銃隊を訓練した。しかし彼らはまだ十分に装塡と射撃の自在の動きを身につけていなかった。実戦で敵を眼前にしたとき、そうした動きは、無意識のうちにできなければ役に立たないのを、私はホンデュラスの討伐戦で学んでいた。そのためには時間が要《い》った。ただ時間が要ったのである。

しかし私たちが不安に思った最大の理由は、東方軍団を迎え撃っているあいだに、京都の支配者《ゴベルナトーレ》公方様が、北方軍団を率いて、背後から大殿《シニヨーレ》の軍団をつくであろうと予想されたことである。しかも美濃《みの》、尾張《おわり》の平地戦では、単純に戦力の差が勝敗を決することが多い。したがって東方軍団の二万、あるいは三万に対して、大殿《シニヨーレ》は自己の軍団を分割することはできないのである。

大殿《シニヨーレ》はいったい、どうされるだろうか。私は夜、櫓《やぐら》に出て、ながいこと東の闇《やみ》を見つめた。そこには見えない軍団の力が、ひしひしと迫っているようであった。時おり、暗い夜空を斜めにながく光って星が落ちていったが、ふとそれが大殿に迫る運命のような気がして、私はかつてない不安を感じた。

ある朝、私が宮廷《コルテ》の広場に出ると、軍団は一夜にして出動していた。しかもそれは東方に向けてではなく、誰も予想さえしなかった京都にむけてなのである。私は感嘆するというより、ただ茫然《ぼうぜん》としていた、といったほうがいい。たしかに京都には支配者《ゴベルナトーレ》公方様がいて、こんどの新しい包囲作戦を指導していた。しかし包囲側では、東から信玄殿の戦力が近づいているとき、それを無視して京都に来られるはずはない、と踏んでいた。そのうえ京都は、北方軍団と南方軍団に挟まれて、文字通りの窮地を意味していた。京都にくるということは、袋の奥にむかって、自分からもぐりこんでゆくことにほかならなかった。

そこへ、意表をついて、大殿《シニョーレ》の軍団が京都に現われ、支配者《ゴベルナトーレ》の宮殿を囲んだのである。

私は京都からくる刻々の使者たちの報告を人伝《ひとづ》てに聞いた。オルガンティノとロレンソ老人が三箇《さんが》に避難しているのはすでにわかっていた。しかしフロイス師はあくまで京都にとどまる決意をし、その後、行方がわからなくなっていた。

京都の混乱は極点に達しているらしかった。大殿《シニョーレ》の軍団が現われるという噂《うわさ》が流れると、ここでも人々は家財を郊外の村へ運びだした。女たちは恐怖のあまり泣き喚《わめ》き、別の女たちは赤子を棄《す》てて逃げたと噂された。

使者は、大殿《シニョーレ》が公方様と停戦を交渉している旨、伝えてきた。しかし包囲作戦が完成し、現に刻々に包囲の輪のせまっているとき、公方様が大殿《シニョーレ》の申し込みを受けようとは考えられなかった。しかしそれでも大殿《シニヨーレ》は辛抱強く四日間待った。公方様は宮殿にたてこもり、一向に和議に応じる様子を見せなかった。

五日目の一番使者は、ついに大殿《シニヨーレ》が京都の周辺の町村九十余を、七人の部将に命じて焼き払わせたことを伝えてきた。さらに翌日、上京《かみぎょう》が放火のため焼け落ちたことが報告された。支配者《ゴベルナトーレ》が大殿の和議に応じたのは、この上京の大火の後である。

しかし公方様は北方軍と南方軍の挟撃を期待して、一時的な和議に応じたのは、誰の眼にも明らかであった。彼は時間を稼ごうともくろんだのである。しかし南方侵入軍が京都の近郊まで迫っているのをみると、彼は京都を脱出し、南方軍の一翼となって、ふたたび戦旗をひるがえした。北方軍団も京都に迫ろうとしていた。他方、この間にも背後の東方軍団は潮のようにひたひたと岐阜を目ざして押しよせていた。大《シニ》殿《ヨーレ》の運命はほとんど最後の一点にまで追いつめられていた。少くとも私は岐阜の宮廷《コルテ》の櫓で、そうひしひしと感じたのである。

ところがある日、突然信じられないようなことがおこったのだった。大殿の背後から迫っていた東方軍団が、なぜか急にその進撃をやめてしまったのである。潮のように攻めあがってきた大軍団は、ちょうどその潮のように、こんどは静かに国境から遠ざかっていった。数日して間諜《かんちょう》の一人が軍団の総帥《そうすい》 Xingendono（信玄殿）の病没を伝えた。軍団は喪を秘して、いま黙々とした歩みを故山に向けているのだった。

それはまるで信じられないような出来事であった。コルテスでさえ、こうした幸運には一生めぐりあうことはできなかった。それは闇から光へ、重圧から解放への、突然の回転であった。締めつけていた包囲の輪が、突如として、はじけとんだのだった。大殿《シニョーレ》がこの一瞬の機会をうしなうはずがなかった。彼は大軍を擁して淡水の湖の北へ向った。北方軍団にむかって突然襲いかかったのである。それはまだ夏がはじまったばかりのころであった。そして浅井殿、朝倉殿の城砦《じょうさい》が火を噴き、軍団が殲滅《せんめつ》されたのは、それから一季節が終らぬうちだった。北方軍団の占拠した淡水の湖の北部地方、北近江《きたおうみ》、越前《えちぜん》の山々に秋が訪れ、落葉が谷々に舞いおちる頃、大殿《シニョーレ》の掃蕩軍《そうとうぐん》は村々に落武者たちを追跡していた。

私はその翌年〔一五〕七四年の正月、はじめて日本人が新年の宴とよぶ室内の祝典に参加した。宮廷《コルテ》の内部は念入りに掃き清められ、松を門々に飾り、縄と紙飾りからなる簡素な装飾が戸口や室内にかけられた。宮廷には早朝から Daymeos（大名）、総　大　将《カピターノ・ジエネラーレ》、諸　将《ジエネラーレ》が新年の祝詞をのべに集ってきた。その身分位階に応じて、それぞれ定められた部屋で酒や豊富な料理を供された。私も人々にまじって参賀し、広間で大殿《シニョーレ》に挨拶《あいさつ》を申しのべて、フロイス師、およびオルガンティノから送られた祝辞と瓶入り金平糖、ガラス器を差しだした。大殿《シニヨーレ》は私にÇacazuqui（盃《さかずき》）に酒をついで飲みほすようにと言った。

後になって私は、その新年の夜会で、大殿《シニヨーレ》が酒宴の肴《さかな》にと、先年討ちはたした浅井殿、朝倉殿の頭蓋骨《ずがいこつ》を床に飾ったという噂を耳にした。その頭蓋は黒漆でぬられ、金粉がまぶされていたというのである。事実、北方軍団の殲滅戦は執拗《しつよう》なほど徹底した形でおこなわれ、諸将《ジエネラーレ》以下兵卒にいたるまで一人残さず殺害するように命令が下されていた。そしてこの敵将を殺害しただけでは足らず、その首を斬《き》り、それを髑髏《どくろ》にし、そのうえに黒漆を塗り、金粉をまぶしたという行為のなかにも、何か異様に残忍なもの、徹底したものは感じられた。そういう噂をささやきあった人々の表情にも、暗い恐怖感がのぞいていた。またそれは一般の人々だけではなく、私が個人的に親しくしていた総大将《カピターノ・ジエネラーレ》（たとえばフロイスと親しかった佐久間《さくま》殿、荒木殿）なども、大殿《シニヨーレ》の残酷さは度をこえているのではないか、あなたはキリシタンの国から来られたのであるから、こうした慈悲の一片すらない行為を非難されるであろう、と言うのであった。彼らは比叡山《ひえいざん》焼き打ちや、京都周辺九十町村の焼き払いや、また北方軍団の殲滅作戦に、強い衝撃をうけているのは明らかだった。彼らのある者は、とてもあの残忍さは人間のものではない、と言うのだった。それを聞くと、私は、はじめて大《シニ》殿《ヨーレ》の噂を耳にしたあの堺《さかい》の町人たちを思いだした。

しかしそうした戦術戦略をひとり彼の残忍さに帰すべきだと考えるには、私は、彼の子供のようなはにかみ、率直な好奇心、探究心、快活な態度、細かい思いやりなどをあまり知りすぎていたのだ。私はむしろ大殿《シニョーレ》が決して我意や個人的な単純な怨恨《えんこん》から残忍な殲滅を行なうはずがないと感じていた。

たしかに、大殿《シニョーレ》を前にすると総大将《カピターノ・ジェネラーレ》、諸将《ジェネラーレ》から一兵卒にいたるまで恐れおののいているのは事実である。そこには絶対君主の面影さえあるといってもいいのだ。しかし絶対君主という言葉からペルシアやアッシリアの強大で狂暴な君主を想像してはならない。むしろ私たちはあの冷徹なコジモ・デ・メディチの面影を想起すべきかもしれない。私は彼と話した印象から、彼が極めて道理に耳を傾ける人であることを保証したい。さらに彼は、自らの主義、主張さえも、理にかなった真理の前では、なんの躊躇《ちゅうちょ》もなく、なげすてる。私はノヴィスパニアにおいて片目の総督が、いかに自分の偏見や、みずから言いだした主張やをかたくなに固守するかを眺めてきた。彼は理にかなった事実をさえ認めようとはしない。たとえ心のなかで、ひそかに、それを道理にかなったものと思ったとしても、彼は、自分の体面をまもるために、誤った主張をひっこめようとしないのである。こうした総督や将軍たちを見てきた私は、大《シニ》殿《ヨーレ》が自己の体面などまるでかまわずに、ひたすら事の道理を求めるのをみて、深い感銘をうけたのである。

あの聖域を焼きつくす昼夜をわかたぬ焔《ほのお》と黒煙を見たとき、私はすでに、一般の人々とは異なる予感を持っていた。おそらくそれはオルガンティノのそれとも異なったであろう。だが、それは、私が大殿《シニョーレ》と会うようになり、私の日本語理解がすすむにつれて、次第に正しかったことが証明されていったように思う。

彼が神仏を信ぜず、偶像を軽蔑《けいべつ》し、眼に見えるもののほか、何も信じないというのは、なにより、彼が理にかなったことのみに従うという証拠ではないか。その意味では、大殿《シニョーレ》はカルロ五世よりも現実的であり、ルイ十二世、アンリ八世とかけひきしたミラノ公国のアルフォンソより徹底的である。しかしそこには私の父などが言っていたように、神は信じないが、教会とトラブルを起すのは愚、という理由で、教会へ出かけるのとは違った、ほとんど求道《ぐどう》的といっていい真摯《しんし》さがあふれていはしないか。私の父のような現世主義者、現状肯定者、軽率なエピキュリアンには理解しがたい心境が、そこにありはしまいか。現世主義者にとって、うまい酒なり、女なり、安楽な生活なりは、いってみれば至上の目的であり、それが生の意味ともなるのだ。酒や女や安楽をおびやかすものに対して、彼らは恐慌《きょうこう》状態となり、どんな手段をとってでも、酒や安楽を保とうとする。現世に執着する男の顔に覆《おお》いがたい卑《いや》しさのあらわれるのはこのためである。

しかし大殿《シニョーレ》の場合、彼が執着するのは現世ではなく、この世における道理なのだ。つねに理にかなうようにと、自分を自由に保っているとでもいえようか。ちょうど風見の鶏《とり》が風の方向に自在に動けるようにとまっているのと同じだ。彼にとっては、理にかなうことが掟《おきて》であり、掟をまもるためには、自分自身さえ捧《ささ》げなければならないのだ。大殿《シニョーレ》はこの掟を徹底的に、純粋にまもる。いかなる迷いもなく、いかなるためらいもなく、いかなる偏見もなく。彼は理にかなうことのためには——彼が掟とさだめたことのためには、自分をさえこえる。生命をさえ捧げるであろう。

いま大殿《シニョーレ》の頭のなかには、チェス盤を囲んだときと同じ力と力のぶつかり合いが全体の見取図の上に書きこまれているのだ。彼には、この力と力の嚙《か》み合う歯車をどのように操作してゆくか、が唯一の関心事なのだ。すべてがこの力の作用に還元されて考えられている。たとえば彼が私の小銃《アルカブス》を見ると、そこに一つの強い押力《おうりょく》を感じとる。それを二倍にし、三倍にすることによって、ほとんど数学的な正確さで、ある力に対立する力が、蓄積されてゆくさまを、見ることができるのである。

彼にあっては政治の原則は一つしかない。すなわちこの力の作用の場において、力によって勝つということである。だが、ひとたび彼がこの原則をうちたてるや否《いな》や、彼は、この原則にかなうことに全力を傾注するようになったのだ。彼という一個の人間さえ、この力の法則に捧げられる。彼は戦にやぶれた場合にも、いささかも取りみだすことはなかったという。彼の近侍たちは私に口を揃《そろ》えてそう証言している。彼は口惜《くや》し泣きに泣くということもなく、種々の後悔がましさももっていないらしいというのだ。それは彼が敗北を単なる力と力の作用に限定して考えているためではないか。そこでは、より強い力と、より劣った力とがあり、自分が、より劣った力であったという事実があるだけである。そして力と力がぶつかった結果、それが明らかになったとすれば、その敗北の瞬間、次になすべきことは、すでにはっきりと決っている。すなわち劣った戦力を増強することである。

彼の蒼白《あおじろ》い緊張した顔にみられる一種の沈着さは、ホンデュラスを横切ったコルテス総督や、私の父がフィレンツェで親交があったというヴェスプッチのような、たえざる危機と直面し、理にかなうことを唯一《ゆいいつ》の武器として、それを乗り切った男に共通の特徴だといっていい。

とすれば、大殿《シニョーレ》が聖域を焼却して僧俗男女を一人残らず殺害したことも、北方軍団を壊滅させその総帥の首を冷然と見つめることも、ただ一つの原則――すなわち反対勢力を無に到らしめ、力の対立を完全に解消すること——を、数学的な明晰《めいせき》さによって押しすすめたにすぎない。大殿《シニョーレ》にとっては、この原則に純粋に忠実であることが——歯を食いしばってもこの原則をつらぬきとおすことが——それだけが、彼の人間的な意味でもあり、精神の尊厳をまもる所以《ゆえん》でもあったのだ。

大殿《シニョーレ》がまったくの孤独にとらわれるのは、諸将の多くが、その敵対者のなかの和を乞《こ》う者、恩赦を願う者、降伏する者に対して、なんらかの減刑を嘆願してくる場合であった。そのなかには諸将の姻戚《いんせき》、知人、縁者である場合も少くなかった。しかしながら大殿《シニョーレ》は決してこの原則を崩すことがなかった。それはちょうど建造物が地面にぴったりと接している土台の部分から計算と理にかなった石組みによって、上へ上へと伸びてゆくのと同じく、どこか一カ所で原則に反するとすれば、その全体が一挙に崩れなければならないからである。

彼は勝利にのみかじりついているのではなかった。勝利は彼にとっては、理にかなうことの結果に与えられたものにすぎない。彼に意味があるのは、理にかなうこと、だけであった。彼が仏徒を憎んだのはそのためだし、私たちに好意を寄せたのは、鉄砲のためであり、鉄砲隊編成のためであり、カラヴェラ船の造船技術のためであり、天体観測器のためであり、航海術のためであり、諸学術の成果のためである。その証拠に、ある日大殿《シニヨーレ》がヨーロッパの教育状況や学校制度について質問した折に、詳しくパドヴァ、ボローニア、パリ、サラマンカ、ローマ、フェララ、クラカウの諸大《ユニヴェ》学《ルシタ》について述べ、とくに自然学に関する研究にふれると、彼は身体をのりだして、その一つ一つについて質問した。それから腕をくみ、床の一点をみつめて、ながいこと何か考えにふけっていた。私がしばらくして日本の大学《ユニヴェルシタ》では何を学んでいるのか、と反問すると、彼は吐きすてるように、この世で最も無益な外国語をただ日本語に置きかえて、それで何か人間にふさわしい仕事をしたと思っているだけだ、と言った。それは後になって私が詳しく知ったところによると、日本の大学《ユニヴェルシタ》はヨーロッパのそれとは異なり、僧侶を養成する場所で、教育内容は主として経典の解釈にあるため、大殿《シニヨーレ》はそれを指してあのように言ったのであろう。

この年、私はなんどか宮廷《コルテ》に呼ばれ、鉄砲隊編成について参考意見を求められた。実戦演習に、私の小銃隊がはじめて参加し、三段銃撃を中心にして編隊の散開、集結が訓練された。演習は岐阜の南の広くひらけた平原で行なわれ、鉄砲隊、弓隊の攻撃と、長槍騎馬隊の側面攻撃との結合を完全なものにするのに全力が傾注された。鉄砲隊の三段にわたる正面攻撃、敵の騎馬隊を阻止する逆茂木の設置、一時的退却、それにさそわれて攻撃してくる敵に対し、左右から行なう長槍騎馬隊の側面攻撃――それが基本の戦術となっていた。

　私が伝令の一人によって大殿《シニヨーレ》の陣屋に呼びだされたのは〔一五〕七四年六月二十三日の未明であった。夜明け前の青白い光のなかに、黒々と動きつづける軍団の列を私は見た。汗ばんだ兵隊たちの体臭が、なにか獣の一群が通ってゆくのに似て、むっと荒々しく鼻をかすめた。騎馬隊の列が幾つも堤のうえを走りすぎた。篝火《かがりび》はなく、青白い薄闇《うすやみ》のなかで進軍は黙々とつづけられていた。私はうすれた北極星を仰ぎ、軍団が南へ向っているのを知った。秋に北方軍団を壊滅させて以来、北に対する脅威はひとまず取りのぞかれていたし、京都の南方では支配者《ゴベルナトーレ》公方《くぼう》様が敗北、すでに追放されていた。また東方軍団の圧力は総師信玄殿の死で一時的に緩和されていた。残るのは、京都南方から侵入を計る三好殿、及びその同盟軍であり、武器食糧の補給者である西方軍団の Mōridono（毛利殿）であった。

　しかしこのころ、ようやく私にも理解されてきたことだが、この包囲軍と同盟し、影になり日向《ひなた》になりして協力していたのが、仏教徒一向宗の軍団であった。かつてオルガンティノとはじめて京都にむかった日、私が眼にしたあの仏僧の兵たちの土色になった顔を思いだした。その顔は恐怖にゆがんでいた。しかし彼らは大阪の石山城をのぞくと、ほとんどがゲリラ活動をしていて、せいぜい砦《とりで》か土塁を設けるだけで抵抗する。そして相手の力が手ごわいとみると、一挙に解体、退却して、村落に逃げこみ、どんな詮索《せんさく》によっても、その行方をしらべることはできなかった。まるで乾いた砂地にしみる水のように、村落や町の雑踏のなかに消えてしまうのである。

しかし一旦《いったん》その詮索がゆるむとみると、魔法ででも呼びだしたかのように、どこからともなく、兵隊たちが一人、二人現われ、小さな組織となり、小さな組織が結びついて小隊となり、それがみるみる巨大な軍団に編成されてゆくのであった。しかもこのゲリラの集団は包囲陣と結合し、呼応し、連絡して、たえず奇襲や待伏せによって、本隊の弱点をつくのであり、その損害は決して少いものではなかった。

ところが、包囲軍団の大半が一時的にせよ影を薄れさせると、いままでその背後にかくされていた仏教徒軍団の意外に根強い広範な抵抗が、大きく前面にあらわれてきたのである。

私がその朝、岐阜の南方へ向う軍団に加わったとき、ただちに知らされたのは、大阪石山城と呼応するもう一つの仏教徒らの拠点 Nangaxima（長島）へ攻撃がむけられているということだった。

私が大殿《シニョーレ》の陣屋についたとき、すでに夜は明け、夏のはじめの涼しい風が幾十、幾百となない長旗をはためかせていた。軍団は大河の河口に臨む長島の城砦《じょうさい》を囲むようにして、長く厚く展開していた。河口は幾つかの水流にわかれ、平坦《へいたん》な湿地原がそのあいだにひろがっていた。いたるところ葦《あし》が深く茂り、葦をわけてゆくと、平坦な湿地に出、湿地の先は、砂洲《さす》になっていて、そこには、夏の空を冷たくうつした水が、大小の池になって溜《たま》っていた。

長島の叛乱《はんらん》軍は、この河口と湿原とを利用して、過去二回、大殿《シニョーレ》の軍団を撃退していたのである。ここには、いたるところ身をかくす葦の群があり、それは奇襲と退却のためのこのうえない隠れ蓑となり、大軍団が戦列を展開するには、どうすることもできぬ障害物となった。そこでは単に視界がとざされるだけではなく、奇襲によりたえず戦線が断ちきられ、無数の水流が集団活動の円滑な展開をはばんだのである。

こうした地形を利用して、長島を中心拠点とした仏教徒は、四カ所に城砦を築き、各所で奇襲を試みようとしていた。

大殿《シニョーレ》の指揮する中央軍は北から包囲するように前進。朝、日が出るか出ないかに前線は敵の尖兵《せんぺい》と接触したらしく、はるか前方の葦の茂みをゆらせて鬨《とき》の声が聞えてきた。東側面を大殿《シニョーレ》の第一子が、西側面をSacumadono《サクマドノ》, Xibatadono《シバタドノ》等の諸将《ジェネラーレ》が水流をどっと渡って攻撃した。叛徒《はんと》たちは小舟をたくみにあやつり、堤から堤へとび移り、槍《やり》を低くかまえて、攻めのぼる兵隊たちを迎えうった。しかしそうした小人数の攻撃にそなえて、攻撃軍のほうは戦線を自在に変化させ、きわめて迅速な前進後退を行ない、敵の小隊をたえず包囲し殲滅《せんめつ》していった。そして広大な葦の茂みに達すると、鉄砲隊が呼ばれ、ながい銃列を敷いて、葦のなかにひそむ見えない敵に対して、一斉射撃をあびせた。その銃弾の前に数十人の伏兵が血をふきだして倒れた。

こうして長島討伐の前哨戦《ぜんしょうせん》は、以前とは異なり、仏教徒側にただ一回の反撃の機会も与えずにはじまった。重い鎖の輪がじりじりしめつけるように、戦線の幅が長島を中心とする河口のデルタにしぼられていった。幾つかの島が焼き払われ、民家に火がかけられた。

しかし夜になると、叛徒たちの戦線は活潑《かっぱつ》に動きはじめ、攻撃軍にも少からぬ戦死者をだした。

大殿《シニョーレ》が水軍に出動を命じたのは、前哨戦の勝利が確定して、五カ所の城砦を包囲する態勢が整えられたときであった。私は大殿《シニョーレ》の陣屋に近い野戦に寝起きしていたが、その夜明け、河口をひしひしと取りかこむ大船小舟が、長旗を風にゆらせ、無数の長槍を輝かせて押しよせているのを見いだしたとき、思わず息がとまるような気がした。そこには大殿《シニョーレ》の全軍団が投入されているにちがいなかった。その大船団は日の出とともに一斉に天地にとどろく鬨の声をあげて、河口へ攻撃を開始、まず鉄砲隊の乗りこむ船隊が、中洲《なかす》の土手に敷かれた戦列に近づき、一斉射撃をこころみ、その硝煙の消えぬうちに、次の一斉射撃がおこった。その硝煙のあいだから仏教徒たちの後陣が、血にまみれた屍体《したい》をこえて突進してくる姿がみえた。しかし次の瞬間、ふたたび連続して銃列が火を吹いた。轟音《ごうおん》とともに半数の仏教徒が倒れた。そして残りが一瞬ためらうところを、四度目の一斉射撃がおこった。すでに後続の船団は河筋へぞくぞくと押しよせ、銃撃によって崩れはじめた敵の戦線に、水しぶきを立てて攻撃した。一カ所が突破されると、全線が動揺し、他の幾組かの軍団が守備を突破して上陸する間隙《かんげき》がうまれた。いたるところで入りみだれた野戦がはじまり、敵の大半は砦のなかに戦いながら退避した。中洲には本城の長島を囲むようにして四カ所の砦が築かれていたが、いずれも土塁を高く築き、そのうえに木塀や逆茂木や高櫓《たかやぐら》をめぐらし、矢狭間《やはざま》からたえず鋭い矢が射かけられていた。中洲での殲滅がおわると、長鉄砲《エスピンガルダ》隊が銃列を三段に敷き、弓隊が後に備え、その後陣に長槍隊がひかえていた。砦は十重、二十重に包囲され、その陣形には一分の隙《すき》もないように思われた。

大殿《シニョーレ》からの伝令が前線の総　大　将《カピターノ・ジェネラーレ》に伝えられた。彼はそれを大声で全軍に読みあげた。すなわち、この叛乱に加わった者は、女子供であろうと、断じて容赦することはならぬ。隠れる者があれば草の根をわけても探しだし、これを死に到らしめなければならぬ。片腕を失う者があれば、残る片腕を斬《き》りおとさなければならぬ。首と胴が共にあるごとき屍体を残してはならぬ。眼をあく者は眼をえぐれ。首しか残さぬ者は耳鼻をそぎ落せ。あえて敵の腹を裂く勇気のない者は、自らの目をおおってもそれをなせ。長島に属するものは一木一草とても形をとどめしめてはならぬ。すべて焼きつくし、すべてを破壊しつくさねばならぬ……。

布告が読みおえられると、一瞬、異様な沈黙が全軍を支配した。が次の瞬間、どっと鬨の声があがり、河口にこだました。

戦闘が開始された。長鉄砲《エスピンガルダ》の第一列が火をふいた。土塁に土煙があがり、幾つかの木塀が射ぬかれた。ついで第二列が火をふいた。高櫓からゆっくりと身体をのりだし、それから斜に身体をひきずるようにして倒れる敵兵の姿が見えた。第三列が火をふいた。そのあと弓隊が火矢をいっせいに飛ばした。木塀がつぎつぎに燃えあがり、黒煙が砦をつつんだ。何人かの人影が黒煙をくぐって現われ、火矢を叩《たた》き落そうとした。長鉄砲《エスピンガルダ》の第一列がふたたび火をふいた。轟音がとどろき、河口に遠く不気味な余韻を残した。木塀がはじけとび、数十人の人影が土塁のうえに折りかさなって倒れた。長槍隊が全速力で土塁にとりつき、それにつづいて、大河の堰《せき》が切り落されるように、全軍が鬨をつくって、その突破口に突入した。櫓から飛びおりた若い百姓は頭蓋《ずがい》を割られ、血を吐いて倒れた。一人の僧は長刀《なぎなた》をふりまわし、攻撃側の何人かを倒したが、自らは長槍で脇腹《わきばら》を刺されて、前へのめりこんだ。別の兵士が僧の頭をたち割り、その血しぶきが槍をつきたてた男にも飛び散った。一人の若い女は泣き叫び、兵士の前に倒れて、助けて、助けてと嘆願したが、瞬間にして、背中を刺され、虫のように身をそらせた。しかし砦の抵抗は意外に強く、攻撃側にも多くの死傷を出した。砦が殲滅したのはもうほとんど夜になっていた。

大殿《シニョーレ》の陣屋から再三、再四、伝令が各軍隊に飛んだ。夏の夜風が海から吹き、篝火がゆれた。前線一帯にきびしい警戒線が張られ、砦間の連絡や、奇襲を監視した。

短い夜が明けると、翌日から全軍は動く気配をみせなかった。戦闘態勢に入ったまま、全軍は鳴りをひそめていた。残りの砦からは時おり矢や罵声《ばせい》がとんできたが、攻撃軍のほうではそれを全く黙殺した。不気味な沈黙が河口と中洲の葦の茂みと四つの砦を支配した。急に河波の音が聞え、時おりさやさやと葦が鳴り、よしきりが巣を求めて、鋭く鳴きながら、その茂みを突っきっていった。

船団もまた河口に浮び、鳴りをしずめた。天も地も不気味に静まり、夏の太陽だけが、ゆっくり移動していった。午後になると雲が岐阜のほうに湧《わ》き、まぶしく光った。

風のほかに動くものはなかった。いままでは砦のなかも死に絶えたように静まりかえっていた。糧道を断った飢餓攻め（干殺《ひごろ》し）がはじまったのである。すでに間諜《かんちょう》の一人によって、長島討伐が不意をついた作戦だったため、長島籠城軍《ろうじょうぐん》の食糧がせいぜい一月もつか、もたぬかであるという報告がもたらされていた。しかし大殿《シニョーレ》はこの作戦を長期的に、徹底的に継続するように布告していた。四方に飛ばされている間諜からは刻々として京都をはじめ諸地方の動静がもたらされていた。それからみても、この作戦を継続し、完全に掃蕩《そうとう》する機会は十分にあると彼は判断していた。

夏も後半に入ると、午後から夜になって風が出、遠くで雷鳴が聞えるようになった。時には黒い雲が北から空を覆《おお》って、激しい雷雨が襲うことがあった。

そうしたある豪雨の夜、――哨戒《しょうかい》に当っていた兵の一人が青白い閃光《せんこう》のなかに、何か黒い人影のようなものが動いたように思った。横なぐりの雨にゆれる葦のかげかも知れない、と思いなおし、次の閃光のひらめくのを待っていると、いきなり肩口へ鋭い衝撃を感じ、彼はそのまま意識をうしなった。

しかし次の瞬間、呼び子が鳴りひびき、全軍が一斉に立ちあがった。砦からの全員の脱出が告げられ、横なぐりの雨のなかで、激しい戦闘が開始された。攻撃軍は合言葉を叫びつつ、夜陰のなかに逃れようとする叛徒たちを追った。葦の根元で背中を刺しつらぬかれる老人もいれば、肩から断ちわられた女がいた。踏みつぶされた子供もいれば、全身を切り刻まれた僧もいた。そして彼らに共通していたのは、男も女も糸のように痩《や》せほそり、生きながら骸骨《がいこつ》になっていたということであった。

翌朝、全域にわたって豪雨に打たれた屍体があらためられ、男女千余人が切り殺されたことが確認された。

残る三砦にあっても事情はほとんど同様であり、何度か降伏を申しでたが、そのたびに使者たちは磔《はりつけ》にされて、砦の前面にさらされた。

夏がこうして終り、河口の葦のそよぎにも乾いた音がまじるようになったが、全軍はその戦闘態勢をいささかもゆるめることなく、長島三砦に対峙《たいじ》していた。

雲の動きが変り、白い鰯雲《いわしぐも》が海から陸へと流れるようになった。夜になると、空気が冷え、月が白く光り、しきりと虫が鳴いた。

すでに三カ月の籠城《ろうじょう》がつづき、城砦内の人々の半数が餓死したものと見られていた。しかし城砦からは打って出る様子はなかった。長島包囲戦を一挙に決しなければならぬ時期が迫っていることを、諸将たちは感じた。とくに東方に一時しりぞいていた武《たけ》田《だ》の軍団がふたたび行動を開始するという情報がもたらされていた。

そんなある日、大殿《シニョーレ》の陣屋から軍使が走り出て、城砦へ矢文をとばした。その後包囲軍は全軍にわたって撤退を開始したのである。砦からの最後的な降伏の申し入れがついに認められたのだった。あきらかに砦《とりで》では安堵《あんど》と歓喜の動揺がおこっているようであった。中洲を埋めつくした軍団は船に乗り、船は河口へと遠ざかった。

最後の軍隊が撤退して小半時すると、堰をきったように砦の大門が開かれ、男女がどっとあふれだし、小舟に乗り、対岸へ逃れはじめた。それはあたかも蝗《いなご》の大群が、ものにとりつき、群がるのに似ていた。そしてそうした騒ぎの一瞬が経過した後、突然、包囲軍の船団から一斉に銃撃がおこったのである。水しぶきがあがり、何人かが河に転落し、何人かが舟の中に倒れた。

城砦からあふれだした人々は銃弾の前を右往左往した。そして倒れた人々のうえを、後からあふれてくる人々が押しあいながら踏みこえてゆく。それを狙《ねら》って三列の長鉄砲《エスピンガルダ》が交互に火をふいた。そのたびにおびただしい水煙があがり、人々が折りかさなって倒れた。

人々の一団は舟から流れにとびこみ、他の一団は中洲からいきなり河にむかって身をおどらせた。人々は、はかられた、はかられた、と叫んだ。しかし叫びながら人々は河へ身をおどらせた。河はみるまに泳ぎわたる叛徒たちの群で埋められた。ある者は急流にのまれて沈み、ある者は渦のなかでもがき、またある者は傷口から血を噴きだしたまま、最後の力をふりしぼって流れを泳ぎ切ろうとしていた。河の半ばはこうした叛徒たちのおびただしい数で埋められた。それは大群をつくって湖水を泳ぎわたるという飢えた鼠《ねずみ》の群にも似ていた。多くの者が水をのみ、水の下に沈んでは、また浮びあがり、手足で水面を打ちながら強い水流に押しながされていった。

包囲軍の船隊が彼らの中に進んだのは、叛徒たちの先頭が河の半ばに達するか、達しないころであった。船隊は泳ぎ逃れようとする人々の背から長槍をつきさし、長刀をふるった。その大半が飢餓のために河の中央までも泳ぎでる体力もなく、黒い藻のように水流に巻かれて舟のあいだをかすめていった。そうした仮死体にむかっても、包囲軍は槍をふるい、長刀で斬りつけた。河は彼らの血でみるまに赤く濁って、異様な生ぐさい臭気がたちこめた。女たち、老人たちの多くは彼らのあいだを別けて進んでくる敵方の舟に手をあげ、救いをもとめ、泳ぎ寄ろうとさえした。彼らは死にもの狂いで舟縁《ふなべり》に手をかけ、泣きわめき、絶叫し、懇願し、慈悲を乞《こ》うた。しかし兵士たちは彼らを槍で突き放し、刀をふるって、舟縁にしがみつく彼らの手を切断した。包囲軍の舟という舟には、こうして切りとられた手が、石の手のように蒼《あお》ざめて、なお舟縁を固く握ったまま、十、二十と残っていた。

女たち、老人たちがこうして死んでゆくのを見た砦の主力は、刀をぬいて船隊を攻め、なかには舟にとりつき、兵士たちをつぎつぎと追いおとしてゆく男たちもいた。

彼らの反撃はなにか突風が渦巻いて走りぬけるようであり、さすがの包囲軍も浮き足たち、船隊が混乱した。彼らはその間を風のように突進し、対岸の厚い包囲を破った。長島の城砦に残る病人、女子供たちが一人残らず斬首《ざんしゅ》されおわったとき、ほとんど夜になっていた。宵闇《よいやみ》のなかで、火をかけられた城砦が、すさまじい炎をあげて燃えつづけた。

長島の本城がこうして壊滅したのをみて、残る二砦は固く門をとざし、最後まで戦う決意を固めたらしかった。しかし本城が落ちたいま、もはや戦力はほとんど残されていなかった。叛徒たちは、包囲軍が砦の周囲に枯柴《かれしば》、藁束《わらたば》を山と積みあげるのを、ただ見ているほかなかった。

その二つの砦が長島の本城と同じく火をかけられたのはそれから間もなくである。煙にまかれ焼きころされた男女の数は万をもって数えたという噂《うわさ》であった。

長島の仏教徒の叛乱は十月には完全に一掃された。最後の攻撃の際、反攻に成功した七、八百人の僧や百姓をのぞくと、あとは全員殺害された。聖域の全山焼打ちと等しく、ここでも反対勢力は根こそぎ抹殺されたのである。

III

友よ。宮廷《コルテ》というものは、フィレンツェであろうが、ミラノであろうが、リスボアであろうが、同じように孤独なものだ。そしてこのGuifu（岐阜）の宮廷《コルテ》においてもそれが例外でないことを知るのに、私は半年を要さなかった。たしかに大殿《シニヨーレ》は三十人ほどの近侍にかこまれ、彼らと親しげに談笑しようとすることはある。また酒宴や茶の会もしばしば開かれてもいる。さらに、鷹匠《たかじよう》を連れて、騎馬による狩も行なわれ、宮廷《コルテ》の女官たちもその参観を許されることがある。そして何より、大殿《シニヨーレ》の姿は訓練する鉄砲隊や、騎馬隊のあいだに見いだされるのがつねだった。にもかかわらずそうした大勢の人々の中にある彼の姿は、周囲から孤立し、冷ややかな空気につつまれ、そのまわりに、一種の不可視な障壁のようなものが立ちはだかっているような印象をうけたのである。彼が廊下を通りぬけてゆくとき、青白い顳顬《こめかみ》のひくひくする動きや、鋭く一点を見つめるような眼《まな》ざしとともに、冷たい空気の揺曳《ようえい》が、見えないヴェールででもあるかのように、あとまで黒ずんだ感触を残していった。おそらくそれは、多くの家臣たちが味わっていた実感だったに違いなく、私は、事実、二、三人の人々からそれに似た印象を聞かされたことを憶《おも》いだす。家臣たちのほうも大殿《シニヨーレ》から声をかけられたというだけで、顔が緊張にこわばり、なかには、頬が痙攣《けいれん》したり、頸《くび》ががくがく震える者もいたのである。また、私の見るところ、家臣一般はむろんのこと、重臣団、将軍《ジェネラーレ》たちも大殿《シニヨーレ》と会ったり、話したりする場合は、一間へだてた控えの間に座を占めるのが普通であり、大殿にまつわる畏怖《いふ》を、彼が積極的に利用していたふしもなくはない。たしかにこういう大殿《シニヨーレ》を眺めていると、私が堺《さかい》にはじめて着いて以来大殿《シニヨーレ》について噂《うわさ》された残忍さ、冷酷さが、いわばその蒼白《あおじろ》い、背の高い姿の中に、化身となっているような感じがした。しかし日々彼に接する旧臣たちも多かったことを思うと、彼の周囲にただようこうした暗い、冷んやりした雰囲気をつねに感じさせるという事態は、異様といえば異様だったように思う。

私が岐阜に着いた当初から、最後のころまで、よく言われたことは、大殿《シニヨーレ》がフロイス師やオルガンティノに対して、なぜあのように親しげに振舞われるのか、ということだった。たとえばカブラル布教長の儀礼的な訪問の折にも、彼は私たちとじきじきに会って、同じ卓を囲んで話したし、フロイス師がはじめて岐阜を訪ねたときは、まだ少年だった大殿《シニヨーレ》の息子たちが、師のために茶菓を運んできたということだ。そこには、遠来の客をねぎらおうとする配慮が働いていたことは当然だが、それにしても、こうした接待や言動のなかには、重臣や家臣に示すのとは全く異なった彼の性格、態度が現われていた。私などが受ける大殿《シニヨーレ》の印象は、むしろ敏感な、知的な、内省的な人物のそれであり、そこに一片の残忍さ、粗雑さ、平俗さも混ってはいなかった。彼はよく諧謔《かいぎやく》を好み、私がするジェノヴァの艶話《つやばなし》なども、もどかしい日本語なのに、辛抱づよく耳をかたむけ、とくに僧侶《そうりよ》が女のもとに出入りし、薪で叩《たた》きだされるような落ちには、真実、愉快そうに笑っていたのである。また時には、どこで仕込んだか知れぬ似たような話を、彼自らすることがあり、そういう時の大殿《シニヨーレ》の顔には、自分の話の効果をたのしんでいるような、上機嫌な、人のいい優越感が、手放しで、現われていたように思う。そしてこういう態度を彼は家臣の誰にも見せたことがなかったため、その変化がなぜ私たち異国人によって引きおこされるのか、彼をとりまく人々には理解されなかった。たとえば後になって、石山城攻撃の折、新たに着任したジョアン・フランシスコ師をながいことその陣屋にとどめ、話に熱中していたときなど、大殿《シニヨーレ》はキリシタンとなられたのではないかという噂が、かなり広くひろがり、相当の人たちまでそれを信じたほどだった。

こうした変化は、一つには、私たちが彼と無関係の異国人であるという点から由来している。たしかに私たちに対して格別畏怖を与える必要もなく、また統制者としての規律を体現する要求もない。しかし別の考え方からすれば、異国人なるがゆえに、私たちに畏怖を与え、統制者としての冷ややかな距離を置く必要はありはしまいか。少くともノヴィスパニアやモルッカ諸島で総督が示していた態度はそれだった。とすれば、大殿《シニヨーレ》が私たちに示した親しみは、ただそれだけの理由から生まれたものではない。むろん武器、戦術、航海術、自然諸学に対する彼の異常な関心が働いてはいた。しかし私にとって最大の理由と思われるのは、私たちが、大殿《シニヨーレ》に対して、なんらの偏見も先入主もなしに、一個の人間として対処し、話しあうことができたからではなかったか、という点である。たとえば、家臣団の過半は、大殿《シニヨーレ》の名を聞いただけで、顔色が一瞬変り、表情は固く緊張する。まして大殿《シニヨーレ》が傍を通るとき、彼らは地面に平伏して頭をあげようともしない。よしんば大殿《シニヨーレ》のそばに呼びだされ、何か声をかけられても、彼らは容易にそれに答えることもできず、啞《おし》のようになって、床に頭をすりつけているのだ。彼のまわりにいる二、三十人の近侍たちでさえ、話題のなかへ踏みこんでゆこうとはせず、ただ紋切型に応答するか、妙にぎこちなく、甚だ生彩を欠く話し方しかできなかったのである。

私は大殿《シニヨーレ》が板張りの部屋に独り寝るのだとも、また夫人や子供たちと生活をともにするのは月のうち数日あるかないかだとも、聞かされていた。おそらく彼の肩に重くのしかかっていた義務や目的や、さらに一刻の油断もゆるさぬ危機が、彼を駆って、たえず仕事や計画や自己集中に向けたであろうことは容易に推測される。衆愚の高みにのぼった魂は孤独に罰せられるというが、大殿《シニョーレ》の場合、それがあまりに鮮明に刻印されているのに私はいまなお驚きを感じる。大殿《シニョーレ》のなかに明滅する人間的な感情（そこには弱点といえるものも含まれるのだ）を一向に理解することができず、ひたすら自分たちのつくった恐怖の映像を相手にしている家臣団をみるにつけ、私は、大殿《シニョーレ》を包んでいる陰鬱《いんうつ》な、冷ややかな空気が、大殿《シニョーレ》自身の雰囲気というより、周囲がおのずとそこにつくりあげたものであることを確信しないわけにゆかなかったのだ。これに対して私たち異国人にとって、彼がいかに残忍な王であろうと、多くの人間たちの一人としてしか眼にうつらなかった。それは、剛勇なコルテスが宝石の美に魅惑されていたり、冷静なコジモ・デ・メディチが美麗な細密画に涙ぐむほど感動したりするような意味での、弱点も欠陥も備えた一個の人間として彼と話ができたということである。大殿《シニョーレ》が私たちに示した厚意や親密感には、たしかに多くの理由が考えられるが、少くとも私には、こうした一個の人間として接する私たちの態度のなかに、彼がある種の安堵《あんど》感《かん》、自然らしさ、くつろぎを感じたためではなかったか、と思われるのである。それでなければ、なぜ彼があのようにたびたび私を宮廷に呼びだしたのか、そして後になって、Azuchi（安土《あづち》）にセミナリオがつくられたとき、なぜ彼が朝となく昼となく学院を訪ねて、オルガンティノや私と話しこんだのか、説明がつかなくなる。彼は、君主として、宮廷の孤独や、臣下との儀礼的な接触には慣れていたし、その戦略や統制計画に見られるような数理的な明晰《めいせき》さを愛してはいた。しかし同時にその感じやすさ、人懐《ひとなつ》っこさ、善良さが自分でも気づかぬ場所で、自らの伴侶《はんりょ》を求めていたことは考えられるのである。政治、軍略に関してあれほど自己に対し苛酷《かこく》であり、人にもそれを要求した大殿《シニョーレ》が、心の内奥《ないおう》で、こうした人間的な触れ合いを求めていたことは想像できる。それは、あれから十数年経過する現在でも、私には、確かなことのように思えるのである。

大殿《シニョーレ》のこうした内奥の欲求を最も正確に見ぬき、あえてそれをやってのけたのは寵臣《ちようしん》Faxibadono（羽柴《はしば》殿）ぐらいであろう。この人物は一種の得体の知れぬ活力のようなものにみたされた、眼の大きな、浅黒い小男で、風采《ふうさい》はあがらなかったが、陽気さと、意地の悪い率直さと、才智《さいち》に恵まれていた。そして彼は大殿《シニョーレ》のこうした内奥の心の動きをよく見抜いていながら、全く知らぬ振りをして、大殿《シニョーレ》が近ごろは肥《ふと》ったとか、痩《や》せたとか、食事が過度であるとか、足りぬとか、要するに、日常の取るにたらぬ話題を口にしては、時おり大殿に叱責《しっせき》されたが、彼にとっては、こうした叱責はもちろん計算に入っていたのであって、叱責の重なるたびに、羽柴殿の寵愛《ちょうあい》は深くなったのである。彼は戦略家としても一段と他の重臣たちより優れていたし、一介の農民の息子として出生したという彼の経歴を考えれば、その異常な立身からも、彼の才智のほどはうかがわれる。

　私は岐阜に来てほぼ一年するうちに、大殿《シニヨーレ》を取りまく重臣団、家臣団の構成、系統などをおのずと理解するようになった。もちろんすべての重臣たちと知り合ったわけではないが、宮廷《コルテ》内での振舞い、占める場所、大殿《シニヨーレ》の態度からかなりの事柄は推測されたし、何人かの私の補佐役から事情の細部を説明してもらったこともある。それによると、大殿《シニヨーレ》を取りまく重臣団、総大将《カピターノ・ジェネラーレ》、Daymeos（大名）、諸将《ジェネラーレ》のうち、第一は、大殿《シニヨーレ》が Ovari（尾張）の領主《ゴベルナトーレ》だったころから従っていた家臣たち（その代表が羽柴殿だった）、第二は、大殿《シニヨーレ》が支配権を拡張するあいだに、その権力下に入った諸侯、家臣たち、第三は京都の支配者《ゴベルナトーレ》公方《くぼう》様と関係が深く、公家貴族《フイダルゴ》ないし武家《ジエンテ・》貴族《ノーブレ》に属し、伝統的な学問、文学に関心を寄せる重臣たち――の三派がはっきり大別できたようだ。当然この区別からはみだす人物、その中間にある人物などもいた（たとえば、佐久間《さくま》殿などは第一の党派に入るべきだが、キリシタンの同情者という点で、むしろ第三の党派に近かった）が、大体においてこの三派がそれぞれ共通の利害に結ばれた「党派」を形成していたと見て差しつかえあるまい。私はこの見解をオルガンティノに伝えたが、彼は多くの点で私に賛意を表してくれた。

この三派のなかで、当然ながら大殿《シニョーレ》と最も親密な関係にあったのは第一の党派だが、大殿《シニョーレ》が戦略と統治の面で信頼を置いていたのは第三の党派の人々だった。この点は最後まで私によく理解できなかったが、おそらく彼らは、自分たちが本来依存すべき京都宮廷《コルテ》の権力の空無となった時代に生まれ、ひたすら虚《むな》しい家名の重さを背負って生きつづけなければならなかったため、勢い軍略と政治の技術家として腕を磨かざるを得なかったし、また、ただその技術のみで自分を諸侯《ゴベルナトーレ》に売りこむことに慣れていたからだったにちがいない。その意味では彼らは教養ある人士《ジエンテ・リンパ》であり、ヨーロッパの宮廷でも十分やってゆける礼節と打算を身につけていた。彼らが多かれ少かれキリシタン宗門に対して関心をもち、フロイスやオルガンティノとも個人的に親しかったのは、彼らの「教養」が新しい宗教や考え方に対して無関心でいるわけにゆかなかったためである。

この点、大殿《シニョーレ》がフロイスらを愛するのと決定的に違っていた。大殿《シニョーレ》もむろんフロイスやオルガンティノから天地創造説や霊魂不滅についての教説を聞きはしたが、彼はそれを多くの説明のうちの一つとしてしか受けいれなかった。彼は当初にフロイスに言明していたとおり、眼に見えぬものは信ぜず、理にかなうものだけを重んじたのである。むしろ大殿《シニヨーレ》がフロイスやオルガンティノに好意をもったのは、彼らが、自ら信じるもののために、身命を賭《と》して、水煙万里の異邦にまで来て、その信念を伝えようとした熱意であり、誠実さであったといっていい。事実、私は、彼がたびたびそう言っていたのを聞いたことがある。大殿《シニヨーレ》は、誰ひとりフロイスらを理解することなく、彼らが見知らぬ異郷で苦難と孤独をなめているその時に、ほとんど直観的な洞察によって、彼らの心情を理解したのである。

大殿《シニヨーレ》によれば、フロイスやオルガンティノは、信じるもののために、危険をおかし、死と隣りあって生きていたのだ。「彼らが何ものをも求めぬのを見よ」大殿《シニヨーレ》は仏僧たちを非難する折、かならずフロイスらを引きあいに出してそう言うのがつねだった。もちろん私はすべてがすべて大殿《シニヨーレ》の考え方が正しかったとは思わない。しかしローマで権勢を追ったり、またはアブルッチの片田舎の教区で葡萄酒《ぶどうしゅ》を飲むほか仕事らしい仕事もせず、惰眠と安逸と肥満のなかにずり落ちている僧侶たちを見るにつけ、禁欲と克己によって日本王国にまで信仰を伝えようと志す彼らの態度には、たしかに大殿《シニヨーレ》の共感を呼ぶに足る激しい燃焼があったのである。

私が第三の党派に類別した重臣たちがフロイスやオルガンティノに示した熱意や献身は、一見すると大殿《シニョーレ》のそれと似ていながら、その意味合いからみると、全く別個であったと私が主張するのも、ひとえに、大殿《シニョーレ》の心がフロイスたちの生き方の激しさ、厳しさに向けられていたのに対し、第三の重臣たちのそれは、むしろキリシタンの慈悲や愛に向けられていたからに他ならない。大殿《シニョーレ》がキリシタン宗に対して好意を寄せているにもかかわらず、慈愛《ミゼリコルディア》を説き、摂理《プロヴィデンツァ》を敬う教義そのものに何の関心を示さぬばかりか、恩赦の一片をさえ敵方に与えず、皆殺しにするという態度には、これら重臣のみならず、当の庇護《ひご》をうけているキリシタン大名、武士、もしくはキリシタン同調者のあいだでも、眉《まゆ》をひそめる者がいたのである。彼ら一人一人の胸のうちには、和を乞《こ》い、帰順を示す相手を斬殺《ざんさつ》しなければならぬ理由が見いだせなかったし、むしろ彼らを帰順せしめることによってのみ、戦後の処理が進むものと思われたのだ。なかでも佐久間殿、Dariodono（高山殿）、Araquidono（荒木殿）、Aquechidono（明《あけ》智《ち》殿）、Fosoquavadono（細川殿）はこうした大殿《シニョーレ》の剛直な決断に対して、柔軟な処理を望む人々として知られていた。

大殿《シニョーレ》はある日彼らの一人（おそらく佐久間殿と噂される）に対して次のように言ったと伝えられる。

「汝《なんじ》は合戦を行なう以上、ひたすら合戦に勝つことを願わなければならぬ。これは自明の理である。合戦の事があるか、または、合戦の事がないか、二つに一つしかないのである。汝が合戦のあいだ敵方に慈悲をあたえることは、いかにも人間の道にかなうようではあるが、そもそも合戦そのものを考えれば、そこに慈悲のあるはずはない。合戦とは相手に勝つためのものであり、相手を打ちはたすためのものである。合戦がある以上、もはや慈悲はない。もし慈悲のみあるならば、合戦のあるべきようはない。慈悲が人の道にかなうと汝が思うならば、汝はいかなれば合戦の事に身をいれるのか。また合戦に利あらず和を乞う者があれば、さきに合戦を願い、いままた慈悲を願う怯者といわねばならぬ。すなわちさきには慈悲の一片すらあずかり知らぬ者が、突如として、慈悲のことを口にするのである。合戦の事に入るならば、いかようなりとも、はじめより終りまで合戦のことでなければならぬ。あたかも木匠《こだくみ》の家を建てるに、家の事に終始し、また画工の襖《ふすま》に筆をふるうに絵のことに終始するのと同様である。木匠の木を刻み、木口を組みあわせるは、兵法家《ひょうほうか》の合戦におけると等しく、画工の筆をとるは、兵法家の槍《やり》をとるに等しい。我ら兵法家に油断懈怠《けたい》ある場合は、合戦において敗北の汚辱を蒙《こうむ》るは必定。また木匠、画工において油断懈怠ある場合は、彼ら等しく事成らずして、自ら深い汚辱を蒙らねばならぬ。されば、事の成る、成らぬは、ひとえに、道理《ことわり》に適《かな》う、適わざるに依《よ》る。名人上手といえる人は、ひたすら木の道、絵の道に終始して懈怠あることなく、道理《ことわり》を求めて自らを恃《たの》むのである。かくてはじめて事が成るのである。事成ってはじめて人々がそれを受けるのである。事成るに於《お》いてはじめて名人上手があるのである。されば兵法家が合戦において慈悲を思わぬは、画工がひたすらに絵の道にとどまるのと同様である。もし絵の道をほかにして画工の気魂が生きえぬとすれば、合戦をほかにして兵法家の気魂の生きうる道理はない。合戦において慈悲を思わぬは、ただただ兵法家の気魂を生かしむるためである。ひとたび合戦にて相対する者、また兵法家であるとすれば、彼らに慈悲をかけることなく、討ち果してこそ、彼らに兵法家の名をあたえ、誉れあらしめるものである」

私は大殿《シニョーレ》のこの言葉が噂《うわさ》の通り佐久間殿に向けられたものか、あるいは他の誰かに向けられたものか、正確に察知できないが、少くともそれが大殿《シニョーレ》の言葉であることは保証できる気がする。私もそれに似た言葉を前に聞いていたし、また大殿《シニョーレ》が名人上手といわれる芸術家に対して、このうえない敬意を払い、戦乱のさなかにあっても、彼らが心して自分の仕事に精進できるよう厚い庇護をつづけ、たびたび褒賞《ほうしょう》をあたえて彼らの労をねぎらったことは、すでによく知られているからである。

大殿《シニョーレ》が言う「事が成る」という言葉ほど、彼の行動のすべてを説明するものはない。

そして彼は、事の道理に適わなければ、決して事は成らぬ、と信じていたのだ。私は大殿《シニョーレ》のことを、あの当時、天魔変化とののしった人々に対して、言ってやりたいが、大殿《シニョーレ》ほどに繊細な感情をもち、この兵法家として名人上手の道を極めるために、自らの感情をこえていった人を知らない。彼はただ非情になることによって、人間に、なにごとかをもたらすという困難な道をえらんだのだ。そして彼がこの道に踏みこめば踏みこむほど、周囲の人々は彼の非情を理解しなくなった。彼は自らに厳しくこの戒律を課したために、どのような階層に属し、どのような仕事に従おうと、ひとたび懈怠のある場合は、死罪をあたえることとさえしたのだ。私はフロイス師から大殿《シニョーレ》が、留守中にその勤めを怠り、寺社に参詣《さんけい》した奥女中たちを斬首《ざんしゅ》に処したという話をきいたが、これなどは大殿《シニョーレ》の厳しさを示すもっともよい例であるかもしれぬ。

私は大殿《シニョーレ》の愛顧のゆえに、このような理由を書き綴《つづ》っているのではない。前にも書いたように、安土城下にセミナリオができたとき、彼はしばしばそこに立ちよっては、音楽に耳をかたむけ、陽気なオルガンティノの人のよい冗談に笑い、私にながい航海冒険談を語らせ、天体観測器の使用法や、臼砲《きゅうほう》による城砦《じょうさい》攻撃法などを熱心に学びとろうとしたのである。私は多くの日本人に会ったが、大殿《シニョーレ》ほど「事の成る」ことをもって、至上の善と考えた人物を見たことがない。彼は近侍二、三十名ほどの騎兵隊に囲まれて、野山を疾駆して作戦を指導するし、また彼は飾りのない単純な衣服を着用する。それがただ「事が成る」のに適っているからである。そしてまさにそれこそは私のような冒険航海者が危険と孤独と飢餓のなかから学びとった真実――すべてから装飾をはぎとった、ぎりぎり必要なもののみが力となるという真実――にほかならないのだ。私が大殿《シニョーレ》のなかに分身を見いだしたと言ったとしても、友よ、それを誇張とは受けとらないでくれたまえ。私は彼のなかに単なる武将《ジェネラーレ》を見るのでもない。優れた政治家《レプブリカーノ》を見るのでもない。私が彼のなかにみるのは、自分の選んだ仕事において、完璧《かんぺき》さの極限に達しようとする意志《ヴォロンタ》である。私はただこの素晴しい意志をのみ――この虚《こ》空《くう》のなかに、ただ疾駆しつつ発光する流星のように、ひたすら虚無をつきぬけようとするこの素晴しい意志をのみ――私はあえて人間の価値と呼びたい。

友よ。この大殿《シニョーレ》は若いころから、酒に酔い興に乗ると、扇子を片手に次のような歌をうたって舞をまうのが好きだったということだ。その歌というのは「人間五十年、下天の内をくらぶれば、夢幻《ゆめまぼろし》の如《ごと》くなり」というのである。彼はすでにしてこの世界の虚無に直面し、夢まぼろしの世界をいかに生きるかに心していたといえまいか。この虚無に立ちむかい、死に挑んで、自己の意志と能力の極限まで達しようと努めていたといえまいか……。

私が京都のオルガンティノから手紙を受けとったのは、〔一五〕七四年の暮である。長島討伐のあと、岐阜の宮廷《コルテ》では東方軍団に対処するための軍略会議が何度かひらかれ、鉄砲隊の訓練は以前にまして強化されていた。私の小隊《アルカ》も長島の実戦を経て、小銃《ブス》の操作に一段と進歩をみせ、とくに三段連続の射撃と前進後退を組みあわせた新しい戦術は全鉄砲隊に採用された。もしあのときオルガンティノが私を京都に呼びよせなかったなら、私は東方の武田《たけだ》軍団との戦闘に参加することができたし、京都をはじめ遠く南方の Satzuma（薩摩《さつま》）まで広く噂された長篠《ながしの》会戦における鉄砲隊の目ざましい働きをも、この眼で確認することができたであろう。しかし私は京都でオルガンティノが新たに直面している種々の困難を思うと、岐阜の宮廷《コルテ》に軍事顧問としてながくとどまってはいられぬことを感じた。

京都ではフロイス師もオルガンティノも昼夜をわかたぬ働きをつづけていた。私はそれをオルガンティノからの手紙でも知っていたし、また京都からの伝令によっても時おり知らされた。とくにキリシタン宗門に共感を寄せる将軍《ジエネラーレ》たち（佐久間殿、高山殿、荒木殿、柴田《しばた》殿、村井殿等）が岐阜を訪れる際に齎《もた》らしてくれる詳細な情報によって、ある意味では、京都にいるよりも、布教活動の全体が理解できるのであった。

しかしそうした報告から、私は、オルガンティノが相変らず過労から病気がちであるのを推測しないわけにゆかなかった。というのは、そうした報告のなかに、しばしばオルガンティノの名が欠けていたからである。また事実、彼が病気をしているという報告も時おり伝えられた。たしかに支配者《ゴベルナトーレ》公方様の追放後、京都の小康状態はつづいていたし、五畿内の領主たちのあいだにもキリシタン宗門の帰依者《きえしや》がふえていて、フロイスかオルガンティノかどちらかは、たえずそうした領主たちの城下を訪れなければならなかった。京都に残れば残ったで、早朝のミサ、午前の祈禱《きとう》、種々の葬祭の連禱《れんとう》、その後、集まる信者たちへの説教がつづいた。午後は祈禱のあと、教会の諸儀式に関する説教があり、異教徒たちのための特別の説教もこの時間に組みこまれていた。キリシタンの準備をしている人々の懺悔聴聞《ざんげちようもん》がこれにつづいたが、その数は日ごとに増大していたため、フロイスたちは時には食事をとる時間を見出《みいだ》せないこともあった。フロイスは夜の時間を多くゴア宛《あて》の長文の報告書の作成と、種々の著作にあてていた。彼自身の語るところによれば、著述に没頭して夜明けの光が部屋に仄白《ほのじろ》く忍びこむのにも気がつかぬことがしばしばあったという。オルガンティノのほうは到底それだけの体力はなかったが、しかし気力のかぎり日本語の習得につとめ、貧民街をおとずれ、病人を見舞い、異教徒の家にも乞《こ》われれば喜んで足を運んだ。

オルガンティノはそういうとき仏教僧のような黒い法衣をきて、素足にJoris（草《ぞう》履《り》）をはいて出かけた。それが私たちヨーロッパ人の眼に異様に見えたのは当然だが、日本人の眼にも奇異な姿にうつったらしく、信徒のなかには、彼がパードレにふさわしくポルトガルの黒マントに鍔広《つばひろ》の帽子をかぶってもらいたいと申し出る者があった。しかしオルガンティノはそうした意見や批判を笑って受けつけなかった。彼の言うところによれば、この奇妙な「南蛮僧」の姿は、日本人の警戒心や畏怖感《いふかん》を解くには最良の方法なのであった。「なぜといって」とオルガンティノは、ある日、私の質問に答えて言った。「日本人は私のこうした恰好《かっこう》から容易に坊主《ぼうず》を想像しますし、そうした想像から、彼らはごく容易に、私たちが、いわば一種の坊主のごとき存在、つまり宗教者であることを納得するからです。そしてこの姿は、彼らの見慣れた法衣に似ていますから、そこに親近感を彼らは感じはじめるのです。しかも善意に富んだ、心のやさしい彼らは、私のごとき異邦人が、あえて彼らの習俗に従い、彼らのQuimonos《キモノ》を着たということに、ある種のLusinga《ルジンガ》（自尊心のくすぐり）と満足とを味わうのです。そのうえ私のその姿が多少滑稽《こっけい》であり、風変りであるとすると、彼らは敏感にすぐ笑いだしますが、しかしその笑いには、自分たちと同じ風習になじむことによって滑稽になった異邦人への、同情と親愛と身贔屓《みびいき》が含まれているのです」

彼のこうした観察のなかには、フロイスとは違った、農民の子らしい抜け目ない現実感覚が働いていた。しかし彼の意見の正しさを証拠だてるように、オルガンティノの気楽な、形式ばらぬ、庶民風な態度は、京都の人々に好感をもって迎えられた。彼らはキリシタンにならぬまでも、少くともオルガンティノの心やすい態度には、たえず善意をもって報いていたようである。彼らは河原で粥《かゆ》の炊《た》きだしを監督するオルガンティノのまわりに集っては、生れはどこであるか、その生国は天竺《てんじく》よりも遠いのか、そこでは人々は何をたべているのか、山はあるのか、町はどんなか、人々は商売をするのか、戦争はあるのか、などと口々に訊《たず》ねるのであった。

カブラル布教長の指摘をまつまでもなく、こうした状況のなかで、あの古ぼけた、隙間《すきま》風の吹きこむ会堂で聖祭をつづけ、説教を行なうのは、いささか不便でもあり、手狭でもあった。そして多くの信徒たちが望むように、教会を新たに建立《こんりゅう》して、宗門の荘厳《そうごん》と慈愛を外形で示すことは、差しせまった必要となっていたのである。私が受けとったオルガンティノの手紙は、こうした会堂建設計画が生れるまでの種々の経緯と、ある仏教寺院の買収が不成功に終った顚末《てんまつ》と、最終的に新会堂を建築する案が聖職者、信徒全員により決定したことを報《し》らせてきた。「私はブレシアで神学校に入るまで大工の見習をしたことがあります。その後、聖トマスの真似《まね》をしたわけではないが、私は大学で建築術も学びました。新会堂の建設を私が強く望んだのも、多少、私なりの自信と成算があったからです。もちろん今でも私は十分に会堂建設には自信をもっています。しかしただ不安なのは、聖職に加えて、この建設事業を直接に支配し、図面を引いたり、工事を監督したりして、果して健康が完成まで保てるかどうか、という点です。私はむろん病気や過労をおそれるものではありませんが、しかし万一の場合、新会堂が私たちの望むように完成させられるかどうかは大いに疑問です。今の私は、なんとしてでも、こんどの会堂をヨーロッパの建築術にふさわしい壮麗なものに仕上げたいのです。資金や資材、建築家、大工などの点で、なお多くの困難がありますが、しかしそれは何とか解決しうるはずです。ただヨーロッパ建築の技術を知る人間がそこから欠けたら、それこそ全体がどのようなものになるか、わかったものじゃありません。ところで、貴兄もまた建築技術の心得があり、ヨーロッパの教会堂構造をよく知っておられる。私は、会堂をより完全なものにするためにも、また私のこうした不安をのぞくためにも、貴兄にすぐ京都に帰ってもらうことを、建立のプランが練られはじめた当初から考えていたのです。大殿《シニヨーレ》にはフロイス師から改めてお願い申しあげるから、貴兄におかれては、ぜひ会堂建立のため京都に帰ってほしい。いますぐそれが不可能なら、可能になり次第、すぐにも帰ってきてほしい……」

私はオルガンティノの手紙を読みおえた瞬間から、すでに京都へゆくべきだという考えははっきりしていた。しかし東方から武田軍団が迫ってくることが明白な事実となっている現在、はたして大殿《シニョーレ》は私に京都ゆきを許可するかどうか——問題はそれだけだった。もっとも私の鉄砲集団はすでに長島で十分にその成果を実証していたし、あとは彼らが各鉄砲隊に配属され、そこで個々に装塡《そうてん》、発射を訓練させればよい段階にまでなっていた。いわば私の役割は第一次的には終っていたのである。

大殿《シニョーレ》がオルガンティノの要請にこたえて私を京都にゆかせたのは、こうした事情と無関係ではない。彼は重臣数人と送別の宴をもうけ、その席で私に、細密画を刻んだ刀を贈ってくれた。私はその宴の翌日、岐阜をたった。十二人の兵士たちが騎馬で私を護衛した。次の日の朝、私は近江《おうみ》の淡水の湖を見た。湖面はおだやかで、冬の冷たい光を反射していた。

京都に着くと、私はまっすぐ会堂へ急いだ。オルガンティノは私の身体を抱きしめると、涙ぐみ、君を志岐で追い払わなくてよかったよ、と言った。古い会堂は変りなかったが、前よりも活気があるように見えた。聖歌を練習している人々がおり、聖堂を清めている女たちがおり、祈っている老婆《ろうば》がおり、修道士のまわりに集っている子供たちがいた。大工の棟梁《とうりよう》たちもすでに何人か来て、オルガンティノが図面を示して説明するのにうなずいたり、互に小声で相談したり、腕組みをして考えこんだりした。

私も早速彼らと相談し、広さ、間どり、構造、屋根組み、窓、正面飾りなどの細部を検討した。彼らは仕事に熱心であるばかりでなく、謙遜《けんそん》で、理解力に富み、恐るべき柔軟な適応能力をもっていた。

しかしながらオルガンティノのこうした熱意と周到な配慮にもかかわらず、会堂建設のための準備には、それから一カ年の歳月が必要だった。私はオルガンティノと相談しながら、何枚もの図面をひいたばかりではない。彼とともに五畿内の諸侯を訪ねては、建築計画を説明したり、木材や石材を調査して廻った。その運搬経路を各地方の担当者、信徒代表と打合せ、人夫、食糧調達、宿泊などについての計画も練らなければならなかった。

岐阜から、武田軍団が長篠《ながしの》で壊滅したという驚くべき報告が届いたのは翌七五年五月のことだった。その報告のなかに「鉄砲隊の活躍ことのほかにて」という一行が私の心にしみた。私はその目覚しい戦捷《せんしょう》をこの眼で見たかったが、しかし戦闘自体の帰趨《きすう》はごく当然の結果であるような気がした。おそらくあれだけの精鋭であれば、ホンデュラスで熱病と飢餓のため四散し壊滅しさった、片目の総督の軍隊をも、十分撃破しえただろう。

私が京都にいて時おり残念だったのは、大殿《シニョーレ》と話す機会がまったくないということだけであった。長篠の会戦に参加していれば、私たちは、戦闘のすべての点を綿密に反省し、検討することができ、新しい戦略をそこから共同して抽《ひ》きだすこともできたにちがいない。もちろんオルガンティノがいなければ、私はこうした建設資材の買付けや運搬準備に時間を費やす気にはならなかったのは事実だ。私の建築術なり労力なりが少しでも教会のためになったとしたら、それは一重にこの肥《ふと》った、人の好い、ブレシア近郷の農民の子への友情のせいだった。少くとも私は、彼がその短いまるい鼻の頭に汗を浮べて、会堂建設に奔走しているのを見ていると、長篠会戦に参加しえなかった残念さなど、まるで問題にならぬように思えた。

私たちがいよいよ会堂建設の資材搬入にとりかかったのはその年の終りであり、翌七六年初頭からはすでに建設にとりかかっていた。この会堂建設に最大の貢献を行なったのは、第三の党派に属する重臣たちだったが、なかでも高山殿は、自ら大工たちを督励し、図面を見、木材の供給を引きうけ、山林まで自分から出向いて木挽《こび》きたちを励ましたのである。木材は山から馬に曳《ひ》かれて大河に到り、それを船に積んで大河をのぼって京都に運んだのだが、これを彼は自分ですべてとりしきり、みずからの眼が届かぬところには、息子のVcondono（右近殿《うこん》）を派遣した。

工事のあいだ、私たちが一番難儀をしたのは、労働者たちが集らないことであった。

すでに安土《あづち》では、大殿が壮麗な宮殿を建設しはじめていた。そのため大工、左官、石工などの職人も不足していたのである。そうしたとき高山殿は、自らの領内から労働者を集めたばかりではなく、荒木殿、佐久間殿などつねづねキリシタンに好意を示す重臣たちに働きかけて、労働人員を募らしめた。

信者たちの熱意や働きもこれに劣らなかった。彼らは信者組織を十二分に活用して、ひとり京都のみならず、近隣の地方まで動員し、それぞれ工事分担、日割、労働時間を決め、組織だった活動を行なった。そのなかのある者は海路、食糧や米の買いつけに出かけたし、ある者は木材の買収に奔走し、またある者は職人の募集に歩きまわった。

女たちは金の髪飾り、帯留めを美しい布に包んで建設基金に加えたし、ある武士は工事現場を訪れて、黄金の鍔を刀からはずして、それを寄進した。富裕な武士や商人たちは多額の金品のほかに、月々、日を決めて交互に食糧や茶菓を供した。貧者のなかには、自らなった縄を届ける者、手一杯の釘《くぎ》をはるばる丹波の国から跣《はだし》で持参した者、板数枚を運んできた者、家で木綿を織って大工らの衣服にと寄進した婦人、少量の米を糧食にと差しだす老女、自家で使用していた鉄鍋《てつなべ》を持参した百姓女、失った息子の武具一式、絹の衣服をその霊魂の安息のためにと寄進する老武士、また長年貯《たくわ》えた銅銭を差しだす商人の寡婦《かふ》――などがいた。

こうした人々のなかには、京都の町々、河原で、人懐《ひとなつ》っこいオルガンティノと話をかわしただけの異教徒もまじっていた。彼らは、オルガンティノの心意気に感じたといって、銀数枚を持ってきたり、労働奉仕をしたりしたのである。

もちろん妨害も頻々として起った。投石、雑言、いやがらせにいたっては数限りなくあったが、そうしたことは実害がさして伴わぬので、私たちは問題にしなかった。ただ、夜半材木や石材が盗まれたり、建築用具が見えなくなるのには手を焼いた。教会側から自警団が編成され、焚火《たきび》をして終夜警戒に当ったが、京都の総督村井殿も心痛して何人かの警備員を送ってくれた。

この京都総督は小肥りの温厚な人物で、大殿《シニョーレ》の意向もあったために、教会の保護には手をつくしていた。彼は京都に資材搬入の際に支払う税を免除したばかりでなく、上記のごとき事件から、工事にともなう一切の事件を小まめに解決してくれた。彼自身よく工事現場に足を運び、日本建築と異なっている箇所などを目ざとく見つけて、オルガンティノや私に何かと質問するのであった。会堂建設が予定より早く進捗《しんちょく》したのには、この温厚な老人の配慮が大きく働いていた。

また重臣たちの好意は会堂建設のいたるところで示されたが、その一つに、私たちが後まで憶《おも》いだして笑った次のような出来事がある。それはすでに上棟式も終って、三階建ての会堂の構造が人々の眼を奪っていた頃のことだ。ある日、京都の長老たちが集り、村井殿に面会を求め、キリシタン会堂の建設許可の取消しを要求してきたのである。彼らの理由は、会堂は二階の上に最上階をそなえていて、寺院や民家を上から見おろすことになり、不快であり、不名誉でもある。早速、取りこわしてもらいたい、というのであった。それに対して温厚な村井殿は、長老たちをなだめて言うには「貴公らの考え方はいささか偏頗《へんぱ》である。彼ら異国人が来て建物をたてること自体、京都にとって名物がふえることであるのに、彼らはそのうえ異国風の新しい建物を計画し、これを建築している。われわれとしてはむしろその意を壮として、彼らを尊敬すべきではないか。思うに、彼らの住居を会堂の最上階に加えたのは、町なかの住宅密集した地域のことでもあり、敷地を十分にとることができなかったためで、彼らの計画にはやむを得ないものがある。もし最上階の建設が京都にとって好ましくないというのであれば、すでにある高い建物はすべて破壊しなければならぬ。もし長老たちがそれに同意するのであれば、私としてもキリシタン会堂の最上階の取りこわしを貴公たちに命じるであろう」

村井殿のこうした返答を聞くと、長老たちはもはや京都総督を相手では埒《らち》があかぬと判断してか、直接、市の参事会の名のもとに会堂最上階の取りこわしを命令してきたのだった。私たちはこれに答えて、次のように反駁《はんぱく》した。

「もし最上階を建設するのが好ましくないというのであれば、なぜ工事を開始する前に、そう申し出なかったのか。私たちは岐阜の大殿《シニヨーレ》にも、京都の総督あてにも、建築図面は提出し許可を得ているはずである。最上階といっても、ただ二階屋の上に小屋をのせてあるのではない。上の部分は下の構造と密接に連繫《れんけい》しているのである。もしこれを取りのぞくとすれば、建物全体の構造設計を変更しなければならず、それに伴う出費と損失は重大である。すでに建築許可が出ている以上、そのような損失をあえてしてまで卿らの命令に服する義務はないものと考える。万一卿らにおいて何らかの手段に出られるならば、私たちは岐阜の大殿《シニヨーレ》と京都総督に卿らの取締りを要求するであろう」

こうした私たちの強い意志表示を見ると、彼ら長老たちの重だった者四十人ほどが、贈与品を山と持って、安土《あづち》の宮廷《コルテ》（ちょうどその年の春、岐阜から安土へ宮廷が移されていた）へ直訴に及ぼうとした。多くの人々の噂《うわさ》によれば、長老たちをたきつけたのは都の僧侶《そうりよ》だったということだ。彼らは単に建設許可を取り消させるだけではなく、キリシタンを讒訴《ざんそ》して、一挙にパードレ、信徒らを京都から追放させようともくろんでいたという。

この情報が誰からもたらされたのか、よく憶《おぼ》えていないが、とも角、彼らに先んじて、誰かが安土に出かけて、なんらかの工作をしなければならなかった。ロレンソ老人では、急を必要とする騎馬旅行は無理であった。そこで若い日本人修道士パオロがフロイス、オルガンティノの手紙を持ってただちに安土に向けて出発した。長老たちの出発に先立つこと二日であった。安土でパオロは第三の党派に属する重臣たちと会って、事の次第を説明した。重臣たちは笑って、事態の収拾は引きうけたから安心するようパードレに伝えよ、と言った。「万一、大殿《シニヨーレ》の前で讒訴に及ぼうと、決してパードレたちに迷惑のかからぬよう努める所存だ」彼らはそう確言した。一方、京都総督の村井殿は、長老たちが安土へ直訴に向かったという報告を受けると、まだ早春の寒さも厳しく、彼自身すでに老年に入っていたにもかかわらず、馬と早船を乗りついで安土へ急いだ。彼にしてみれば、大殿《シニヨーレ》の庇《ひ》護《ご》の厚い異国人に対して、京都の町が反感を持っていることを、あからさまに大殿《シニヨーレ》に知られたくなかったのである。長老たちが安土へ到着し、宮廷《コルテ》に入ると、京都総督がすでにそこに居合わせ、温顔をほころばせているのを見て、彼らは一驚した。それでも長老たちは顔見知りの諸侯に泣きつき、陳情をつづけたが、結局、大殿《シニヨーレ》に取りついでくれる者は見いだせなかったのである。

「いやはや、あのときの長老たちの顔ったらありませんでしたよ」と若い修道士パオロは言った。「町の噂によりますと、長老たちは昼日なかには京都に帰れないので、暗くなってから、こっそり町へ入ったということです」

こうした妨害や反感にもかかわらず、春がようやく終ろうとする頃、私たちは中央の大梁材《おおはりざい》を上げる上棟式まで漕《こ》ぎつけることができた。会堂の全構造の中心をなし、すべての重量を支えるその梁材は、高山殿の領有林から切りだした大木でつくられ、太く、重く、長大であるため、七百人をこえる人々がこれにかからなければならなかった。温厚な村井殿からは、人員が足らなければ、千人であっても、直ちに派遣する旨《むね》の伝言が届けられ、親戚《しんせき》すじに当る高位の武士が彼の名代として上棟式に参列した。彼らは美麗な衣服をまとい、多数の従者とともに、酒、肴《さかな》、菓子、果物を携えてきたのである。人々は梁材を検討し、木口の嚙《か》み合いを確かめ、太綱を点検した。いよいよ棟上げの時刻が近づくと、ある者は諸肌ぬぎになり、ある者は手に唾《つば》と泥をつけ、ある者は四股《しこ》を踏み、またある者は自分の綱をぶるぶると揺らした。また笑う者があり、叫ぶ者があった。さらにまた押し合う者、興奮から泣きだす者、飛び上る者、肩をおさえる者、腰をおろす者、梁の重さを推量する者、それに反対する者、足をすくう者、倒れる者などが、それぞれ太綱の端を持ち、大工長の声がかかるのを待っていた。この工事場の騒ぎを取りかこんで、京都の町という町から、数千の見物人が押しかけていた。その大半は異教徒たちであったが、彼らはむしろこの建築に対して好意的だった。町内の異教徒たちまで、いままでの反感や妨害を忘れたように、祝儀《しゅうぎ》の品々を持ちこんできた。彼らは、自分の町が京都じゅうの関心をひいたことに、ひとかたならぬ満足を感じていたのである。

やがて歓声のうちに、上棟が開始された。大工長の掛け声のもとで、人々が一せいに太綱を引いた。幾十すじもの綱がぴんと張り、巨大な竪機《たてばた》の糸目のような綱の列となった。そして最初の、人々の掛け声がとどろいた。大工長がそれを受けとって、律動的な調子で掛け声を返した。人々がそれに応じ、ふたたび声をあわせて綱をひいた。梁材がまるで生きてでもいるように、ゆっくりと身をおこした。大工長の律動的な声。つづいて人々のとどろく声。ゆらりと上ってゆく梁。もう一度、大工長の声。そして人々の短い掛け声。大工長の声。人々の短い掛け声。そして途中から、思わず力のはいった見物人の声援が、人々の短い掛け声と一つになった。"Yoo-i-jo! Do-quei-jo!" 掛け声は繰りかえされ、そのたびに中央梁はゆっくりと苦しそうに上っていった。時おり重さを失ったようにゆらゆらと揺れ、やがて一段と高くあがり、反対側の綱の列が徐々に引きしめられていった。数刻の後、中央梁が円柱の上に固定され、他の人々によっておこされた第二の梁と結合されたとき、それは急にがっしりした堅固さをとりもどしたように見えた。ついで直ちに第三、第四の梁が太綱でおこされ、中央梁に連結された。大工たちが小枝にとまる鳥のように高い梁のうえで動いていた。大工長の合図とともに、いっせいに幾百本の太綱がはずされた。しかし太綱がはずされても、建物の梁と柱はあたかも大きな痩《や》せた木馬のような恰好《かっこう》で、そこにじっと立っていた。それはただ建物の単純な骨組、輪廓にすぎなかった。しかしとも角、そこに、いままで形さえなかった物が、はじめて形をとって存在しはじめたのである。一瞬人々は茫《ぼう》然《ぜん》として立っていた。次の瞬間、誰からともなく歓声がおこり、それは見物人たちのあいだにも波及した。フロイス、オルガンティノをはじめ修道士、信徒たちは膝《ひざ》をつき、上棟の完了を感謝して、ながいこと祈った。

建物の輪廓がこうして人々の眼の前に描かれるようになると、工事現場は以前にまして活況を加えたように見えた。鎚《つち》の音、木を削る音、釘を打つ音は早朝から新会堂の内外に聞えていた。外壁が塗られ、新たにシモの島（九州）から届いたポルトガル製塗料が軒飾りや軒蛇腹に塗られた。オルガンティノや私が設計にたちあっていたため、会堂の形態も、前屋根、正面、軒、窓枠、外壁飾り等はポルトガル風というより、はるかにイタリア式であった。敷地の制約から完全なバシリカ型をとることはできず、やや方形に近い、重苦しさをとどめる建物となったが、しかし基本の構造はまったくローマの諸会堂と等しいものである。最上階は鐘楼に接し、部屋は西から東へ六室並んでいた。

会堂で最初のミサが行なわれたのは〔一五〕七六年八月十五日のことだった。会堂は最上階、内壁装飾がまだ完成していなかった。しかしそれはほぼ完成したと見なしてもよく、オルガンティノは教会堂を聖母マリアに献じ、聖母被昇天《アスンツィオーネ》教会と名づけた。まだ梁のみえる工事半ばの会堂の天井をこえて聖歌が響いたとき、人々の頬がひとしく涙にぬれるのを私は見た。会堂の内外にあふれた人々はオルガンティノの巧みな日本語の説教を聞いた。暑い日ざしのなかで鐘楼の上に立つ金色の十字架がはるか郊外から望まれると信者たちは誇らかに語りあっていた。

こうした会堂建設のあいだに私は高山殿父子、荒木殿、佐久間殿と知りあった。高山殿は小柄な、落着いた、瘦せた老人で、顔、首、腕などに無数の傷痕をもっていた。彼はしばしば自分が戦場で愚かしい若年の日を送ったことを後悔していた。かつて自分がいかにこのような傷痕を誇りに思ったかを考えると、それだけ恥しさが増すのだと言っていた。

私がこの頃知り合った三人の重臣はいずれも温和で品位のある人物だった。篤信家《とくしんか》である高山殿は当然のことだが、異教徒である荒木殿、佐久間殿にしてもキリシタン宗門には同情的であり、かつての和田殿と同じ役割をフロイスやオルガンティノのために演じていた。この二人のうち、佐久間殿のほうは背の高い、柔和な、声の穏やかな人物で、武将というより学者《ウマニスタ》のような感じであり、ジェノヴァでなら、さしずめ市参事会議長といったところだろう。

これに対して荒木殿は色の浅黒い、がっちりした肩の、背の低い老人で、言動に幾分短気で、頑固なところがあり、緊張すると、首ががくがく震える癖があった。ふだんはきわめて温和で、むしろ陽気でさえあった。私は一、二度、彼の居城にオルガンティノに連れられて出かけたことがあったが、館《やかた》での彼の生活は明るい幸福そのもののように見えた。上半身を真っすぐにした上品な老夫人と、美しい娘たち、孫たちに彼は囲まれていた。荒木殿はまだ幼児にすぎぬ何人かの孫を抱いたり、頬ずりをしたり、舌を出してみせたりした。私は日本滞在中、子供のこうした愛撫《あいぶ》の仕方を下層民のあいだでは何度か見たことがある。しかし武士階級、とくに上層武士のあいだでは絶対にかかる光景は見ることはできなかった。子供がすでに言葉を話しはじめるようになると、彼らは、事の是非を、対話によって教えようと試みる。十歳の子供を、あたかも老成の人間と見なしているが如《ごと》くに話すのである。また子供たちが理性に順応するさまは、ヨーロッパのいかなる国においても、その比を見ないほどである。この事実は、日本王国に来て、私が最も驚いたことの一つであった。

ところが荒木殿の館では、子供たちは天性の陽気さ、大胆さ、明るさを取りもどして、誰からも一言の叱責《しっせき》も受けなかった。私たちがくつろいで話しあっている折にも、子供たちは荒木殿の肩へよじのぼり、背後にまつわりつき、肩から膝へと墜落してきた。子供らは笑い、喚声をあげ、耳をひっぱり、髯《ひげ》をとらえ、懐《ふところ》のなかに入りこもうとした。そんなときにも荒木殿は子供たちの相手をし、その鼻をつまんだり、足を引いて転がしたり、腕の下に抱えこんで悲鳴をあげさせたりしていた。

母親たちがそれに気づくと、私たちに詫《わ》びを言って、子供を連れさろうとするが、荒木殿のほうがそれを残念がっているような様子だった。荒木殿の娘のうち、一段と美しい、母親に似て姿勢の真っすぐな、静かな挙措の婦人がいた。彼女はここの城下ばかりではなく、京都でも評判の美女であることをオルガンティノが教えてくれた。

「私にとっては、こうして一家が賑《にぎ》やかに栄えているのが何よりです。家臣たちが和合するのは言うに及ばず、領民の末まで安楽に暮すよう望みます。賑やかな暖かさ、陽気さ、安楽さ、それが家のなかにあればそれで十分。そうです、暖かく眠ること。仔犬《こいぬ》が身体を寄せ合っているように、くつろいで、仲良く、平凡に、凡庸に、野心なく生きること。それを私は望みますね。野心なく、そうです、野心なく、凡庸に眠ること」

いつだったか、荒木殿を訪ねた折、彼は私にそう言ったことがある。以前、荒木殿は和田殿を襲ったのだとも、また大殿《シニョーレ》に巧みに取り入っているのだとも、聞かされていたが、それにもかかわらず彼が野心を棄《す》て、凡庸な眠りをねむりたいと洩《もら》したこの言葉は、妙に彼の本心を示しているようで、あとまで私の心に残った。オルガンティノの話によると、荒木殿はかつて領民を一人残らず仏教の一宗派に帰依《きえ》させようとして、「これをなさざる者は罰せられるべし」と命令したことがあったという。彼のなかには、ひとたびこれと信じると、どんな障害があってもそれをやりとげる異様な執念が宿っていたのであろうか。彼はそれを自分一人にしまっておくことができず、いかに理不尽に見えようと、他人に強制せずにはいられぬ我儘《わがまま》な性急な執念があったのであろうか。彼の短気といえば私はある光景を思いだす。それは私がオルガンティノと彼の居城を訪れている間のことだったが、一度、孫の一人が庭に並べてある鉢につまずいて額に怪我《けが》をしたことがある。荒木殿はそれを見ると、私たちの前からいきなり庭へ裸足《はだし》のまま飛びおりて子供を抱き起した。その態度には異様に取り乱したものがあったが、そのあと、鉢をこのような場所へ誰が置いたかを問いただす段になると、彼の激昂《げっこう》はさらに募っていた。私は当然の連想からノヴィスパニアでの片目の総督の激昂を思いうかべたが、荒木殿に較《くら》べれば、彼のほうがなお怒りを演出しうるだけの抑制力があったといえる。荒木殿は最後には激昂のあまり口がきけなくなり、首ががくがくと震えはじめたのである。

もちろんこうした怒りの根拠はきわめて単純なものであり、容易にそれを除くことはできたにちがいない。荒木殿本来の善良さを考えれば、このことは疑いえないが、しかしこのような単純さ、短気、偏執が後に悲劇を引きおこす原因だったことを思うと、荒木殿の居城での光景はいまでも何か忘れがたい色合いで思いだされる。

新会堂で最初のキリスト降誕祭が祝われた七六年の十二月二十五日、(そのとき私はすでに京都にはいなかった。私はその日の模様をオルガンティノからの手紙で詳しく知ったのである) その日を待って現われたかのように、新たに赴任したジョアン・フランシスコ師が京都に到着した。人々は立ちあがり、口々にサンタ・マリアを唱えて、涙を流した。オルガンティノ自身日本語でフランシスコ師を信徒たちに引きあわせながら、その声は何度かとぎれた。オルガンティノは彼の使命がようやく一段階終えたことを、そのとき感じていたのだった。彼は自分がフロイスのもとにやってきて、その困難な布教に従った当初のことを思いだしていた。あのころはまだ古い破屋しかなかった。世間もまだまだ不安や飢餓や戦乱で怯《おび》えていた。ビレラ師などは紙に書いた十字架を壁にはって、椀《わん》に水をくんで、それで洗礼をしていたのだ。まるで遠い昔の夢のようだ。それにしてもこの若いフランシスコ師の感激はどうであろう。宏壮《こうそう》美麗な会堂のなかに迎えられて、彼は、自分が日本にいるのを忘れると言っているのだ。そうなのだ。この会堂を私たちはつくりあげた。それだけ信者たちの数も増大した。おそらく次の年はこれ以上に新しい信徒が増えるだろう。布教は新しい時代を迎えているのだ。新しい段階に入ろうとしているのだ。なんという神々《こうごう》しい聖歌であろう。高らかに、それは主を讃《たた》えているのだ。この遠い東洋の涯《はて》の小さな王国のなかで――オルガンティノはそう考えていたのだった。そう考えながらまるい赤らんだ頬を涙で濡《ぬ》らしていたのだった。

私がこうして教会堂建設のために日夜没頭しているあいだにも、この王国の（フロイスが私に言った言葉を使えば）疾風怒濤《どとう》はとどまることを知らずに、大殿《シニヨーレ》のまわりに荒れくるっていたと言っていい。武田軍団が壊滅した年の秋、北方越前《えちぜん》の仏教徒たちの叛乱《はんらん》が一月足らずで掃討されると、大殿《シニヨーレ》の目的はただ一つVozaca（大坂）石山城に拠《よ》って反抗する仏教徒軍団と、それを背後から援助する西方のMōri（毛利）軍団と対決することにしぼられていった。この仏教徒軍団は、長島や越前の叛乱をたえず呼びかけ、大殿《シニョーレ》の反仏教的な政策と態度に対して全面的な抗戦を指令していたのである。彼らはいわば現在なお大殿《シニョーレ》を包囲する作戦の主要な立案者、実践家であり、武田軍団が壊滅し、仏教徒の叛乱が鎮圧されたあと、なお北方のUesuguidono（上杉殿）に働きかけていたのだ。事実、上杉軍団の動向は決して予断できないものがあり、大殿《シニョーレ》の背後の脅威となって、たえず彼の軍団の動きを牽制《けんせい》していたのである。

しかし間諜《かんちょう》たちの伝える情報から判断すると、それはなお時日を要する作戦であり、とくに、淡水の湖の北方の防備はすでに十全にほどこされていた。したがっていま南方へ全軍団を投入しても、北方の脅威は直接迫ってくることはない。問題は南方への一撃が、ながびいてはならぬということだ――こうして石山城の仏教徒軍団を一挙に壊滅させようと、配下の全軍団に進撃の命が下ったのは、〔一五〕七六年春、ちょうど私たちが教会堂の棟上げを盛大に祝っている最中であった。軍団は石山城を囲んで城砦《じょうさい》を設け、他方、海上からの補給路を切断する作戦が展開された。私は工事場から抜けだして、大坂へ急ぐ軍団に属しているはずの旧部下の鉄砲隊員たちに会いに出かけたが、すでに先発していたらしく、それらしい部隊には出会わなかった。しかし鉄砲隊は私が見なかった一年ほどのあいだに、装備は単純化され、その人員も増加していた。彼らは合図一つで縦隊にも横隊にも編成できるような敏捷《びんしょう》な動きを感じさせた。私は、その一瞬、岐阜の練兵場で起居した数カ月が眼の前に浮んだ。長篠《ながしの》であれだけの戦功をあげた彼らのことであるから、石山城攻撃も月ならずして決着するであろう――すべての人々とともに、私も鉄砲隊が威容を示して通りすぎるのを見たとき、そう思った。

しかし五月に入って、攻撃が開始されるとすぐ京都にもたらされた報告は予想に反した戦果を伝えてきた。

石山城の攻撃軍は、突然現われた万余の大軍に数千の鉄砲を一斉に撃ちかけられ、明智《あけち》、荒木、松永らの先陣部隊は将棋倒しになったというのだ。仏教徒側は大殿《シニョーレ》が長篠で採用した鉄砲隊の三列射撃の編成を早くも学びとっただけではなく、精度のいい長銃《エスピンガルダ》を多量に所有し、火薬・弾丸も相当量貯《たくわ》えていたのである。そして彼らは柵《さく》を設け、攻撃が激しくなると後退し、射撃で主力を打ち倒すと、その木柵を前進させた。攻撃が開始されて間もなく、原田、塙、丹羽《にわ》などの各部隊の将軍《ジェネラーレ》が戦死し、戦況は逆に押され気味で、明智殿のまもる天王寺砦《とりで》まで仏教徒軍は迫ってきた。

全軍苦戦の報が京都の大殿《シニョーレ》のもとに届くと、大殿《シニョーレ》はただちに近侍百騎とともに京都を出発、前線に向かった。大殿《シニョーレ》にしてみれば緒戦の帰趨《きすう》は全軍の士気にひびくばかりでなく、背後に控える毛利、上杉軍団への軍事的な牽制にも大きく関係していたのだ。彼が前線に到着した翌々日、みずから陣頭に立って攻撃軍の指揮をとったのは、こうした事情があったからである。

大坂からの伝令の報告によると、その日は朝から蒸し暑い曇った日であった。早暁《そうぎよう》の薄闇《うすやみ》をついて、大殿《シニヨーレ》の率いる攻撃軍は三段銃撃の陣容で石山城の南方に迫っていった。西面を海でまもられ、他の三方は巨大な濠《ほり》に水をたたえている石山城は、厚い石垣と土塁、高い木柵、矢狭間《やはざま》、櫓《やぐら》を構え、城廓《じようかく》内は寺院、僧坊、門前町からなる一大都市を形成し、堺《さかい》と並んで、その独立不羈《ふき》を誇っているという。私は堺のあの整然とした街衢《がいく》を思いだしたが、石山城の場合は、過去すでに二回、大殿《シニヨーレ》の軍隊を撃退しており、その後の情況からみても、ひたすら抵抗を強化するためだけに、増築され、補強されていたことは容易に想像される。

その日の攻撃は夜明けとともに開始され、もっぱら激しい銃撃戦に終始した。大殿《シニヨーレ》は戦列のなかを、身をかがめて走り、攻撃目標、前進後退、散開集結を彼自ら命令した。いたるところで銃声がとどろき、白煙が渦巻き、叢林《そうりん》の向うで喚声があがり、小高い丘の土が銃弾を浴びて、乾いた土煙を噴きあげた。土手の斜面から仏教徒たちの一軍が槍《やり》をふるって飛び出してくるかと思うと、葦《あし》の茂みの奥から、百挺《ちよう》に余る銃口が一斉に火を吹いてとどろく。そのたびに攻撃軍の一翼が崩れ、戦列が危うく浮き足立つ。大殿《シニョーレ》は後陣に向って一分隊の前進を命じる。時には銃弾の雨を浴び、地面に伏したままの小隊に、急速な退避を命じる。駆ける者、倒れる者、身をかがめる者、濠へ転がり落ちる者、のけぞる者、突進する者、匐《は》い進む者、射撃をつづける者などの映像が、蒙々《もうもう》と立ちのぼる煙のなかに、一瞬に現われ、一瞬に消える。顔を歪《ゆが》めた仏教徒たちの大隊が、突然、数百、数千と重なり、大殿《シニョーレ》の軍団の側面に襲いかかる。激しい喚声、ぶつかり合う音、槍のひらめき、刀、血のしぶき、叫び、押し寄せる力、押し返す力、牡牛《おうし》のような地響き、ふたたび銃声、切れ切れの叫び、ほら貝の音、走りゆく軍団、銃声、弾丸の唸《うな》り、地に匐う将兵たち、死体の群、そしてふたたび開始される激突。突然、大殿《シニョーレ》の軍隊の退避がはじまる。それを追って三千の鉄砲が一斉に火をふき、煙が晴れぬうちに次の銃列が火をふく。大殿《シニョーレ》の右足を銃弾がかすめたのはそのときである。彼は畑の窪《くぼ》みに倒れ、仰向けに転がり、それから起きあがった。痛みというより、何かひどく重い感覚が足にまつわりついた。彼は駆け集る近習たちに、砦への退避を命令した。軍団は銃火の間をくぐって天王寺砦に向った。戦いながら、彼らは戦列を保って移動してゆく。砦に全員が退避したのは正午に近かった。

しかし小休止をとっただけで、大殿《シニョーレ》はふたたび東方から石山城への攻撃を命じた。

彼は仏教徒軍と接触して戦えば、敵の鉄砲隊に発砲する機会を与えないですむ旨《むね》を諸将《ジエネラーレ》に強調した。「敵兵と立ちまじって戦う以外には、この銃火から味方をまもる手段はないのだ」

午後の戦闘ははじめから果敢な突撃につぐ突撃であった。戦列は二段に整えられ、第一列の攻撃が山場をこえると、第二列が激突していった。流石《さすが》に仏教徒の銃列もこの彼我入りまじった乱戦のなかには弾丸を撃ちこむことはできず、戦闘が押されてゆくに従って、彼らの戦線も後退した。こうして大殿の軍団は熊《くま》に食いさがる猟犬の執念深さで、仏教徒の大軍をほとんど石山城の戸口まで追いつめたのである。

夕闇が訪れるにつれて、天王寺砦には激闘の後、優勢を辛うじて持ちこたえた部隊が、疲れはて、傷ついて引きあげてきた。伝令が各砦から大殿《シニヨーレ》のもとに飛ばされたが、報告は、いずれも天王寺砦のそれと大差なかった。全軍が第一日目から苦戦を強いられていたのである。

天王寺砦で開かれた作戦会議では、仏教徒側の火砲の強化が問題となった。それは攻撃側の数を上廻っているかもしれなかった。しかも守備側は堅固な城砦を構え、逆に包囲攻撃軍は平坦地《へいたんち》に、ほとんど裸同様で立たされていた。すべては長島討伐の状況と逆転していた。長島の叛徒《はんと》には鉄砲がないうえに、補給路がまったく絶たれていた。しかし石山城の場合、西の海上からは強大な毛利軍団が水軍を派遣して、たえず弾薬食糧を補給しているのだ。もし第一日の戦略としてある程度戦果を挙げたこの接触戦をつづけるとすれば、全戦闘の最後の決着をつける会戦ならばともかく、城砦攻撃の手段としては、あまりにも犠牲が多すぎる。この際、なんとか別途の、長期的な戦術が考えられるべきではないか――大体それが、その夜の会議の一般的意見であった。大殿《シニョーレ》は蒼白《そうはく》な顔をじっと一点に固定したまま、諸将の意見を聞くだけで何も発言しなかったという。おそらく彼の胸中になんらかの計画が浮んでいたのであろう。

戦闘は翌日から早くも膠着《こうちやく》状態に入った。包囲軍も動かなければ、防禦《ぼうぎよ》側も息をひそめていた。ごく稀《まれ》に斥候同士が叢林の外れで接触して、喚声が聞えることがあったが、戦線全体にわたって、むしろ不気味な沈黙がのしかかった。暑くなりはじめた太陽が、砦を守る兵士たちを照りつけ、乾いた石垣の上を、青い蜥蜴《とかげ》が走り、土塁の間に蛇が金色の眼を光らせて動いていた。海からはたえず微風があり、丘のうえの新緑の叢林が揺れ、そのたびに砦の兵士たちは息をのんだ。昼になると風がとまって暑気があがった。物蔭《ものかげ》で兵隊たちは腰をおろし、汗をぬぐっていた。

こうして一月が経過した。大殿《シニョーレ》はひとまず安土《あづち》へ帰還した。彼にははじめたばかりの安土の宮殿《パラッツォ》建設がそのまま残されていたのだ。私たちの会堂建設とは異なり、王国の権力を象徴する宮殿《パラッツォ》造営の規模と速度は大へんなもので、京都の人々の噂《うわさ》によると、小山のような石塊が二千、三千と安土へ運ばれているということだった。

こうして建設の進む安土へ毛利水軍の出現を告げる急使が走ったのは、その夏の盛りであった。毛利水軍は八百艘《そう》の大小舟艇《しゅうてい》を率いて石山城に接近、弾薬兵糧《ひょうろう》の補給を開始したのだった。むろんこれは当初からすでに予測されていた事態だった。しかしここでも予測しなかった結果が現われたのだ。第二の急使が伝えるところでは、大《シニ》殿《ヨーレ》の水軍――長島討伐の折に、あの威容を誇った水軍――三百艘は毛利水軍の銃撃、大砲、火矢の攻撃にさらされ、全船が燃えあがり、多数の将兵が失われたというのである。それは緒戦の蹉跌《さてつ》につづく手痛い敗北であった。しかもこうした危機はかならず集中して訪れるものだ。北方で微妙な動きを見せていた上杉軍団が、毛利軍団と呼応して、大殿《シニヨーレ》を挟撃すべく行動を開始したという情報が、相ついで安土へもたらされた。

岐阜に城廓を備えているとはいえ、安土の宮殿、城廓はまだ北方軍団に備えるだけにも完成していない。しかも石山城は無限に補給源をもち、いかに包囲がながびこうと、びくともしない。しかも包囲を嫌って攻撃に出れば、精巧な長銃《エスピンガルダ》の数千の銃口の前でむざむざ死ななければならないのである。

それは以前、大殿《シニヨーレ》が京都に包囲され、東方に信玄殿の圧力をひしひしと感じていたときの状況と、なんと似ていることだったろう。だが、ある意味では、あのときよりも条件が悪いとはいえまいか。なぜなら、あのときはなお大殿《シニヨーレ》の軍団は無敵であり、敗北の味を知らず、将兵全員に必勝の気概が満ちわたっていたからである。聖域の焼打ちにせよ、長島討伐にせよ、その徹底した殲滅《せんめつ》作戦は、佐久間殿、高山殿、荒木殿らのひそかな批判を受けてはいたものの、全般的には、むしろ戦意の昂揚《こうよう》に役立っていたのである。

しかし今度の場合、すでに毛利水軍の前に大殿《シニヨーレ》の水軍は跡方なく消えさってしまったのだ。その結果、現在攻略している石山城は、ほとんど抜くべからざる堅塁となっている。軍団の士気は沈滞し、いまだ見たことのない動揺が各部隊のなかに見られる。

私は聖母被昇天祭《アスンツイオーネ》の翌日、オルガンティノの了解を得て安土に向かった。彼にしてみても大殿《シニヨーレ》の危機は、キリシタン宗門のそれと一つであることをよく心得ていたのだ。

安土は巨大な工事現場であった。そこは淡水の湖に望み、三つ瘤駱駝《こぶらくだ》が伏せているような小丘を背負った平坦な地域で宮殿城廓《カステルロ》はこの小丘の頂きに建設されていた。いたるところ巨石が並び、木材、石材、砂利、砂などが積みあげられ、職人、労働者の小屋が並び、そのあいだを木を切る者、削る者、鑿《のみ》で刻む者、木材を運ぶ者、土砂をもっこで担《かつ》ぐ者、石を刻む者、荷馬を曳《ひ》く者、車を押しあげる者、綱を引く者たちがまるで蟻《あり》の集団のように働いていた。工事監督と兵士たちが工事場単位に仕事を督励し、全体の秩序と組織を保ち、工事の綜合《そうごう》的な計画に従って、指令を伝達していた。

私が宮殿の一廓《いっかく》に着いたとき、大殿《シニョーレ》はちょうど何人かの人物とともに会議を開いているところであった。大殿《シニョーレ》は私が安土を訪れたことをよろこぶとともに、いずれ近々私を京都まで迎える所存であった、と言った。それから言葉をついで「ここに集めたのは、いずれも鉄砲製造の首脳者たちである。主として堺と国友村の製造人である。他に鉄砲製造に従う町村からも必ず製造した鉄砲を持参するように申しつけたのである。ところで、ここに石山城で奪った叛徒らの長銃がある。この長銃を製造し石山城に販売する者があれば、私はただちに断罪し、その製造工場を破壊し、全町村を焼きつくす積りであった。だが、見られよ。彼らの製造する鉄砲のなかには、石山城の鉄砲は見いだせないのである。もちろん私は製造地に調査官を派遣して彼らの申したての真偽を調べてはいる。しかしおそらく彼らは潔白であろうと思う。あなたは銃器の製法にも詳しいのであるから、これらの長銃、小銃のうち同系統のものがあるかどうか、一つ吟味願いたい」

大殿《シニョーレ》の言葉が終ると、重苦しい沈黙が部屋のなかにのしかかってきた。製造人たちはじっと私の挙動を見守っていた。私は彼らが持参した銃を一つずつ点検した。銃身部、銃口の型、口径、撃発部、火蓋《ひぶた》、火皿、押金、銃尾等にはいずれも堺なり国友なりの特徴が顕著であった。国友銃には私の小銃《アルカブス》の撃発装置がすでに取りいれられていた。しかし石山城の銃器はたしかにそのどれにも属さなかった。それはただ一目で私にはわかった。型式からいえば堺銃に似ているが、銃の材質が堺銃よりは劣っていた。それに型式としては最も古いものに属する長　銃《エスピンガルダ》なのである。

私は首をふった。似ていない。全く別の製造場の鉄砲である――私はそう言った。製造人たちのあいだから、ほっとした溜息《ためいき》が洩《も》れるのを私は聞いた。

「ではやはり」と老齢の鉄砲製造人が言った。「ではやはり、それは、あの……あのSaigua（雑賀《さいが》）の……？」

「さよう。そう考えるほかあるまい」大殿《シニョーレ》はじっと一点を見つめて言った。青白い顳《こめ》顬《かみ》がひくひくと動いていた。

そのとき大殿《シニョーレ》の頭のなかを駆けめぐっていたのは、いかにして石山城の鉄砲補給を断絶するか、ということだった。彼は数千挺の鉄砲を短期間に製造しうる能力をもつ製造地を探索した。紀州雑賀は仏教徒たちと連合して大殿《シニョーレ》に叛《そむ》いていることは早くからわかっており、そこで製造される鉄砲が諸国へ流布《るふ》していることも知られていた。

しかし石山攻防戦が開始されてはじめて、その製造規模が堺や国友村に劣らぬものであることがわかったのだった。いや、それは私のこの吟味によって一段と明白になったといっていい。

すでに大殿《シニョーレ》の作戦に関して幾らか知るところのあった私には、彼が、この危機を切りぬける方策として、まず雑賀の鉄砲製造工場を狙《ねら》うであろうことは直観的にわかった。だが雑賀を壊滅させたとしても、毛利水軍が健在な以上、石山城の補給は微動だにしないではないか。銃器の補給がなくても、現在の銃火器の能力でも、すでに攻撃軍は手も足もでないのである。とすれば、次には毛利水軍を撃破しなければならないはずだ。だが、どのようにして？　どんな方法によって？　上杉軍団が刻々に迫っているのに、なにか名案はあるのか。あったとしても、時間的に間に合わないのではないのか。

私はかつて岐阜の宮殿《パラッツォ》の櫓から武田軍団の接近を感じながら、大殿《シニョーレ》のために心を痛めた一瞬を思いだした。あのときでさえ彼は大胆果敢な手段で、一挙に難局を解決したではないか。いやいや、あのときは奇蹟《きせき》がおこったのではなかったか。そうだ、奇蹟がおこり、突如として武田軍団は進撃をやめたのだった。潮がひくように、彼らは音もなく軍をかえしていったのだ。そうなのだ、あのときは信玄殿が突然に死んだのだった。だが、今は違う。上杉軍団は健在なのだ……。

私は大殿《シニヨーレ》の顔を見た。その顔は異様に暗かった。彼がこのような顔をしたのを私は見たことがなかった。長島討伐で叛徒殲滅の布告を出した朝も、彼はこのような暗い顔はしていなかった。その暗さには、何か人を畏怖《いふ》させるようなものがあった。

その後、私は京都の会堂建設が終りに近づくと同時に、ふたたび大殿《シニヨーレ》の傍近に加わることになった。私の任務は毛利水軍の用いた銃撃と大砲に対して、十分に防禦しうる軍船製造に協力することだった。さらに国友老人と協力して、船舶用の大砲を製造することを委嘱された。

私が大殿《シニヨーレ》からその委嘱を受けた日、私には彼の顔を暗くするものの正体がわかったような気がした。彼は、立ちはだかる困難に対して、綿密な、長期の、忍耐の要る計画により、それを克服しようと決意したのだ。それはいわば時間の綱のうえを、意志の力業《ちからわざ》で渡りきってゆく曲芸に似ていた。しかも計画の歯車は一つ一つ現実の事態と明確に嚙《か》みあってゆかなければならないのだ。問題は、その綱を最後まで渡り切れるかどうか、であった。それはヴェネツィアの目ざまし時計のような細かい歯車の装置のようなものだった。その迂遠《うえん》な計画の一つ一つが嚙み合って、最後の、目ざす歯車が廻りだすまで、油汗を流しながら、歯をくいしばって、自分を支えつづけられるかどうか、が問題なのであった。おそらく大殿《シニョーレ》の顔を暗くしたのは、この異常なことへの決意であり、これの完成を自らに誓う自己誓約の厳しさだったにちがいない。

軍船建造のため、私は安土をたって伊勢《いせ》の海に向かった。そこの海域で働く船大工たちを動員するとともに、Cuquidono（九鬼殿）の指揮下に入るためだった。九鬼殿はこの海域を支配し、海賊団を統合して、大殿《シニョーレ》の水軍の主力を構成していたのである。私は軍船の範として、最初にリスボアから乗りこんだ三本マスト横帆型式のカラヴェラ船を選んだ。私を新大陸に運んだこの船は、船体側面を鉄板でおおわれ、甲冑《かっちゅう》を着た騎士を連想させたものである。

私は従来の日本船を船大工らとともに点検して、それとカラヴェラ船との間に構造上の決定的な差異があるのを発見した。日本船には竜骨、肋骨《ろっこつ》に当る構造がなく、船底から棚が上段へ向かって積みあげられてゆく。そこで私は日本船の構造を取りいれたカラヴェラ船をつくり、それを装甲することを船大工たちに提案した。彼らは竜骨、肋骨の組立て構造によるヨーロッパ式船体構造に讃嘆《さんたん》の声を惜しまなかった。彼らの言葉によれば、それは大いにやってみる価値があるというのだった。しかし船大工たちは鉄板を船体にとりつけることには反対した。それでは軍船に必要な船足の早さを鈍らせるだろうというのだった。この点については、私はとくに異論を申したてなかった。基本的な点で意見が一致すればよいと考えたからである。

　こうして船大工長たちの図面が作成され、私がそれに改訂を加え、さらにそれを全員で検討し、いよいよ船材が切りだされてきたのは〔一五〕七六年も終りであった。そして私たちのところに、大殿《シニョーレ》の軍団が雑賀の叛徒を壊滅させたという報告のとどいた翌七七年二月には、すでに巨大な船底部の組みたてが終り（全部で六艘の船が同時に建造されていた）、早く進捗《しんちょく》した船では、最下部の根棚の建造がはじまっていた。

　私はその後、半年にわたって近江《おうみ》の国友老人とその鉄砲製造仲間のところで暮した。船舶用大砲と長銃《エスピンガルダ》を設計製造するためであった。私たちにとって、砲身の鋳造から弾丸の製造、火薬の処理にいたるまで、一つ一つが全く新たな製造過程であった。砲身の精度に関しては、国友老人は天才的な技術と勘のよさを持っていた。彼はすでに彼独自の大砲を製造していたが、それをさらに大型化し、船へ搭載するように改良するにはなお時間が必要だった。

　私は時おり大殿《シニョーレ》の暗い顔が心に浮ぶたびに、なんとか早くこれらの準備が進捗せぬものかと焦燥の思いにとりつかれた。とくにその年八月、松永殿が石山城と結んで謀《む》反《ほん》したとき、私は大殿《シニョーレ》の心を思って、かつてない焦慮を感じた。この謀反は、石山攻撃の戦線がすでに一年半にわたって膠着していたこと、また上杉軍団の戦力がいよいよ明瞭《めいりよう》に大殿《シニヨーレ》の背後に迫ったこと等から必然的に生みだされたものであった。いわば大殿《シニヨーレ》の戦略、戦力に対する密《ひそ》かな疑惑が、動揺、不安を軍団の内部に醸《かも》しだしていたのが大きな誘因だった。幸いにして松永事件は二カ月足らずで解決したが、それが与えた影響は決して小さくはなかった。もしこのまま戦線を膠着しておけば、第二、第三の松永が出ないとは誰も保証できない。この際、少くとも沈滞した各部隊の士気を鼓舞することはどうしても必要だった。それは至急に必要なことの一つだった。

大殿《シニヨーレ》が松永殿自刃《じじん》の直後、軍団を西に向け、直接、毛利攻撃に踏みきったのは、こうした内部の状況が大きく作用していた。石山城はいまだ陥落せず、北方から上杉軍団が刻一刻と迫っているとき、毛利軍団と直面することは、やはり大きな賭《か》けにはちがいなかった。もちろん九鬼水軍の進捗状況は大殿《シニヨーレ》のもとに報告されてはいたが、それが果して予定通り完成し、予期したような成果を挙げられるかどうかは、その時になってみなければわからないことだった。しかし人々が躊躇《ちゆうちよ》する瞬間に、的確な決断を下して迅速に行動するのが大殿《シニヨーレ》の昔からの遣《や》り方だった。そしてこの場合も彼はほとんど本能的な閃《ひらめ》きに促されて、西方軍団の最前線に躍りかかったのである。左翼の海沿いを羽柴殿が、右翼の山地攻略を明智殿が、それぞれ分担して、この急進撃を指揮した。山地の攻略は困難をきわめたが、海沿いの戦線はつぎつぎに陥落した。

私たちが大砲三門を完成して伊勢に運んだのはその年の冬である。私たちはそれを伊勢の船大工たちの前で実験した。五百歩離れた小屋が轟音《ごうおん》とともに吹きとんだ。これをみた船大工たちはしばらくは茫然《ぼうぜん》として口をきくこともできなかった。彼らはこのような雷電の威力をもつ火砲があるとは思ってもみなかったのだ。しかしそうした火砲がある以上、船は装甲し海上砲撃戦に耐えるものでなければならなかった。こうして私たちのカラヴェラ風三本マストの日本船は鉄板でびっしりとおおわれることになったのである。

私にはなお多くの仕事が残されていた。大砲を船に搭載すること、砲撃訓練を行なうこと、三本マスト横帆の操作を訓練すること、鉄砲隊を乗りくませて船上の戦闘訓練を行なうこと、七艘《そう》の船団（後に一艘加わることになった）の戦闘体形を訓練すること、それに伴なう信号を調整し、教育すること――それは夜を日についだ怱忙《そうぼう》の日々であった。私は暗い、蒼白《そうはく》な大殿《シニヨーレ》の、一点を見つめた顔を思いだしては、自分を励ました。大殿《シニヨーレ》の危機は一介の異国人にとって何の関係もないものかもしれぬ。毛利軍団が勝とうが、松永殿が謀反しようが、そんなことはどうでもいいことかもしれぬ。だが、少くとも私には、彼がただ一人で寡《か》黙《もく》に支えつづけているものの重さがわかるのである。そしてもし人間に何か生きるに価《あたい》することがあるとして、それが人間に与えられているとすれば、それは、こうした重さを自分の重さと感じることではないのか。(私はオルガンティノの心情のなかに立ちいったことはない。だが、あの人のいいブレシア近郷の農民の息子にしても、支えなければならぬ重さを課せられ、それを彼なりに担《にな》いとおしてきた。だからこそ、私は彼にも魅《ひ》かれるのだ。) そこには、なりもふりも構わぬ、一種の狂気じみた激しさがある。だが、この狂気をほかにして、一体何が「事を成さ」しめるだろうか。人はそれを信念と呼び、また押しと呼ぶであろう。だが、重要なことは、彼が担うべき重さを感じているということである。彼はこの重さを自分の肩に担うことを選び、それを最後まで引きうけようとしているのだ。そうなのだ、彼は自分自らと格闘しているのだ。彼にとって爾余《じょ》の評価はどうでもいいことなのだ。彼がこの重さのなかでいかに燃えつきるか――その燃焼の激しさにのみ、すべてがかかっているのだ。大殿《シニョーレ》の暗い顔には、そうした極限への意志が燃えている。彼が虚空《こくう》の一点に眼をこらすとき、そこに見つめているのは、一体何であったかと今も思う。ただ私は、あの海辺に烈風が吹きつのるとき、また激浪に向って帆船をあやつるとき、九鬼水軍の五千人の将兵が夜明けの海にむかって船団を乗りだすとき、少くとも私の心はかつてない充実を味わっていたとは言えるような気がする。私は帆のきしり、風のうなり、潮の色調の変化にも、刻々に満ちわたる生命を感じた。

こうして私たちは半月の航海ののち、紀伊《きい》の水域に到着したが、そこで最初の戦闘が待ち受けていた。が、戦闘の経過はほとんど記録するにあたらない。それはインドの巨象が叢林《そうりん》を踏みしだいてゆくさまに似ていた。紀伊の入江から出撃してくる大小の舟艇は、七艘の巨船に向かって矢を射かけ、鉄砲を乱射した。しかし船団は沈黙し、戦闘体形に並んで静かに進んでいった。私たちの装甲船団には、それは何の効果も及ぼさなかったからだ。こうして彼らを十分に引きつけ、船団の包囲のなかに置いてはじめて、九鬼殿の乗る船に赤い長旗がひるがえった。次の瞬間、沈黙していた七艘の巨船の舷側《げんそく》から長銃《エスピンガルダ》が一斉に火を吹いた。白く水煙の立ちこめるなかで、小舟が揺れ、折りかさなって倒れる敵方の将兵の姿が見えた。銃撃は一瞬の休みもなく、火を吹いた。甲板からは油に火を点じた火矢が、つぎつぎに混乱した敵方の船隊のなかに射込まれた。やがて大砲が轟音とともに、発射された。全海域にひびく砲声が私たちの頬をふるわせ、舷側にひびいた。炎と煙が海上に立ちこめ、そのなかを紀伊の船隊が逃げまどった。先頭の三艘の巨船からは、その逃げる船を追って、大砲が間断なくうちこまれた。ある一船は船尾をくだかれ、声をたてる間もなく沈んだ。また他の一船は炎につつまれたまま、海上にいつまでも焼けただれていた。

九鬼水軍が船隊を組みなおして出発したのはその日の午後おそくである。海峡に吹きこむ順風をうけて、三本マストの帆船隊は、さながらコルテスの率いる軍船のように見えた。

オルガンティノも後に堺港《さかい》で九鬼水軍の帆船を見たが、彼はそのとき私に向って、これはまったくポルトガル船のようだ、と言った。彼にしてみれば、私が伊勢で一カ年に近い歳月を送っていたことなど、夢にも考えなかったのである。

たしかに九鬼水軍の出現によって、石山城の補給路は封鎖され、城廓《じょうかく》は孤立した。秋のおわり、毛利水軍の全船団がこの封鎖を突破しようと試みたが、逆に九鬼水軍の七艘の装甲船隊によって壊滅的な打撃を蒙《こうむ》った。毛利軍団の最前線が意外に強い抵抗をしめし、羽柴殿の左翼も、明智殿の右翼も、ともに苦戦をつづけているとき、この海戦の勝利と大阪水域の制海権の把握は、大殿《シニヨーレ》の危機をひとまず切りぬけたことを意味した。ましてその同じ年の春、北方の脅威であった上杉軍団の総帥《そうすい》 Kenxindono（謙信殿）が、ちょうど武田軍団の場合と同じく、大殿《シニヨーレ》攻略の軍をすすめているその陣中で病没していた。ながい不安の冬が、いま大殿《シニヨーレ》のうえにようやく終ろうとしていた。そしてその春の最初の息吹《いぶ》きが、熊野《くまの》の海から現われてきた九鬼水軍だったのである。

石山城攻防のあいだに、松永殿をはじめとする謀反人が何人か現われたことは、この戦線の膠着《こうちゃく》が、いかに勝敗の帰趨《きすう》を混沌《こんとん》とさせ、将兵の心をまどわせていたかのよい証拠である。松永殿につづいて別所殿が、さらに荒木殿、高山殿、中川殿が相ついで石山城と結んで謀反した。とくに荒木殿はすでに上杉軍団が軍をかえし、他方、九鬼水軍が出現したその年の十月になって、叛乱《はんらん》を企てているのである。もちろん人々が後まで噂《うわさ》していたように、毛利軍団が圧倒的に優勢であるという判断が、戦線の膠着のあいだに、謀反人たちの心に生れていたのは事実だろう。だが松永、別所殿の場合はともかく、荒木殿がはたしてそのように単純に毛利の優勢を信じたであろうか。私はそれよりもオルガンティノが話していた荒木殿の大殿《シニョーレ》に対する不信、憎悪《ぞうお》のほうを、真の原因とみたい。オルガンティノの話によれば、謀反直前、荒木殿は大殿《シニョーレ》の苛《か》酷《こく》な攻撃命令を拒否して、それは無益な殺傷をくりかえすにすぎないと答えたというのだ。私は以前、まだ宮廷《コルテ》が岐阜に置かれていたころ、将軍《ジェネラーレ》というより学者《ウマニスタ》のような感じの佐久間殿や、温厚な高山殿や、短気で好人物のこの荒木殿などから「大殿《シニョーレ》の冷酷な殲滅《せんめつ》作戦をあなたがたキリシタンの国の人々は、いかに思いますか」と訊《たず》ねられたことを思いだす。そしてそのとき私はごく漠然と、いつかこうした感情の違和は表面化し、はっきりした対立にまで進むのではあるまいか、と感じたものだった。もちろんそのころはまだ宮廷《コルテ》の党派も勢力関係もわからず、一人一人を認《イデンティフィカーレ》めることもできなかった。にもかかわらず大殿《シニヨーレ》のまわりに、こうした一群の人物がいることは深く印象に残った。しかも彼らに共通した温厚さ、善良さが、おのずとキリシタン宗門への関心をかきたて、とくにオルガンティノと親交を結び、その結果、私とも何かと交渉ができたということは、この国の言葉でいうIngua（因果）なのであろうか。

荒木殿謀反の報《しら》せをきいたのは、私が九鬼水軍の仕事を終えて、ひとまず京都の壮麗な新会堂に帰ってきたときだった。私は例によって、裏の小部屋でイタリア小銃《アルカブス》の分解掃除をしていた。そこへ日本人修道士の一人が顔色を変えて飛びこんできた。この修道士はかつて三箇《さんが》の武士で、フロイスによって洗礼を受け、かなり後になって修道士を志した男だった。ちょうどオルガンティノも会堂に居合わせた。そして修道士の報告をきくと、「信じられぬ《インポシービレ》。信じられぬ《インポシービレ》」と母国語で叫んだ。しかし私たちが自分の耳を疑ったのは、修道士が荒木殿の謀反につづいて高山殿も謀反されるであろうと言った言葉だった。

「ダリヨ（高山）殿は荒木殿によって高槻《たかつき》城主になられたお方。したがってダリヨ殿はひとかたならぬ御恩義を感じられているのは必定です。そのうえ」とこの旧武士の修道士は五畿内の政治勢力を説明しながら付け加えた。

「そのうえ子息ジュスト殿は、御妹君と御子を荒木殿の拠《よ》る有岡城へ人質に差し出されているのです。高山殿にとっては二重に荒木殿へ加担される理由があるのです」

私はオルガンティノの表情が変るのを見ていた。みるみるうちにまるい童顔から血の気がなくなった。彼は何かを言いかけ、手をあげ、それからすべてを投げだしたように、だらりと両手を垂らし、しばらく茫然と立っていた。

「ジュスト殿が……ダリヨ殿が……まさか《インポシービレ》……まさか《インポシービレ》……」

事実、その翌日、修道士の推測どおり高山殿が高槻城に拠って叛旗《はんき》をひるがえしたことが報《し》らされた。

石山城攻撃と毛利進攻の全戦線にわたってどのような混乱が起っていることであろうか。私はすぐ大殿《シニョーレ》の心を思った。彼は激怒しているであろうか。荒木殿の忘恩を軽《けい》蔑《べつ》し、憎悪し、呪詛《じゅそ》しているであろうか。あるいは困惑し、狼狽《ろうばい》しているであろうか。それとも憐《あわ》れんでいるであろうか。私には、そのどれもが当っていないように思えた。私には、ただ彼の暗い顔が見えるだけだった。その顔はいまもどこか虚空の一点を見つめているような気がした。その顔は決して憎悪も激怒もあらわしていなかった。憐《れん》憫《びん》さえあらわしてはいなかった。それは強いていえば悲しみの表情に近かった。その悲しみを浮べた蒼白な顔は、ただ暗いだけではなく、ひどく寂しげに見えた。私はふと彼が荒木殿を愛していたのではないかと思った。そして大殿《シニョーレ》が呼びかけている声が聞えるような気がした。「老人よ」とその声は言っていた。「なぜお前はおれに叛《そむ》くというようなことをしたのだ。おれがお前を憎んでいるとでも思っているのか。蔑《さげす》んでいるとでも思っているのか。おれが今までに一度だってそんなことを思ったことがあったか。お前が細川と二人して、あの愚昧《ぐまい》な虚栄心の強い男を追放した直後、おれを迎えに逢坂《おうさか》まで出向いてくれた。あのときはおれは事実お前たちの好意が嬉《うれ》しかったのだ。細川は京都の宮廷《コルテ》に関係が深いし、お前は古くから五畿内に勢力がある。おれはあのときただひたすらに自分の理想を追いつづけて、自分の周囲を顧みる暇もなかった。だが上品な慈父のような細川や、賑《にぎ》やかな癖に質実なお前に会って、おれはいかに自分が孤立無援で戦ってきたかを知ったのだ。それというのも、荒木老人よ、おれはお前が好きだったからだ。お前の浅黒く太陽に焼かれた顔、親しみやすい皺《しわ》、人の好さそうな陽気な眼、いかにも下積みで鍛えたという感じの逞《たく》しい身体、頑固そうな顎《あご》、そうだ、老人よ、おれはお前のそういう全部が好きだった。お前の田舎臭さも、短気も、一徹なところも。お前がその皺だらけの日焼けした顔で、お前の愛している孫たちの話でもすれば、おれのこの暗い孤独も、たとえ一瞬であっても、なごむことがあったろうに。お前は、おれを冷酷な男と思っている。残忍な男と思っている。そしてお前は、そういうおれに可愛《かわい》い孫たちの話など通じはしまいと考えているのだ。

なるほどおれは、お前が助命を申しでた者を赦《ゆる》すことはなかった。おれは草木の根を分けて敵を探索することを命じた。いや、一人たりとも赦すことなく殺害することを命じもした。だが、いつかお前に話したように、それは温情によって合戦の厳しさ、神聖さをけがしたくないからなのだ。おれは下劣な温情に堕すまいと、ただ一人、この暗い虚空に立って、自分を支えているのだ。その暗い虚空のなかを、白い水母《くらげ》のように、怨恨《えんこん》にみちた眼をして、亡霊たちが漂っている。そしておれのほうに手をのばし、赦せなんだか、赦せなんだか、と叫びかけてくるのだ。なんと多くの亡霊が暗い虚空に漂っているのであろう。老人よ、そのとき、おれは何と答えるか、判《わか》るか。おれは亡霊たちの群にむかって、こう言ってやるのだ。貴様たちをまた捕えて、布切れのように引きさくことができるなら、こんどは叫びもあげられぬまでに、引きさいてやろう。もしお前たちを杵《きね》、臼《うす》でひきつぶすことができるなら、こんどは二度と形をとれぬまでに、ひきつぶしてやろう、とな。するど、どうだ。一陣の風が吹いてきて、物悲しい叫びを長々とひいて、亡者《もうじゃ》の群は暗い夜空のどこかに消えて、あとに残るのは、このおれ一人、というわけだ。だが老人よ、その風の冷たいこと。その暗い夜空を吹きぬけてゆく風の、なんという冷たさ。その氷のような冷たさを、おれは暗い虚空のなかで、一人で耐えているのだ。いいか、老人よ、荒木老人よ、人間は、温情を与えることで下劣なものに成りさがることがあるのだ。ただ温情という言葉にすべてを託して、人間を下劣にすることは——それは許されぬことなのだ。たとえ、そのために誰かが虚空のなかに、光もなく、望みもなく、一千年も二千年も磔《はりつけ》にかかろうと、それは許されてはならないのだ。いいか、おれは血をいたずらに求めているのではない。おれの求めるのは、人間の極みに達する意志なのだ。完璧《かんぺき》さへの意志なのだ」

私はただ妄想をそのとき弄《もてあそ》んでいたのではなかった。というのは荒木殿謀反の報せが安土《あづち》にもたらされるとすぐ、荒木殿と親しかった明智殿、羽柴殿を、二度、三度と荒木殿のもとに派遣し、その翻意をうながしたからである。それは京都で取り沙汰《ざた》されたように、単に戦線の混乱を収拾するためだけではなかったであろう。それだけのためなら、あのような意を尽した説得は行なわれなかったであろう。

人々は荒木殿が恭順の意をあらわせば、一旦《いったん》は赦されるかもしれないが、いずれ冷酷な復讐《ふくしゅう》を受けただろう、とも言っていた。だが、私はそうは思わない。それは高山殿の場合をみてもよくわかる。高山殿は同じように謀反した。しかも親子ともども謀反したのである。これに対して大殿《シニョーレ》はオルガンティノを説得役に選んだのだ。このことも多くの人々が言っているように、高山殿がキリシタン信徒であるため、もし高山殿が翻意しなければ、オルガンティノはじめキリシタン宗門を断絶すると大殿《シニョーレ》が脅迫したという事実はない。少くとも私が見聞したかぎりそんなことはなかったように思う。万一それに似た言葉が出たとすれば、オルガンティノが説得に派遣されたという、その事実から、聡明《そうめい》で内省的な高山殿が自身でそう推測したのかもしれぬ。高山殿がそういう事実はないのかと訊ねたのに対し、オルガンティノがブレシア近郷の農民の子らしい現実的な判断から、そういうこともありうるかもしれないという予測を、否定しなかったのかもしれない。もともとオルガンティノは大殿《シニョーレ》のこの調停役の委嘱を断っているのだ。カイゼルのものはカイゼルへという教会の原則を彼は大殿《シニョーレ》に説明してきかせたのである。それに対して大殿《シニョーレ》は、ただあなたが出かけてくれればいいのだ、あなたであることが必要なのだ、と繰りかえして言ったという。これは、荒木殿に対して明智殿（この両家は姻戚《いんせき》関係にある）をおくったように、高山殿にオルガンティノをおくって説得させた、という単純な意味しかない。そこに自然と政治的な斜面にそった動きが生れるとしても、それはあくまで別の動機から出た結果なのだ。この関係を逆にすることは正しくないように私は思う。

ともかくオルガンティノの説得によって高山殿は翻意したが、大殿《シニョーレ》は高山殿を罰するどころか、むしろその勇気と決断を賞揚したのだ。また父ダリヨ殿に対しても寛大な処置をとっている。ということは、彼があくまで自分に叛いた者の心を、とり戻そうと努めていたことを示してはいまいか。それはただ謀反人を呼びかえすというには、あまりにも心がこもりすぎている。彼はあくまで自分の真意を理解してほしかったのだ。

私はオルガンティノと安土へ呼ばれた日のことを思いだす。あのとき湖水を望む窓の一つから、大殿《シニョーレ》は遠く湖面を渡る風の行方を追っていた。おそらくその眼には湖に刻まれる波の白さが、ついに触れえぬ人間同士の心の冷たさと映っていたにちがいない。

私の眼には、いまも、荒木殿一族の処刑の様子が昨日のことのようにはっきりと残っている。荒木殿が有岡の城廓《カステルロ》をすて尼崎《あまがさき》の城廓へ逃げのびたとき、大殿《シニョーレ》は有岡に残された荒木殿一族、家臣団、郎党、侍女にいたるまで人質として捕え、この全員処刑を命じたのである。

私たちが尼崎 城廓《カステルロ》に近い七本松に着いたのは、十二月の寒い朝まだきで、空は晴れ、海から身をきるような寒風が吹きすさび、空の高みに、淡い雲が白くはりついていた。柵《さく》をめぐらした刑場のまわりには近在の人々が、雑踏していた。彼らはいずれも荒木殿一党の悲運を語りあい、誰某は尼崎城廓に立てこもる息子に手紙を書いたとか、誰某は女房の命請《いのちご》いをしたため、ともに処刑されることになったとか、またある妻女は喜んで良人《おっと》のために死ぬという手紙を書き送ったとか、いう話を口々にしていた。

ちょうどおそい冬の太陽がのぼり、霜のおりた地面に、赤みがかった弱々しい光をなげかけはじめたころ、刑場の遠くにざわめきが起り、やがてそれは私たちのところまで伝わってきた。百二十二人の女たちが白いキモノを着、後手に縄をかけられて、刑場に入ってきたのである。長い白い女の列を囲んで、兵士たちの姿は黒く不吉に見えた。オルガンティノは地面に膝《ひざ》をつき、祈りをとなえつづけた。彼女たちのなかには京都の会堂で親しかった何人かの信徒も含まれていたのだ。

女たちの顔には一種の沈鬱《ちんうつ》な静けさがあった。見物の男女はそれを quenangue（健気《けなげ》）だといって泣いていた。女たちの一人は柵のそばで十字架を差しだしているオルガンティノに気づき、軽く頭をさげ、目礼した。

白装束の女たちはいずれも高い柱にしばりつけられ、その柱はつぎつぎと兵士たちの手によって刑場の中央に立てられていった。激しい風のなかで、百二十二基の磔は、そこだけが音の無くなったような不思議な沈黙を感じさせた。まるで、昔からそうして磔が立っており、白い着物の端が風にひらひら揺れているそのままの姿で、いつまでも、この状態が停止しているような、そんな静寂が、そのとき刑場を支配していたのである。なにか長い時間がたってゆくようであった。

そのとき、鋭く太鼓の音が響いた。私が眼をあげたのと、鉄砲隊が高々とはりつけられた女たちを銃撃したのとは、ほとんど同時だった。私の眼に、赤い短い炎と、硝煙とが見えた。轟音《ごうおん》がとどろき、一瞬にして女たちの白装束が黒い斑点を浴び、血しぶきに染った。何人かの女の首が、まるで軟かい物体のように、がっくりと前へ、うなだれた。しかし磔のうえから、次の瞬間、信じられぬような悲鳴がおこった。血まみれた女たちは苦痛から首をそらせ身をもだえて絶叫した。そのとき鉄砲隊の後に控えていた兵士たちが槍《やり》をかまえて、女たちのほうへ走っていった。彼らの槍がひらめくたびに、女たちの絶叫は、火の消えるように、急に途絶えた。しかしなかには、それら兵士の槍に突きたてられ、血に装束を赤く染めながら、なお身もだえ、絶叫しつづける女も何人かいた。それは手負った盲目の獣がうめき泣くのに似て、私たちはそこに立っているのがようやくだったのである。

私たちはその数日後、下層武士、下郎、その妻女たち五百十数人が、四軒の家に押しこめられ、まわりに枯れ草、薪束《まきたば》をつんで、それに火をかけて、家ごと焼き殺された、という話を聞いた。烈風に煽《あお》られて火勢は凄《すさ》まじく、人々の叫び、うめき声、歎《たん》願《がん》する声が焰《ほのお》の音にまじり、黒こげになった家と屍体《したい》の山のなかから、なお人の声が洩《も》れ、虫のようにうごめく者があったという。

しかし私がいまでも忘れられないのは、六条河原で処刑された荒木殿の美しい娘たちとその子供らの姿だ。彼女たちは処刑直前、車にのせられ京都の町々を引きまわされたのである。なかでも二番目の車にのったあの一際《ひときわ》美しい女性は、その日もかつて会った頃と同じように静かに上半身を真っすぐにして正坐《せいざ》していた。町の人々も、どこか憂鬱《ゆううつ》な感じのある、その高貴な美しい顔に、思わず言葉をのんだ。私はその日は到底六条河原に出かける気にはならなかった。処刑を目撃したあるキリシタン信徒の話によると、彼女たちは最後までその挙措に品位を失わなかったということだ。

「あのお子たちも同じように静かな最期《さいご》をとげられました」とその信徒は言った。「私たちの最期の場所はここなのか、とお子たちは兵士たちに申しましてね、膝をそろえ、まるで何事もないように、素直に、首を前へおのばしになるのです。ああ、あの幼い魂をデウスさまがお受けとり下さいますように」

もちろんそれは、いつか荒木殿の肩にまつわりついていた孫たちの誰かであっただろう。あの自然のままに育った子供たちも、やはり上層武士の子らしく死んだことに、私は一種の感銘をうけた。

だがこうして叛きさった荒木殿が大殿《シニヨーレ》の心にうがった孤独な空洞は何ものをもっても埋めることはできなかった。たとえ彼が荒木殿を追い、最後の最後まで追いつめ、荒木殿一族を磔にさらし、斬首《ざんしゅ》し、刺殺し、郎党を家に閉じこめて焼き殺そうと、この孤独はついにいやすことができなかったのである。

すでに触れたように大殿《シニョーレ》がフロイスに好意をもち、オルガンティノと冗談を言うのを好み、のちに巡察使として日本に来た美貌《びぼう》のヴァリニャーノを愛したのも、彼らがキリシタン布教というただその一事のために、幾年にもわたる危険な航海を冒して、はるばる遠い異国へきたそのひたむきな態度に打たれたからである。見知らぬ異郷の寒風のしみる破屋で説教し、病人たちに粥《かゆ》をあたえ、貧民に衣服をわけ、女子供を人買いから救いだすのに、彼らはただその生涯をかけたのである。大殿《シニョーレ》にとって、それは、合戦の道において、非情であるのとまったく同じことに思えたのである。大殿《シニョーレ》がしばしば「彼らこそはキリシタンの名人上手である」と言っていたのを私は耳にしたが、その真意はおそらくこうしたところにあったのであろう。

「そうなのだ。温厚な荒木よ。お前はおれの無慈悲を責め、おれの無情を責める。だが事をして成らしめることがなかったら、そのような慈悲とは、そのような温情とは、いったい何なのか。もういまから何年も前のことだ。お前も憶《おぼ》えているはずだ。お前たちと近江《おうみ》へ馬を走らせていたことがある。あのとき、街道ぞいに、一人の盲目の足なえがいた。木の根がたに小屋をかけ、雨にうたれ、いかにも哀れな様子であった。

そのとき、おれはどんな合戦の帰りであったか忘れた。ただその足なえの哀れさだけが妙に胸にこたえたのだ。おれはそれが忘れられなかった。おれがその足なえに木綿二十反を与えたとき、温厚な荒木老人よ、お前はなんという顔をしたのだ。お前は人に言ったそうだな。殿が合戦においてあれだけの慈悲を与えられれば、古今の名将であろう、と。だが、雨に打たれる盲目の足なえの哀れさに胸をつかれることと、合戦において非情であることとは、まったく同じことなのだ。荒木よ、合戦において、真に慈悲であるとは、ただ無慈悲となることとしかないのだ」

　おそらくこうした大殿《シニョーレ》の孤独の思いを考えずには、それから起った事件は説明がつかない。

　石山城の仏教徒たちが討伐された直後、その攻撃軍の総大将《カピターノ・ジェネラーレ》の一人、あの学《ウマ》者《ニスタ》のような佐久間殿が突如追放されるという事件が起ったのである。この出来事は、重臣団をはじめ士卒の端々にいたるまで、激しい衝撃を与えずにはおかなかった。本来ならば論功行賞を授けられてしかるべき勝利の将軍《ジェネラーレ》が、その温厚慎重さのゆえに面責され、追放に処せられたのである。大殿《シニョーレ》自ら筆をとったと噂《うわさ》される十九条の面責書の一条に「武者道の儀、格別たるべく、か様の折柄、勝ち負けを分別せしめ、一戦を遂ぐれば、諸卒苦労をも遁《のが》れ、誠に本意たるべきに、一篇に存じ詰めし事、分別もなく、未練疑いなし」(註)と糾弾されているのである。（註　訳文に文献中の適当と思われるものを当てたが、テクストとは正確に照応していない。（訳者））

むろんこうした事件のあと大殿《シニョーレ》の日々の生活になにか特別変ったことが生れたというのではない。生活に関するかぎり、むしろ前よりいっそう簡素になり、几帳面《きちようめん》になったというべきかもしれない。起床や就寝の時間なども一分一秒と狂うことはなかったし、それは京都にいるときも、石山城攻撃を陣中で指揮する際にも、厳しく守られていたのである。日々の日課にしても、たとえば朝食前の馬術だとか、午前の執務のあとの戦術の研究だとかは、ほとんど実直な銀行家か財務官のような正確さで倦《う》むことなく続けられたし、たとえどんなに興が乗ろうと、一定の時間がくれば、なんの未練もなく、それをやめたのである。

私はジェノヴァで父や父の友人の実務家たちが、これと同じ意志的な勤勉な日常生活を続けていたのを知っていたし、それに伴う平俗な、陰鬱《いんうつ》な実利主義に気がつかないでもなかった。にもかかわらずノヴィスパニアの片目の総督やモルッカ諸島の傭兵《ようへい》隊長たちの日常がその日その日の気まぐれで動き、嫉妬《しつと》や虚栄にとらわれやすく、部下の甘言に容易に乗ぜられるのを知っている私の眼には、大殿《シニョーレ》がこうした原則を尊重し、気まぐれや刻々の当てにならぬ感情を無視しようとする態度は、やはり貴重なものと映ったのだ。

もちろんこうした日々の生活のなかに、癒《いや》しがたい孤独を感じとることは容易である。それは石山城を攻略し、差しせまった危機が回避され、名実ともに天下の覇者と見なされるようになってから、一段と濃くなったと見ていい。大殿《シニョーレ》の側近は以前にまして畏怖《いふ》にとらえられていたようだし、大殿《シニョーレ》自身、冗談を言うようなことも稀《まれ》になっていた。家臣たちはただ敏捷《びんしょう》で真面目《まじめ》であり、ひたすら大殿の意向だけに耳を澄ませているように見えた。

しかし佐久間殿の追放事件以後、私などには、その孤独が大殿《シニョーレ》その人のこころを深く犯しはじめたような気がしてならない。それはなにも大殿《シニョーレ》が深い寂寥感《せきりようかん》になやまされ、人々のあいだにさまよいでてきたからではなく、逆に一段と日々の克己と激しい訓練のなかに入っていって、家臣団や重臣たちと話すときにも、そうした冷ややかな、距離をおいて見るような態度から脱《ぬ》けだすことがなかったからである。重臣たちのなかには、そうした態度を、佐久間殿や荒木殿に対する不信から生れた一種の猜疑《さいぎ》の表われであろうと考える者もいた。とくに第三の党派に属する人々に、こうした考え方が顕著だったように思う。

しかしながら大殿《シニョーレ》が本来その性格のなかにもっていた人懐《ひとなつ》っこさ、子供っぽい率直さ、好奇心、あたたかな信頼感というものは、誰よりも私やオルガンティノがよく知っている。前にも書いたように大殿《シニョーレ》は冗談や笑話を（むろん限度を心得ていたが）好んだし、決して陰気で無口な性格ではなかった。だからこそ、大殿《シニョーレ》が家臣団のなかで前にもまして孤独の影を深くしてゆくようになると、こうした性格や感情の動きは、それだけ集中した形で（以前よりも、一段とあらわな形で）オルガンティノやフロイス師や私などにそそがれたのである。重臣たちの多くは、それをオルガンティノが高山殿を誘降せしめた功績によるものと考えていたし、また他の人々は坊主《ぼうず》たちに対する大殿《シニョーレ》の憎悪《ぞうお》の結果であると見なしていたが、もしそれだけだったら、次にのべるような大殿の態度は十分に説明できないのではないかと思う。なぜならそこには単なる恩賞や知遇以上の、なにか噴出するような愛情があるのを、私などは感じたからである。

私がオルガンティノともども安土《あづち》に大殿《シニョーレ》をたずね、その宮殿《パラッツォ》完成の祝詞をのべたのは〔一五〕八〇年の盛夏のことである。

石山城の攻防戦はその春に終り、大殿《シニョーレ》に敵対する勢力は西方の毛利軍団だけであった。なるほど東方には武田軍団がひかえてはいたが、長篠《ながしの》会戦による徹底的な壊滅からまだ立ちあがることはできなかった。したがって差しあたっては、西方の毛利軍団との対決が唯一《ゆいいつ》の課題であり、そのため大殿《シニョーレ》は寵臣《ちょうしん》の羽柴殿を海岸地方から、明智殿を山岳地方から、攻めこませていたのである。

その戦況はかならずしも楽観できるものではなく、前哨《ぜんしょう》の城砦《じょうさい》群はしばしば手強い抵抗を示した。しかし戦況は困難だといっても、政治的な局面は打開されていたし、大殿《シニョーレ》を東西南北から包囲しようとする連合体制もすでに崩壊していた。問題は武田軍団が深傷《ふかで》からいつ恢復《かいふく》するかにかかっていたが、永年にわたって蓄積された実力は過小評価をゆるさなかったとしても、彼らが真に攻撃力を恢復するのは、なお先のことと見てよかった。とすれば、当面、解決すべきは毛利軍団の抵抗だけといってよかった。

いま思いかえしても、石山城攻略に成功するまで、三重、四重と仕掛けられた戦略の機構が本当によく噛《か》みあって動いてくれたものだと思う。私などはヴェネツィア製時計の歯車装置の一つにすぎず、定められた時までに、定められた仕事を遂行すればよかったが、それにしても、そうした戦略があちらこちらで一見無関係に進められ、その揚句にそれらが統轄《とうかつ》され、一つの力に集中していったのは見事だった。

石山城包囲戦はその意味では、単なる戦力と戦力のぶつかり合いではなく、綜合《そうごう》された作戦規模の争いだったといえる。私は安土の宮殿《パラッツォ》までの道々、オルガンティノを相手に大殿《シニヨーレ》の作戦がいかに広大で、複雑だったかを話したのだった。たとえば鉄砲補給源の雑賀《さいが》の基地を攻撃したり、補給路を切断するために強大な水軍をつくったりして、徐々に城砦を窮地に追いこんでゆく作戦は、それが成功した後では、単なる理詰めの戦法のように見えるが、あの困難な状況のなかでは、よほどの巨大な視野と持続力がなければ、考えつけるしろものではないのだ。そして一瞥《いちべつ》しただけではまるで関係のないように見える船舶用大砲の研究と製造を、石山城包囲戦に織りこんでゆくというごとき戦略規模の大きさは、大殿《シニヨーレ》の驚くべき明察の力から生れていると言うほかない。事には運、不運がつねにつきまとうものだが、このような明晰《めいせき》の判断の前には、単なる整然たる事物の進行が見えるだけで、そこには必然的結果として成功、不成功はあっても、計算の外にある運の介在は、ほとんど無視されているのである。

　私は石山城の陣中で大殿《シニヨーレ》のもとに北方軍団の統帥《とうすい》上杉殿の病没を報じる密使が到着したのに出会ったことがあるが、本来ならば、刻々に北辺の危機を深めつつあった当の敵将が死んだのであるから、なんらかの喜色を浮べるはずであるのに、大殿《シニヨーレ》はむしろそれを沈痛な表情で聞いていた。おそらく事物の厳密な進行を眺めることに慣れていた大殿《シニヨーレ》のごとき人物にとっては、かえって、上杉殿の死は、純粋に、一人の偉《すぐ》れた人格の死として感受されたのかもしれず、その故にあの沈鬱な表情となったのであろう。すくなくとも、それを自己の卑近な利害と結びつけて考えるごとき視点からは、完全に解放されていたにちがいない。

安土城廓《じようかく》の造営も、ある人々の意見によれば、全国に覇をとなえた王者にふさわしい豪華な城館の設営によって、威光と権力を象徴させたのだと言うが、古代アジアの王たちならいざ知らず、大殿《シニョーレ》のような人が単純に権力を宮殿で誇示しようとしたとは考えられない。私などはむしろ石山城の苦戦のさなかにこの城廓《カステルロ》が営々として築かれていたという事実のほうを強調したい。言葉をかえて言えば、大殿《シニョーレ》は石山城を殲滅《せんめつ》し、その結果に権威を内外に示そうと考えたのではなく、石山城を攻略するのと同じ論理にしたがって、安土の宮殿《パラッツオ》をつくろうと思ったのだ。石山城の殲滅が必要であるのと同じように、安土の宮殿の設営も一つの必要であった。行政的にも戦略的にも、広い意味の政治的立場からも、安土に宮殿をつくることが必要だった。それは一王者の虚栄心によって営まれる宮殿建設ではなく、むしろ現実政治の要求から生じた一つの結果であるにすぎなかった。大殿《シニョーレ》はそれを事物進行の必然の動きとして考えていたのであり、そこには大殿自身の虚栄、誇示、権勢、自尊などの欲求はほとんど介入する余地がなかった。それはあくまで力と力との角逐の場での、一つの力として置かれた、冷静な熟慮の結果の、布石だったのである……。

私が安土までの道々、オルガンティノに話したのは、およそこのようなことであった。

安土の城郭《カステルロ》が見えたのはミヤコを出た次の日の昼過ぎだった。すでに私は何人かの教会関係者からその壮麗な外観や豪華な室内装飾について聞かされていたが、現実に眼の前に近づいてくる城郭は、そうした一切の印象や説明をこえていた。小高い山のうえにある宮殿は、遠くからは青く光った宝石か何かのように見えた。やがてそれは、青瓦《あおがわら》を配した幾層かの塔が、輝くばかりに白い城壁をめぐらした一群の城郭のうえに聳《そび》えているためだとわかった。かつて工事場だった山の麓《ふもと》には区劃《くかく》整理された街路にそって、家臣団の住宅が並んでいた。いずれも石垣をめぐらし、その上に白い胸壁がつづいていた。

湖水の入江から深い掘割が引きこまれていて、帆船が数艘《そう》、そこに錨《いかり》をおろしていた。これはいずれも京都への早船として使われるものであった。

掘割にそった湖岸通りには米蔵や船蔵、その他の各種の倉庫がならび、旅館や市場もそこからはじまっていた。家臣団の住宅地区はちょうどこの掘割で終っていて、そこから先に、商人や一般市民の住宅街が並んでいた。

市場には人々が群がり、通りには商人たちの往来がはげしかったが、なお建築中の家が多かったし、住宅地といっても、ただ区劃割りがしてあるだけで、田畑や雑木林がそのまま残っていたりした。いたるところに普請《ふしん》場があり、大工が木材を切り、板を削り、左官が壁土をこねていた。

湖岸地区では土工が何百人となく埋立工事に従っていた。山から掘りだされた土砂を籠《かご》に背負い、またもっこをかついで、彼らは幾列にもなって、湖岸まで運んでいた。私たちが安土まで来る往還でも、道路工事がすすんでいて、街道は広く地ならしされ、両側に柳と松が植えられていた。

安土の宮殿《パラッツォ》は近くから見あげると、山の斜面を覆《おお》う繁《しげ》みごしに、青い瓦屋根をそらせた七層の巨大な塔が、黒漆に黄金の窓飾りをつけた城廓の建物のうえに、壮麗な姿で聳えたっていた。山頂近く巨石を積みあげた石塁のうえに、銃眼をうがった眩《まぶ》しいほどの白い胸壁が宮殿《パラッツォ》の外廓《がいかく》をくっきりと際立《きわだ》てていた。宮殿そのものは華麗な印象を与えるにもかかわらず、その辺りには清らかな静けさが支配していた。時おり湖面を渡ってくる風が、斜面の繁みをさやさやと吹きかえして過ぎていった。

ちょうど私たちが安土に赴いたのは、難攻の石山城が陥落、炎上した直後だったこともあって、城廓の参観に集る人々で安土山の道は賑《にぎ》わっていた。私たちが馬で城門に近づくと、人々は道をあけ、驚いて見あげる者や、指さして叫ぶ者や、笑いかける者などがいたが、一様に、彼らの表情に浮んだのは、異邦人である私たちが造営間もない宮殿に姿を現わしたことに対する意外の面持ちであった。

城門への道は巨石を組みあげた石塁のあいだを三百段に近い石段でつづいていた。私たちを出迎えたキリシタン武士の一人は、そのなかでもとくに巨大な幾つかの石をさして、それらが運びあげられるのに四、五千人の人夫が動員されたのだ、と説明した。

「私が直接見たのではありませんが、一度、構築の際に、石が滑り落ちて百名以上の人夫が下敷きになったという噂です」

彼はそう言って、あたかもあたりの巨石にその痕跡《こんせき》でもさがすかのように、頭をめぐらした。

城門は黒塗りの鉄具《かなぐ》を打ちつけた頑丈な厚い扉で開閉できるようになっており、物見櫓《やぐら》をそなえた建物が、門を見おろすように、その上辺にのしかかっていた。その青瓦の反りは美しく、先端の鬼瓦には金色の装飾が輝いていた。その白壁にうがたれた窓には黒塗りの鉄格子《てつごうし》がはめこまれ、死角を防ぐ無数の銃眼が黒点のように並び、ひとたび戦端がひらかれ、城門が閉められるようなとき、それは不落の城砦に早変りするだろうことは、オルガンティノのように物に頓着しない人物の眼にも容易に見てとれたのである。(彼は声をひそめて、私にそれをたしかめたのである。)

城門をぬけると、中の楼門をこえて壮大な七層の楼閣が威嚇《いかく》するように迫り、幾つかの建築がそれをとりまいて並んでいた。食糧倉庫と清潔な厩舎《きゅうしゃ》がその裏につづき、武器庫がその奥に、さらにもう一重の厚い城壁に囲まれて建っていたが、それは後になって、城内を案内されたとき、はじめて私たちはそれと知らされたのである。

宮殿《パラッツォ》の玄関を入ったとき、私の眼をうばったのは、黄金の飾りに縁《ふち》どられた朱塗りの太柱であり、金箔《きんぱく》の地に花鳥や自然をえがいた襖《ふすま》や屏風《びょうぶ》であり、精緻《せいち》な黄金の金具で飾られた黒塗りの格天井《ごうてんじょう》であった。私が三年前に訪れたとき、すでにこの高楼の外廓はつくられていたが、室内装飾はまだ何一つ加えられていなかったので、まるで新しい建物を訪れたような気持がした。私たちが通ってゆく大小のおびただしい部屋には、いずれも、金地の仕切りがあり、見事な調度が置かれ、ある部屋は落着いた色調に、ある部屋は華麗で豪奢《ごうしゃ》な色調に、またある部屋は簡素な色調につくられていた。

オルガンティノとロレンソ老人と私が通されたのは、そうした幾部屋をこえた奥の、明るい庭に面した一室であった。庭には緑の美しい小山があり、小山をかこんで池が木立の影と空をうつしていた。小山の奥に、稜堡《りょうほう》の一つらしい建物の屋根の青瓦がかすかに覗《のぞ》いていた。

私たちが座につくと間もなく、若い家臣団を従えた大殿《シニヨーレ》が廊下から部屋に入ってきた。麻の上着に袴《はかま》をつけ、いま馬場から帰ってきたというような様子に見えた。鋭い眼《まな》ざしや、蒼白《そうはく》な、面長の、引きしまった顔立ちはいつもと変りがなかったが、表情はいきいきと動き、あの顳顬《こめかみ》のひくひくする病的な動きはほとんどその日は目立たなかった。私はここ数年来、大殿《シニヨーレ》の苦悩に刻まれた陰鬱《いんうつ》な表情を見ていただけに、この上機嫌は、雨季の後、久々で仰ぐ明るい空のような感じがした。

「どうかな、この宮殿《パラッツオ》は。気に入りましたかな」

めずらしく大殿《シニヨーレ》は笑いながら、天井や周囲の襖絵を眼で差し示すような様子をした。私たちは口々に眼をうばわれるばかりだと答えた。

「これほどの見事な宮殿《パラッツオ》はヨーロッパの最も壮麗な宮殿と較《くら》べましても、ひけはとりません」

とオルガンティノが言った。

「ヨーロッパの宮殿にもひけをとらぬ？」大殿はオルガンティノの言葉を受けとって、満足そうに笑いながら言った。「もしそうだとしたら、ヨーロッパの人びとにも、ひとつ、安土に新しい城廓がつくられたことを報《し》らせてもらいたいものだな」

「それは、もちろんでございます。私どもは大殿の御庇護《ごひご》の逐一とともに、この宮殿のことを報告いたす所存でございます」

このオルガンティノの言葉を聞くと、大殿は、私のことはともかく、宮殿のことはぜひ詳細に報告してほしい、と言った。

「もし必要なら、正確に写した絵をつくらせてもいい」

大殿はそうつけ加えた。

私たちは大殿自身の案内で、高楼の一階一階を隈《くま》なく見てまわった。

私たちは広間広間の装飾とともに、その広さ、複雑な組合せ、おびただしい部屋数に驚かされた。

「なんという広さでしょう。これだけ歩いただけでもう元へ帰ることはできません」

オルガンティノが言った。すると大殿は笑って、

「いや、私もよく迷ってしまうのだ。そのために、部屋ごとに装飾をかえ、見おぼえやすいように、仏像を置いてあるのだ」

と言った。

窓からは舟の行きかう淡水の湖が青く望まれ、幾つかの小丘を島のように散在させた平坦《へいたん》な湖岸の平野が周囲にひろがり、その遠くに山脈が青白く、日に背いて、霞《かす》ん

でいた。

　室内の柱はすべて黒漆で塗られ、黄金の金具で飾られていた。重厚な格天井はその区劃ごとに見事な天井画が描かれていた。大殿に従っていた工事監督にあたった老人は、私たちのために、高楼の各階の障壁をかざる絵の図柄について説明した。

　老人の言葉によると、その図柄は多様をきわめ、自然の風物、鳥獣、草木から仏教の人物、支那《しな》古典の寓意画《ぐういが》にまでわたるが、上層にのぼるにつれて、その画題は写実的なものから教訓的なものに変っていると言うのだった。

　私たちが五階にのぼったとき、老人は言った。

「ごらんなさいませ。この階には、もはや花鳥もございませんし、自然風景、植物、動物もございません。すべて仏陀《ぶつだ》の事蹟《じせき》を表わしたものでございます」

「この図柄のプログラムには、どういう意味がこめられているのですか」

　私は老人にたずねた。すると老人はオルガンティノとロレンソ老人をふりかえって、

「それはむしろキリシタンの皆さんに説明していただいたほうがよろしいようですね。ここでも、天に近いところに、より深く、より直接に魂と結びつく画題を置くことが考案されているのです」

　この老人の説明を大殿《シニヨーレ》は満足そうに聞いていた。老人は以前、大殿がオルガンティ

ノにむかって、デウスや霊魂の存在を問いただしたとき、その傍らにいたことがあったのである。

こうして私たちは最上階に出たが、そこからは、青い屋根を縦横に組みあわせた、目覚めるばかりに美しい城廓の建物全体が、安土《あづち》山の木立にかこまれて、一望のうちに眺められた。山麓《さんろく》から切りひらかれた市街地の区劃が、緑の平地に白い筋目をひいていた。人々が市場に集まり、入江で船をひき、建築場で働いている姿が豆粒ほどに望まれた。

そのとき、オルガンティノが叫んだ。

「まったく見事な眺めですな。いや、こんな壮大な意図で建造された城廓を私は見たことがありませぬ。市街の建設が着々とすすんでゆくのが、ここからなら、一目瞭然《いちもくりようぜん》ですな。それに、安土の都市はもうこの王国の中心にふさわしい風格をそなえているように感じられます」

オルガンティノは、いかにもブレシア近郊の農家の子らしい素直な感激の仕方で、高楼の窓から市街地を見おろした。

大殿《シニヨーレ》は大殿で、オルガンティノのこうした陽気な、屈託のない性格が気に入っていたのである。

「殿《シニヨーレ》」と、そのときオルガンティノは大殿の前に頭をさげるようにして言った。「おりいって、お願いごとがございます。これは、実は、前々から考えていたことでございますが、私どもキリシタン宗門のため、安土の市街に教会堂の建立《こんりゅう》をお許し願えませぬでしょうか。王国の中心にふさわしい会堂を建てることができますれば、ひとり私ども日本王国のキリシタンのみならず、遠くゴア、マカオ、またヨーロッパにまで大殿の御声名はとどろくことと存じます」

その言葉を聞くと、大殿《シニヨーレ》は一瞬考えこむ表情をした。おそらくオルガンティノの突然の申し出の真意をはかりかねたのであろう。

「むろん許さぬではない」と大殿《シニヨーレ》は言った。「安土に壮麗な街衢《がいく》をつくるのが目下の急務であることは、卿らにも十分にわかって貰《もら》えよう。京都のキリシタン会堂に優るとも劣らぬ会堂が安土に建てられるとすれば、それは何より、この壮麗な町にふさわしいものになるにちがいない。ひとつ会堂に適した土地を選んで、十分の広さを提供しよう。どの辺がふさわしかろう」大殿はそう言いながら、オルガンティノの立っている窓から市街地を指さした。「山寄りか、それとも湖岸寄りか。いずれにせよ、早速調査させることにしたい」

大殿《シニヨーレ》は黒漆塗りの階段をおりながら、ロレンソ老人を振りかえって、「教会としては、山寄りがよかろうか。それとも湖岸寄りがよかろうか」と訊《き》いたりした。

その日、私たちは上機嫌の大殿にすすめられるままに、日の入りまで宮殿のなかを見てまわった。その豊饒華麗《ほうじょう》な建築の細部については、ここで詳記することはできない。私に言えることは、安土の宮殿《パラッツオ》造営には、ミヤコをはじめ岐阜、尾張《おわり》から名人上手と呼ばれた建築家、大工、彫刻家、指物師、画家、石工、装飾家、工芸家が集められ、その建築のどのような片隅にいたるまで、彼らの精妙な腕が振われたということである。一例をあげれば、鶴《つる》が水辺に遊んでいる図柄をえがいた広間の欄間は、松林や岩や流れを細密画のように透し彫りしたものだったが、その松林のなかに、安土の宮殿《パラッツオ》と同型の建物が彫りこまれており、そこには一階一階を明確に彫りわけた楼閣まで見ることができたのである。こうした欄間の透し彫りも多くは彩色され、華麗な印象を高めていた。

私たちは大殿からの通達を待って、数日を安土の市街で過した。城廓《じょうかく》のそびえる南面の斜面を起点にして、南と東の湖岸へ市街は拡がっており、街路は広く、正確に区劃され、人夫たちが朝と夕方、清掃していった。入江や掘割や往還の出入口には、市がいたるところに立ち、旅館や木賃宿が軒をならべていた。京都はじめ各地の町々、城塞《じょうさい》、出城からの使者が昼となく夜となく、安土の往還をぬけ、山頂の宮殿に馬を走らせていった。非番の侍たちや、新しい都市を見るために集った男女の流れがぞろぞろとつづき、その雑踏をわけて、荷を担《にな》った馬や、荷担《かつ》ぎ人足が往来していたが、これらの荷のなかには、遠国から届いた大殿への贈物や、猿、鸚鵡《おうむ》、犬、各種の馬、珍獣なども含まれていた。

オルガンティノやロレンソ老人は寸暇を惜しんで、安土に移住したキリシタン宗門の人々を訪ね、新会堂の建築許可がおりたことを報告し、また町角で説教を行なった。その間、私はかつての鉄砲隊の部下を訪ね、彼らから石山城の降服や、その後に起った叛徒《はんと》の抵抗、そして最終的に石山城全体を灰燼《かいじん》にした大火災などについての話をきいた。そうした侍たちのなかには九鬼水軍でともに働いた何人かの戦闘員もいて、酒がまわるにつれて、彼らは水軍が船を漕《こ》ぐときにうたう単純で素樸な歌を唱和した。

大殿からの使者がオルガンティノに次のような意味の手紙をもたらしたのは、それから三日とたっていなかった。

「先日は遠路新しい宮殿《パラッツオ》を訪ねてくれて嬉《うれ》しく思っている。その折、話した会堂建設地の件だが、当市街の中央にFoque（法華《ほっけ》）の寺院が現在建っている場所がある。私としてはこの寺院を取りこわすことは一向に差しつかえなく、むしろそこにキリシタンの会堂が建設されれば、これに越したことはないと思っている。もし同場所が気に入らぬようであれば、遠慮なく申しのべてもらいたい。いずれにせよ満足ゆくよう取り計らう所存である」

私たちは早速その法華寺院を見に出かけた。他の主だったキリシタン宗徒も何人か従った。寺院はたまたま市街地の中央に位置していたが、オルガンティノの意見によれば、それはあまり宮殿《パラッツオ》から離れすぎていた。彼は、会堂はもっと宮殿に近く、大殿《シニョーレ》の庇護を象徴するような場所に建てたいのだ、と言った。

「安土の教会堂は何よりもまずわれらキリシタン宗門が天下公認の宗門であることを示すような、そうした外観なり特権なりを持つ必要がありはしないかね」

彼はロレンソ老人にそう言った。

「左様でございます。私もどこか安土山に近い、宮殿《パラッツオ》の下に教会が建ちませば、と考えます」と老人は見えないほうの眼をしばたたきながら言った。

すると信徒の一人が口をはさんだ。

「私どももそれは願わしいことと存じますが、なんでも聞くところによると、安土山寄りの地区には、宗教関係の建物は一切これを禁じるとか。果して山寄りの計画はいかがなものでしょうか」

「いや、それは心配する必要はありません。大殿《シニョーレ》は私どもにできる限りのことは約束されたのですから」

オルガンティノはそう答えて、私の同意をうながすように、こちらへ顔をむけた。おそらくそのときオルガンティノが言いたかったのは、荒木殿の謀反《むほん》の折、高山殿を翻意させた功績のことだったと思う。たしかに石山城の危機は、あの瞬間の、高山殿の帰趨《きすう》にかかっていたといってもよかった。そして事実、オルガンティノの説得で、高山殿を荒木殿の戦列から離脱させたことは、九鬼水軍が毛利水軍を破るのにも匹敵する意味をもっていた。

オルガンティノに対する大殿《シニヨーレ》の信頼や友情がその後どのように深められたかは、側近の大身たちが私に語っていたことからもよくわかる。大殿はどのような重要な事を部将《ジエネラーレ》らと話しているときにも、オルガンティノやフロイス師がやってくると、すぐに自分の部屋に呼びいれて、そうした部将たちの前で、デウスや霊魂不滅について議論したり、地球儀を出させて、ポルトガルからゴアを経て日本王国にいたるまでの順路や各地の風俗、地理、天候などを質問するのであった。とくに地球儀は大殿の気に入ったものであって、それを出しては私ともよく航海術や天文学、ノヴィスパニアの風俗、地理、土民討伐などについて話しあった。

側近の話によると、ある日、オルガンティノたちと議論していた大殿《シニヨーレ》が、外の廊下まで響くような大声で、「いや、私の敗《ま》けだ。私の敗けだ」と叫んだことがあるという。大殿はもともと甲高い声の持ち主であり、感情がたかぶると、処《ところ》かまわず大声をあげるのがつねだったが、その大殿がいかにも感に耐えたような声をあげたことは、後にも先にも、このときだけだったという。それは、ひょっとすると、巧妙なロレンソ老人に霊魂不滅を説得されたのかも知れず、あるいはそんなことに関係のない全く別の論題だったのかも知れない。しかしその内容がどういうものであれ、大殿はオルガンティノやフロイス師らと話すのを好んだし、議論するようなときにも、身をのりだすようにして話し、相手方の言葉を実に注意深く聞いていた。そういうとき、大殿は口癖のように「うむ、理にかなっている」とつぶやきながら、腕を組み、時には、自分と対話でもしているように黙りこんで、前をじっと眺めていることがあったのだ。

事実、大殿《シニョーレ》が好んだ話題といえば、この「理にかなう」事柄に限られていた。地球儀を好んだのも、鉄砲術や築城術、また自然学の話題を好んだのも、それが「理にかない」、納得できるものだったからだ。私はいまも日蝕《にっしょく》、月蝕について話したときの大殿《シニョーレ》の真剣な表情を忘れられない。彼は腕を組み、じっと自分の前を見つめ、ただ「よくわかる。よく納得できる」と繰りかえしつぶやいていたのである。

こうした大殿《シニョーレ》であってみれば、オルガンティノが安土山の山麓に近い埋立地を望んだとしても、おそらく枉《ま》げて承知して貰えるであろう。少くとも私にはそう思えた。前日、高楼の窓から見おろしたとき、大殿《シニョーレ》は場所はどこを選んでもよいと言っていたのである。

「いや、それは多分大丈夫だと思います。もしその土地がよい場所にあれば、それを願い出るべきでしょうね」

私はオルガンティノの言葉を保証するように、信徒にむかって、そう言った。

その土地は山麓につづく沼を埋めたてた地域にあり、宮殿《パラッツォ》は目と鼻の間にあって、市街全体に対して、ちょうど開いた扇の要《かなめ》の部分に当るような地点であった。

オルガンティノはその地所を歩きまわり、一も二もなく気に入った様子を示した。他の信徒たちも、「もしここをお許しいただければ、願ってもないこと」と口を揃《そろ》えて言った。その地域一帯は家臣団の住宅街に当てられていたため、すでに多くの家々が新築され、商店地区にくらべると、空地や雑木林や田畑はずっと少かった。

オルガンティノがロレンソ老人を連れて、宮殿《パラッツォ》を訪ね、この埋立地の土地を願いでると、大殿はむしろオルガンティノに気に入った土地があったのをよろこんでいる様子に見えた。「では早速、その土地を見てみようではないか」と言って、自分から先に立って、高楼の窓から市街を見おろした。

「あの梢《こずえ》ごしに見える埋立地でございます。道が交叉しているその先でございます。家が並んでおりますが、その間に、空地が見えております」

オルガンティノは窓から身体をのりだすようにして、眼の下に見える市街地の一角を指さした。

「あの白壁の家のところだな。ふむ。あそこが気に入ったのか。なるほど、あそこのほうが私のところからも近いし、たびたび訪ねることもできるわけだな」大殿はそう言って笑った。「だが、どうだろう。あれでは少し狭すぎることはないだろうか。もう周囲はだいぶたてこんでいるし、会堂の規模が大きいものだとすると、あれだけでは十分でないように思うが。いや、思うような会堂を建てるとなると、あれだけでは不十分だ。ひとつ、隣の白壁の家二軒と、その向うの畑地を立《た》ち退《の》かせよう」

大殿《シニヨーレ》はまるで自分がその会堂を設計してでもいるかのように、地面のうえに、あれこれと建物の幻影を思いえがいているように見えた。大殿《シニヨーレ》の眼には京都のバシリカ型教会堂が浮んでいたのかも知れぬ。オルガンティノが以前なにかの機会に、その地所が十分に広くなかったため、本来のバシリカ型よりは、ずっと方形に近いものになったというようなことを話していたのを、大殿《シニヨーレ》はそのとき思いだしていたのかも知れぬ。そして安土の会堂は、オルガンティノらの思いのままに設計された壮麗な建物にしたいと考えていたのであろう。オルガンティノが「いいえ、わざわざ立ち退いて頂くようなことをしなくても」と言いかけたとき、大殿《シニョーレ》が朗らかな、きっぱりした口調で「いや、心配はいらぬ。立ち退いた者たちには十分の償いを致すから安心するがよい」と言ったのは、おそらくこうした気持が動いていたためだと思われる。

「明朝にでも、私が土地を検分しよう。早速にも、建築にかかれるよう、整地をしておく必要がある」

大殿《シニョーレ》は側近の一人にそう言った。

私は翌朝オルガンティノとロレンソ老人、それに信徒代表十数人と埋立地で大殿《シニョーレ》を迎えた。

大殿《シニョーレ》は馬からおりると、地所を見わたし「会堂を建てるにはここはなかなかいい場所ではないか」と言った。それから地所のなかをせかせかと歩きまわり、この立木は切り倒すように、とか、この石は除くように、とか、立ち退く家の補償はこれこれ、立ち退き先はこれこれと、大殿《シニョーレ》特有の早い口調で、側近に指示をあたえた。

そうやって一通り地所のなかを歩きまわると、大殿はもう一度その全体を見わたした。

「この土地をキリシタンの僧たちに与えようと思うのだが、お前らはどう思うか」

大殿はまわりに従っている家臣団に訊《たず》ねた。そのなかの一人が言った。

「ここにキリシタンの会堂が建つのでございますか」

「そうだ。お前はどう思う？　ここに会堂を建てることを……」

その若い美貌《びぼう》の近習が何か言おうとすると、彼はそれを言わせずに、押しかぶせるように言った。

「私はこの会堂が安土を美しく飾るものになるだろうと思う。安土には、ぜひ壮麗な会堂が必要なのだ」

こうした大殿《シニョーレ》の言葉には、どこか命令するような、激しい、断乎《だんこ》とした調子が感じられた。その翌日、大殿がふたたび数人の側近を従えただけで、オルガンティノにも知らせずに、その土地を見てまわり、近隣に住む家臣たちを呼びあつめ、「会堂建設に当っては、あらゆることにわたって、キリシタン信徒を援助しなければならぬ」と語ったということを私たちは後になって知らされたのである。

「大殿《シニョーレ》がみなさまのことをお話になるときには」と、そのときの模様を詳しく報告してくれた信徒の一人が言った。「まるでご自分の兄弟か何かのような口ぶりでしてね、なんどか、あの尊敬すべきとか、勇気にみちたとか、そんな言葉をお使いになりました。それにちょうど側近と一緒に高山殿も来ておられまして、高山殿には会堂について色々と質問されておりました。そのときには、みなさまのことを、万象について理にかなった説明のできる人たち、というふうに言っておられました」

　こうした話をいま思いだしてみても、大殿《シニョーレ》がいかに私たちに真底からの信頼と友情を示していてくれたか、それがまたいかに単純率直な形で示されたか、驚くばかりだが、それにつけても当時、大殿《シニョーレ》のこうした態度は、ただまったく政治的配慮のためだとか、坊主《ぼうず》が憎いためだとか言っていた人々が意外に多かったことも忘れられない。そのなかには学者《ウマニスタ》に似た温厚な佐久間殿もいたが、こうした人々は結局のところ、大殿の気持を理解することができなかったのであろう。彼らは大殿《シニョーレ》の本心を読んでいると思いながら、かえって率直に現われているものを、ねじ曲った形でとらえようとしていたのだ。このことは、大殿がいかに多くの誤解のなかに置かれていたかという証拠にもなるが、あの頃の大殿を包んでいた孤独の影——あの冷んやりした黒ずんだ影——も、実はこうした誤解から生みだされていたことをも語っている。私はそれを思うにつけても、大殿《シニョーレ》がオルガンティノや私に示した、人懐《ひとなつ》っこい、打ちとけた友情の意味について考えずにはいられない。

　私たちと別れるときにその顔にあらわれる微笑は、たしかに孤独に浸されていたようにも思えるし、また、いつか大殿《シニョーレ》が一人で渡り廊下を歩いてゆくとき（たまたま私は馬場で鉄砲隊の訓練を見ての帰りだった）大殿の顔が暗く陰鬱《いんうつ》な表情に見えたので、思わず声をあげそうになったこともある。それは私たちの前では決して見せたことのない厳しい、暗い表情だった。そうした暗さは石山城が苦戦だったころと、いささかも変っていなかった。いや、それ以上に、別の何かが加わっていた。それが正確に何であったか、いまも言いあらわすことができないが、あえて言えば、一種の苦悩の刻印のようなものだった。もちろんそこには石山城の陥落にともなう種々の政治的な困難や、なお継続している毛利軍団との対決などが濃く影を落していたにちがいない。しかし大殿《シニョーレ》の顔に刻印された苦悩の表情は、そうした外部から来たものではなかった。それはむしろ内部から――大殿《シニョーレ》自身の生き方から、うまれているように見えた。言いかえれば、それは大殿《シニョーレ》が自分の極限にむかって、たえず自分を駆りたてている、その緊張した生き方から、必然的にうまれているように見えたのである。

安土《あづち》にセミナリオができてから、私などと航海術や天文学、自然諸学について話しあうとき、知識に渇いている人のように、根ほり葉ほり質問をする大殿の態度には、かつて私が鉄砲術や築城術、各国の戦術を説明したときと同じ熱心さが感じられた。ひょっとすると、当面の戦争に役立てるという緊急の必要がなかっただけに、知識そのものへの関心はいっそう強まっていたのかも知れぬ。おそらく大殿《シニョーレ》はそうした知識が鉄砲をつくり、巨船をうみだし、地球の涯《はて》まで人々を導いてゆくという、その力に打たれたのであろう。大殿《シニョーレ》が仏教徒や坊主たちを眺めるとき、一種の不潔な、けがれた獣でも見るような眼つきをしたが、そんな折、彼の口からきまってとびだすのは、「あいつらの知識は全くの空念仏にすぎぬ。何ものも動かすことができぬのだ。私に必要なのは、その知識が真実であって、それによって、実際に物事を動かしうるような知識なのだ」という言葉だった。

それだけに大殿《シニョーレ》の生活のなかには、空疎《くうそ》な、事を成就《じょうじゅ》させぬような、そうした無意味な議論や行動は見いだせなかった。早朝、起床して、馬を乗りまわすことからはじめられる彼の生活は、就寝まで、戦争と政治に占められていた。戦略会議、前線から伝えられる情報の検討、武器製造の計画と強化、食糧管理と輸送、五畿内の土地整理、課税体制と徴税系統の整備、各都市の治安対策、農村の統治体制の調整、道路、橋《きょう》梁《りょう》、治水等の土木工事の監督、交通、宿駅制度の改革など、仕事は毎日あとからあとから彼の前に殺到していた。なかには瞬間に判断し、対策を講じなければならぬ緊急問題もあれば、長期的な計画編成を必要とする根本的問題もあった。大殿《シニョーレ》はそういう問題を何人かの重臣たちの合議にかける場合もあり、また彼ひとりで決裁することもあった。ただそのいかなる場合にも、大殿《シニョーレ》は「事が成る」という見地からのみ、問題をながめた。明智殿が大殿《シニョーレ》の寵臣《ちょうしん》として羽柴殿とならぶようになったのは、その冷徹な戦略と攻城戦の巧みさのためであったが、さらには、土地整備や徴税体制の調整に示した行政手腕にもよるという噂《うわさ》もあるくらいだった。

大殿《シニョーレ》はこうした現実の問題を処理する立場の人間として、たえず「事が成る」ための力を必要としていた。事を成就せしめぬような知識はがらくたにすぎなかった。彼は眼を光らせ、渇いた人のように、事を成就させる知識を求めたが、同時に、そうした知識をつくりだす態度の厳しさにも関心をもったのだ。

「キリシタンの僧たちが大海に乗りだすように、その同じ勇気をもって、仕事に当れ」

大殿《シニョーレ》は近習たちと雑談の折、そんな言葉を洩《も》らしたと伝えられている。たしかにオルガンティノをつかまえて、大殿《シニョーレ》は「あなたはなぜこのような遠くの国まで、危険な大海を渡って航海してくるのか、それが知りたい」とよく言っていた。彼は布教のためであれ、その他の目的のためであれ（彼は笑って「他国へ盗賊となって侵入するとしても」と言っていた）、生死のぎりぎりの地点に立ち、「事が成る」というただそのことに力を集中して生きるその厳しさ、緊張、生命の燃焼に、強い共感をもっていたのだ。

大殿《シニョーレ》は「事が成る」ために自分のすべてを——自分の思惑、感情、惰性、習慣、威信、自尊心までを犠牲にした。そしてそうした態度をあえて他の部将、将軍、大名などにも要求した。このことに関しては、大殿《シニョーレ》は徹底的な献身を要求した。「事が成る」ため、誰もが自分を殺し、自分をのりこえ、「理にかなう」方法を遂行しなければならなかった。

私が大殿《シニョーレ》のなかに見た苦悩の刻印は、一方では、自分のなかのこうした不断の克己、不断の緊張の結果だった。が、それは同時に、そうした苛《か》酷《こく》な要求が次第に周囲に畏《い》怖《ふ》をうみだし、その畏怖のため、人々は大殿《シニョーレ》に近づくことができず、そこにおのずと孤独の黒ずんだ影が生れていたという事実を、物語っていたのである。

しかしそれを正確に裏がえしたものが、オルガンティノや私などに対する大殿《シニョーレ》の態度でなかったであろうか。安土会堂の建設について示した大殿《シニョーレ》のあのような態度を、私は、それ以外に、どうしても説明することができない。あの峻厳《しゅんげん》で苛酷な大殿《シニョーレ》がオルガンティノにも知らせず、自分だけで、会堂の敷地を見にゆくなどということを、いったいどう説明すればよいのだろう。いかに親しかったにせよ、またいかに政治的配慮があったにせよ、一王国を統御する男が、教会堂の建設予定地を歩いて検分してまわるということ——そのことは何を意味するのだろう。大殿はおそらく敷地のあちこちを歩きながら足で小石を蹴《け》って地所のそとへ出したり、棄《す》てられた塵埃《じんあい》を清掃させたり、建築資材の残りなどを片附けさせたりしたにちがいない。時どき立ちどまっては、そこに立つ会堂の姿をあれこれと想像したにちがいない。ながいこと黙って、そこに立ち、近習たちが敷地を取りかたづけるのを見ていたにちがいない。そういう大殿《シニヨーレ》の姿に、人は何を感じるであろうか。私はなぜか荒木殿の謀反《むほん》の報告が安土に届いた日、まだ室内装飾もない高楼の一室から、ながいこと、湖面に刻む白い波を見ていた大殿《シニヨーレ》の横顔が、そこに重なって見えてくる。あの蒼白《そうはく》な、陰気な顔は、そのまま会堂敷地を見つめている大殿《シニヨーレ》の顔に重なって見えてくるのである。これは私の推測にすぎないけれど、その会堂について大殿《シニヨーレ》が話したいと思ったのは毛利軍団との戦闘を指揮している羽柴殿か明智殿であっただろう。羽柴殿だったら、それは大殿《シニヨーレ》の気まぐれか、酔狂だと言って、会堂建設を冗談半分の話題にしてしまい、どうせ建てさせるからには、豪勢な大建築をつくらせなさいなどとすすめたに違いない。大殿《シニヨーレ》は心のどこかでは、こうした陽性な、楽天的な、それでいて、どこかひりひりする辛辣《しんらつ》な批判を求めていたことは事実だ。だが同時に、その半面では、明智殿のように冷静にものを判断し、退屈かも知れないが、決してはぐらかしたり、茶化したりしない人物と話したかったにちがいない。明智殿だったら、大殿がオルガンティノに抱いた友情を理解することができたろうし、安土教会堂の意味を十二分に推察したにちがいない。

ともかく、大殿《シニヨーレ》が示した好意がまったく異例なものであることは誰の眼にもはっきりしていたが、その理由となると、キリシタン信徒や家臣団にもそれは理解できなかった。オルガンティノ自身にしてからが、大殿《シニヨーレ》がこれほど乗り気になり、自ら建築の指図までしようという様子を見せるなどということは想像もしていなかったのである。しかしその理由はどうであれ、大殿《シニヨーレ》がこれほど気を入れている教会堂建設は、ここまでくれば、もう先に延ばすようなことは絶対にすべきではなかった。ただオルガンティノの考えでは、前の年、日本教区巡察使ヴァリニャーノがシモの島（九州）に到着していて、その地区の巡察を終え次第、京都にも来ることになっていたため、本格的な大建築の計画は、その後に取りかかるつもりだった。

これに対して、キリシタン信徒、とくに上層の階級に属する武士たちが、大殿《シニヨーレ》の異例の好意に応えるためにも、即刻、安土の会堂建設にとりかかるべきだと主張した。

「もし教会が大殿《シニヨーレ》の命《めい》で安土に建てられたということになれば、キリシタン宗門に対する一般の考え方に一段と尊敬と信頼を与えることになりましょうし、信徒を追放しようなどという頑固な意見も姿を消すことになるでしょう。それに教会側の信用、名誉という点でも、即刻、建築にかかればそれだけ重さも増すものといえます」

人々はそう言って、オルガンティノの決意をうながした。高山殿もそれを引きとって言った。

「私が個人でできることは何でも致します。木材、漆喰、石材類、運搬力、人夫など、必要なだけ、すぐにも取りそろえましょう。教会にとり、いまが一番大切なときと存じます。大殿《シニョーレ》の好意にここで十全に応《こた》えることができれば、それは、さらにいっそう私たちキリシタンのうえに伸ばされるにちがいありません。それに、一度願い出て、許可をもらっておきながら、工事に取りかからないというのであっては、私たち大身のキリシタンの信用にもかかわります。大殿《シニョーレ》がひとりで建設予定地を歩きまわられたという噂を、皆さんもお聞きでしょう。大殿《シニョーレ》がまるで幼児のような気持で、会堂の建設を待っておられる、と申しあげれば、皆さんはお笑いになりますか。いいえ、私が見たところ、大殿《シニョーレ》は本当にそうした気持で建立《こんりゅう》を待っておられるのです」

むろん私も、即刻、教会堂の建設にとりかかるべきであるという意見であった。ただ私の場合は、オルガンティノや信徒たちとは違って、特別な理由があったからではなく、そうしなければ、大殿《シニョーレ》の暗い孤独感は深まる一方であろうと思ったからにすぎない。

ちょうどそのころ、ミヤコの教会堂に附属する宣教師館やセミナリオを建築するため、建築用木材が集められていた。しかもその大半はすでに大工によって切り込みが終り、棟上げを待つばかりになっていた。

私はオルガンティノにこの木材を安土に運んではどうかと提案した。ミヤコの会堂が現在ではすでに手狭になっていることは事実だが、とも角そこには会堂があるのである。たとえ宣教師館を建てたところで、不便が解消されることはあっても、信徒や一般民衆、とくにBonzos（仏僧）に対する影響の点から言えば、ほとんど零にひとしい。したがってその同じ材料を安土に運んで建造することは単に期日の短縮、工費の節減になるばかりでなく、現在の時点で、もっとも効果的な処置となりはしまいか。私はオルガンティノにそう言った。

もちろんオルガンティノもそれを考えないではなかったが、そのためには新たに到着したヴァリニャーノ巡察使の指示を仰がねばならず、また京都の信徒たちの了解を得る必要もあったのである。しかし大すじの点では、オルガンティノはじめ信徒代表の意見は一致した。

「これ以上にいい解決策があろうとは思えませぬ」と高山殿などは膝《ひざ》を乗りだして言った。「なるほど順序から言えば、教会堂が建立され、その後、宣教師館やセミナリオが建てられるべきでしょう。でも今はそんなことより、安土に一刻も早くキリシタンの建物が建てられることが肝要と存じます。それにここにセミナリオが建てられましたら、私の城下からも、早速多くの少年たちを送って学ばせたいと思います。そのことを考えると、いまから胸が躍るような気持です」

おそらくこの言葉はその会議に集った信徒全体の気持であったのだろう。彼らは高山殿の言葉に何度も深くうなずいた。高山殿は事実その建築資材運搬のため、急遽《きゅうきょ》千五百人の人夫を京都に送った。他のキリシタンの将軍《ジェネラーレ》、大名たちも次々と人夫を送りこんだ。一般信徒たちが聖母被昇天教会の建立のときと同じく労力奉仕を申しでたのはもちろんである。

ヴァリニャーノ巡察使からは折かえし許可の手紙が送られてきた。すでに一部は許可状のくる以前から運搬を開始していたが、正式の許可があると、待機していた数千人の人夫や信徒たちが、いっせいに車を曳《ひ》き、馬車や牛車を使って、安土に資材を運びはじめた。

石山城陥落以後、しばらく大がかりな隊列の移動を見なかったミヤコの住民たちは、十字の旗に飾られたこの木材運搬の大行列に驚かされた。その列はあたかも蟻《あり》の行列のように蜒々《えんえん》とつづき、ようやく整備された安土への往還を東へすすんだ。

資材が到着すると、ほとんど修正も変更も加えられず、そのまま木材は組みあわされ、棟上げされた。聖母被昇天教会の場合とちがって土地は十分に与えられており、また基礎工事の資材もたっぷり用いられたので、組みあがった宣教師館の規模はその界隈《かいわい》のどの大名、将軍《ジエネラーレ》の邸宅よりも巨大であった。

この工事の合間合間に馬に乗った大殿《シニヨーレ》が何度か立ちよったが、そんなとき驚いて手をとめる大工や人夫たちに、そのまま仕事をつづけるように言って、自分は棟梁《とうりよう》や工事監督の説明をききながら、建築現場のなかを見てまわった。時にはオルガンティノや私がこの建物の特色を説明することがあったが、大殿《シニヨーレ》はそんなとき私たちにイタリア式建築の特徴を根ほり葉ほり問いただした。たとえば宣教師館は三階建で四面が垂直の壁面になっており、玄関の突出部分と鐘楼をのぞくと、ほぼ正確な立方体であった。大殿《シニヨーレ》は日本建築ならば一階より二階は小さくなり、二階より三階はさらに小さくなっていて、それぞれの階層は屋根で飾られるであろうと言った。「そのほうが構造としても安定があり、外観も美麗であるように思うが」

これに対してオルガンティノは答えた。

「たしかに日本建築の優美さ、複雑さ、精巧さにはしばしば舌を巻きます。とくにその屋根組みの美しさはヨーロッパのどの建築も及びますまい。しかし私どもは建築物を垂直線と水平線の組合せによる単純な構造に還元いたします。ヨーロッパでは建築資材に主として石材を用いるということも、かかる構造原理と関係していると存じます。ともあれ、この単純な構成は、建築内部にふくまれる空間を十二分に活用することと、構造上の堅牢《けんろう》さを保つこととの二点に眼目がございます。たとえばこの建築法によりますと、三階に三十四の個室をとることができ、周囲には露台と申しまして一種の側廊を備えることができます。しかも堅牢さの点から申しましても、二百人が一時に起居しても柱は軋《きし》み一つ立てませぬ。日本様式にいたしますと、同じ量の資材を用いましても、堅牢さの点はともかく、個室の数は半数以下となります」

大殿《シニョーレ》はこうした説明を注意深く聞いていた。私は直接大殿《シニョーレ》がそれについて批評めいたことを言ったのを聞いたことはないが、彼は他の場合でも、注意深く耳を傾けることはあっても、黙ってそれを考えていることのほうが多かった。そしてこれは何か、あれは何かと絶えず質問を発し、説明が腑《ふ》に落ちないときは納得ゆくまで問いただした。

地球儀を持ちこませて、私たちに航海や諸外国の地理風俗の話をさせるときと同じ態度がここでも見られたが、違っていたのは、建築の進捗《しんちょく》を大殿《シニョーレ》が自分の建物でもあるかのように愉《たの》しげに見守っていた点である。

ある日のこと、大殿は鷹狩《たかが》りの帰途、鹿皮《しかがわ》の乗馬袴《ばかま》のまま工事場に姿を見せると、棟梁の一人に、この建物の瓦《かわら》にはどのようなものを用いるのか、と訊ねた。

「京都の会堂に用いたと同じ普通の黒瓦でございます」と棟梁は頭をさげていった。

「時間と費用の点から、特別誂《あつら》えの瓦を焼くことは不可能と存じます」

「それは、そのほうの一存か」

「いいえ、オルガンティノ様はじめ皆さまのお考えでございます」

「では、早速黒瓦の件は変更して、安土城廓《カステルロ》と同じ青瓦を用いるように。瓦の数量、形態については後ほど申し出るがよい。瓦をそろえることで、城廓《カステルロ》と会堂は互に映りあって、美しく見えるにちがいない」

大殿《シニヨーレ》のこの命令は京都に一時帰っていたオルガンティノのもとに即刻報告された。彼はオルガンティノはこうした大殿《シニヨーレ》の好意をどう解釈してよいのかわからなかった。彼はフロイス師がよくやっていたように、部屋のなかを歩きまわり、あれこれ大殿《シニヨーレ》の心を推しはかった。しかしオルガンティノはブレシア近郊の農民の子らしく他人の心の裏を読むことは得手ではなかった。たしかに大殿《シニヨーレ》の心の動きのなかには、オルガンティノならずともわかりかねる部分が多かった。彼はそのことで私によく訊《たず》ねたものであった。青瓦の一件にしても、単なる好意以上のものが感じられた。たとえ装飾の効果の上からだけでも、中央の城廓《カステルロ》と同じ色彩を輝かす建物がそのそばに見うけられれば、そこに特別の配慮、特種の庇護《ひご》が加えられていることは一目瞭然《いちもくりょうぜん》である。おそらくあの学者《ウマニスタ》に似た佐久間殿なら、そこに大殿《シニョーレ》の打算を読みだそうと試みたかもしれない。しかしオルガンティノは自分が善良であっただけに、つねに他人をも善良な存在と考えたし、好意は単純に好意としてしか受けることができなかった。彼が部屋のなかを歩きまわりながら、青い、人のいい眼を輝かしていたのはそのためである。

「いや、これは有難くお受けしなければならぬ。そのうえでいずれフロイス師に頼んでヨーロッパの貴重品を大殿《シニョーレ》に贈らなければならぬ」

オルガンティノはそう独りごちた。

もちろんこうした気持は信徒一般に共通していたといっていい。それは日々の工事の進捗に端的に表われた。彼らは一日も早く宣教師館を完成させることで、自分たちの感謝の気持を表明しようと考えたのである。工事場には、夜の明けぬうちから焚火《たきび》をたいて、木を削ったり、壁土をこねたりする信徒たちの姿が見られた。日があがると、工事場は足の踏み場もないような騒ぎで、棟梁たちの声がたえず槌音《つちおと》にまじって聞えていた。彼らが一刻でも指揮をおこたれば、ただちに人々は混乱におちいったにちがいない。それほどにも大工や左官にまじって信徒たちが大勢働いていたのである。

私が青瓦の一件について聞いたのは、淡水の湖の北岸の小旅行をおえて安土《あづち》に戻ったときであった。むろん私は信徒たちが口をそろえて大殿《シニョーレ》の庇護と好意に感謝し、オルガンティノともどもそれに報いようとしている態度に異を唱えるつもりは毛頭なかった。ただ私がその話を聞いたとき最初にきた反応は、信徒たちのそれと違って、一種の寂寥感《せきりょうかん》と沈痛さであった。私にはそれが単に青瓦装飾によって建物外観をととのえるという問題ではなく、なにか、もっと大殿《シニョーレ》の心の奥の事柄と関連しているように思われたのである。それはあたかも戦士たちが戦闘の合間に友情の証《あかし》としてとりかわす頸《くび》にかけた十字架とか、肌につけた小画像とかを私に思いださせたのだ。

私自身、あのホンデュラスの密林で、最後まで私を補佐した若い下士官に母の形見に持っていた金の細鎖をやったことがある。そのときの私の気持は決して若い下士官の機嫌をとるでもなく、その労をねぎらうでもなかった。私はこの若い男が泥にまみれ、旬日にして老人のような姿になりながら、それでも必死になって自分を支え、部署や任務を遂行していたその孤独な努力に打たれたのだ。そこには何ひとつ華々しいものはなかった。あるのは、ただ生き残って、一尺でも勝利へ向って歩こうという徒労とも見える営みだけだった。しかし若い下士官はそれをやりとげようとした。不平ひとつこぼさず、あたかも私の命令の実行のなかに、生きる意味のすべてが懸っているかのように、彼は密林を突破し、弾薬を背負い、兵卒たちを叱咤《しった》した。夜になると、彼は死んだように眠った。月光に照らされたその老人のような顔を見ると、私は奇妙な親近感を覚えた。私はすでに片目の提督の命令に絶対的な意義を見いだすことができず、ただ契約の義務を人間の限度まで果そうというそれだけの気持から、この困難な行軍を指揮していたのだが、それは何か空《むな》しい、孤独な、報いのまったく考えられぬ行為であった。私はただそうやって空虚なながで自分を支える行為だけにすべてを尽した。だが、月光で眺める老人じみた若い下士官もまた私と同じような孤独な作業に耐えている。それを外に表わすこともなく、彼の義務を果している――そう思うと、私はなぜか今まで感じた以上の親しみを、この若い下士官に感じたのだ。いたわりでも、阿諛《あゆ》でもなく、また同情でもない。孤独な傷を見せあい、舐《な》めあうのでもない。それはいわば独りで前をむいて歩いているその姿勢への共感というべきものだった。私はそこに何か血の近さのようなものを感じた。それは同時に相互がいかに切りはなされ、それぞれの孤立のなかに立たねばならぬかの確認のようなものだった。だが、それは不思議な近さを私によびおこしたのである。

私が青瓦の一件を聞いたとき思いだしたのは、こうしたかつての自分の心情であった。むろん私の場合は上司の指導の誤りから敗戦を余儀なくされた一指揮官の孤独な心情にすぎない。しかしそこには何か共通するものがあるように感じた。すくなくとも青瓦の一件はそれを示しているように思われたのである。

とまれ、宣教師館の建設は一カ月ならずして完成した。各階の窓には鎧戸《よろいど》が備えられた。建物は三階建の中央棟に一段と高く聳《そび》える鐘楼と、中庭をかこんだ廻廊が附属していた。鐘楼と廻廊の屋根には、大殿《シニヨーレ》から使用をゆるされた青瓦が高く鮮かに輝き、安土の城廓《カステルロ》のそれと呼応していた。外壁は総板張りのうえ、志岐に到着したポルトガル船から運ばれた灰色の塗料で仕上げられ、窓枠はヴェネツィア風に白く縁《ふち》どられ、鎧戸、扉は緑であった。

私はかつて九鬼水軍に属していたころの部将《ジエネラーレ》たちに呼ばれて志摩にいたため、宣教師館の完成祝いには出席しなかった。オルガンティノの手紙によると、式典には二万人近い信徒が集まり、なかには京都や五畿内からやってきた者もいたという。しかもこの三層の建物は城廓《カステルロ》をとりまく家々のなかでも一段と高く色鮮かに浮びあがっていたため、安土の往還の遠くから、はじめてこれを眼にした信徒たちは涙を流して喜びあったということだった。

「この建物の影響は私の考えていたより遥《はる》かに広大なものがあります」とオルガンティノはその手紙のなかに書いていた。「安土宮殿《パラッツオ》のほど近く、同じ青色の甍《いらか》で飾ることを許されたということは、とりもなおさず大殿《シニヨーレ》がキリシタンとなられたのだ、いや、これからなられるところだ、などという噂《うわさ》がしきりと取りかわされる結果となりました。なかには、それは大殿《シニョーレ》ではなく、大殿の息子たちだと主張する連中もおります。私は事実、先日、大殿《シニョーレ》の息子たちからいますぐにも岐阜へ会堂と宣教師館をつくるよう督促されましたし、大殿《シニョーレ》からも賞詞とともに、早速こんどは教会堂を建立するように、という懇請が届けられているのです。このぶんではキリシタンだった者や、これからキリシタンとなろうとする者たちは当分安土から離れられますまい。宣教師館に集り説教をきく者のなかには、異教徒の大名、将軍《ジェネラーレ》も数多く見うけられるのです。洗礼を受ける者があまりに多いため、私はつい先頃、ヴァリニャーノ巡察使にできるだけのパードレを派遣されるよう懇願したところなのです」

京都の教会堂と安土の宣教師館とは、いまや信徒や信徒志望者によってぎっしり埋められ、あふれた人々があるいは窓からのぞき、あるいは内部の説教や、聖歌に耳を澄ませた。

それはビレラ師が小さな破屋を借り、障子の隙間《すきま》から吹きこむ寒風にふるえながら数人の男女に説教し、椀《わん》の水で洗礼したころに較《くら》べると、同じ宗派の活動とは思えなかった。時代もすっかり変っていた。あの当時はまだ都は戦乱の巷《ちまた》だった。影のように騎馬武士たちが走りぬけ、喚声や鈍く物のぶつかり合う音がたえず郊外に聞え、町村を焼き払う煙が低く空を掩《おお》っていた。教会もなかったし、ビレラ師もフロイス師もつねにBonzos（仏僧）や民衆たちに石を投げられ、罵倒《ばとう》され、追いたてをくっていた。

しかしいまや京都の町々には安堵《あんど》と喜色があふれていた。普請《ふしん》中の家や、新築の家や、模様がえをした家がいたるところに見うけられ、景気のいい槌音が空気をはずませていた。警察力も整備され、町すじごとの警備は厳重にかためられて、野盗の類《たぐい》は姿を見せることさえできなかった。往来で商売をする者が増え、芝居小屋や見世物小屋が賑《にぎ》やかな客足を集めていた。地方から集った遊び女たちが派手な着物を着て客をひいていた。音楽が鳴り、猿廻しが太鼓を打ち、踊りを見せる女もいた。

それは安土の町々でも同じであった。山麓《さんろく》から湖畔の埋立地にかけて、白壁の塀をめぐらした武士団の屋敷がたちならび、林が切られ、藪《やぶ》が開かれて新築の商家が幾すじもの町を埋めはじめた。往還には軍団が移動し、旅行者たちが宿駅にごったがえしていた。その大半は商人で、新たに安土の町の繁栄をききつたえて集ってきたのである。安土に定住する者には各種の租税賦役《ふえき》が免除されたし、その他あれこれと定住奨励策が講じられていたのだ。

毛利軍団は西方でなお強力な抵抗をつづけていたが、戦線が遠のいたということもあって、ミヤコを中心に人々はようやく平穏な日々の味を知るようになった。それは長い荒涼とした冬が去って、一時に爛漫《らんまん》と花咲く春が訪れたような感じであった。事実、宣教師館が完成した翌年の春、私ははじめて日本人たちが「花見」と呼ぶ野外宴に招かれたことがある。桜の大樹が群生したそのミヤコの郊外に、人々は幕を張りめぐらし、長椅子《ながいす》を置き、地面に緋毛氈《ひもうせん》を敷き、酒を飲み、美麗な箱から食物をとり、歌をうたい、手で拍子をとり、踊り狂い、肩を組んで練りあるき、大声でわめき、げらげら笑い、楽器をかきならすのを、私は眺めたのである。それはながいこと抑圧され、不安におののいていた人々が、一挙に戸外へ踊りでたような印象をあたえた。どこもここも白く桜花が咲きみだれていた。黒い幹に支えられて、空いっぱいに拡《ひろ》がる枝という枝、梢《こずえ》という梢に、淡い紅を含んだ白い細かい花が重なりあい、身を寄せあって、泡のように溢《あふ》れていた。

私はなんどか酔客の誰かれから酒をすすめられた。オルガンティノやフロイス師が理解に苦しんでいた彼ら特有の酒の強要であった。平生は理性的で、温厚ですらある彼らが、酔いのなかにのめってゆくさまは一種の壮観であった。しかし私はその弱点をもって彼らを律したいとは思わない。弱点の故《ゆえ》に愛着するということもありうるからだ。

夕刻、私たちが帰ろうとする時刻に風が出はじめた。風が梢を渡るにつれて、花はいっせいに白く舞いあがり、吹雪のように空中を飛んで、踊り狂う人々のうえに散った。

安土の宮殿《パラッツォ》でも花見の野外宴が開かれたことを信徒の一人は私たちに報じてきた。春はミヤコといわず、安土といわず、大殿《シニョーレ》の治世を祝って華やかに花開いているような感じがした。

美貌《びぼう》の巡察使ヴァリニャーノがシモの島をたって五畿内に姿を現わしたのは、ちょうど桜が野山に咲きほこる〔一五〕八一年春三月のことである。

私はオルガンティノから何度かヴァリニャーノの噂を聞いていた。彼が日本教区の巡察使としてゴアをたつ以前から、その奔放な若年の生活や、激しい野心や、透徹した知性などは、たぶんに伝説化された形で私たちのところに伝えられていたのである。なかでもパドヴァ大学に在籍していたころ、酒場に女たちを引きこみ、酒を浴びるように飲み、喧嘩沙汰《けんかざた》、刃傷沙汰《にんじょう》は常のことだというような話は、何か堕地獄の物語を聞くような興味で、ひそかに修道士たちのあいだに囁《ささや》かれていたのだ。私はまた彼が情人の裏切りに激怒して、その顔を切りさいなんだという話も聞いた。その罪をヴェネツィアの牢獄《ろうごく》でつぐなっているあいだに、回心が訪れたのだとも、出獄後、顔を傷つけられた女が彼を宥《ゆる》したことによって、愛の意味を悟ったのだとも伝えられていた。

私はそうした種々の噂を聞きながら、あのジェノヴァの裏町で妻を刺した日の記憶がよみがえるのを感じた。その形は異なっていたが、愛と憎悪《ぞうお》のはざまに身を投じて、自らの一生をそこに焼尽させたことは、ヴァリニャーノも私も同じであった。その後の私は、自分の宿命を刻々に先取し、それを激しく肯定することに生活の一切をかけた。ヴァリニャーノは逆に自らの半生を徹底して否定することにその生涯をかけていた。彼は苦行においても学習にあたっても自らの限度に挑むことによって――自分に挑戦し自分を克服することによって、辛うじてその無頼な若年の記憶と戦っていた。かつてヴェロナ一とうたわれた美女が醜く傷つけられた顔を黒いヴェールに包んで、ヴァリニャーノを訪れた日の記憶が、いまも疲れはてた彼の夢のなかに現われることがあった。そんなとき彼は自分のなかのどす黒いものが若年の頃といささかも変らず流れ出てゆくのを見て、いい知れぬ絶望を感じた。自分はあの頃と何一つ変っていない。あの残忍な自分とまったく同一の人間なのだ――そういう思いが夜明けの短い眠りからさめた彼の心を嚙《か》むのである。ヴァリニャーノが不眠不休で教会の雑務を片づけ、苦行を課し、眼を血走らせて教父の著書に読みふけるのは、多くそうした日のあとのことであった。

ヴァリニャーノが故国をはなれ、インド教区の巡察使を拝受したのは、限度まで自分を切りさいなんでゆこうとする彼のこうした生き方と無関係ではなかった。パドヴァの名門の生れだったにもかかわらず、彼は自分の身分については一切触れようとはしなかった。それはカブラル布教長がポルトガル貴族の傲慢《ごうまん》さをまるだしにしていたのと奇妙な対照を示した。

私たちはすでにヴァリニャーノ巡察使が二年前に日本に到着し、口の津で宗教会議を開いた折、傲慢直情のカブラルと真正面から対立したということを聞いていた。もちろんそこにはカブラルの極端な日本人蔑視《べっし》や差別待遇や禁欲主義など、布教上の抵抗を増大させるごとき態度の批判が加えられていた。この点に関する非難はすでにオルガンティノから発せられていたものであり、私などもマラッカからの船のなか以来、散々聞かされていた。もちろんヴァリニャーノはゴアですでにオルガンティノからの詳細な報告を受けとっていたであろうし、口の津会議にいたるまで、シモの島の布教状況を精密に観察していたであろう。したがってカブラルとの対立は純粋に布教上の方法、見解の相違とみることもできる。

だが、私には、会議の席上、激しくヴァリニャーノに反駁《はんぱく》するカブラルの内面で、ポルトガル貴族の倨傲《きょごう》と狷介《けんかい》とが、かつての遊蕩児《ゆうとうじ》に対する優越感を、どれほど煽《あお》ったかがよくわかるような気がした。一人は自信と狂熱のうえに立ち、もう一人は不断に自分の極限をこえようとしていた。一方は熱烈で、苛酷《かこく》であり、他方は冷静で、沈鬱《ちんうつ》で、果断であった。

私はヴァリニャーノに会う以前から奇妙な親近感を彼に感じた。彼もまた何ものかを追いもとめて遠い日本王国まで来たことが私には痛いようにわかったからである。

私がはじめてヴァリニャーノに会ったのは、彼が堺《さかい》に上陸後十日ほどして京都に入ったときであった。

夥《おびただ》しい信徒の群が巡察使一行をとりかこんで、祝祭行列のようにつづいていた。ちょうど前日、高山殿の城郭《カステルロ》で盛大な復活祭がおこなわれたばかりだった。人々はその感激と興奮からまだ覚めていないように見えた。私と顔見知りのある信徒は、高山殿の城郭《カステルロ》の教会にキリシタン一万五千、異教徒二万がつめかけたということだった。身分の高い武士たち、その夫人、セミナリオの少年たちが白衣を着て、手に手に勝利の棕櫚《しゅろ》の枝をふり、また聖画を高くかかげて行進の先頭を進んだ。人々は炬火《きょか》をもち、青や赤の提灯《ちょうちん》をささげて行進に加わった。侍者の持つ天蓋《てんがい》のしたを聖遺物を抱いたヴァリニャーノが進み、正装をし金襴《きんらん》を輝かしたオルガンティノ、フロイス師らがそれに従っていた。道の両側で待ちうけた群衆は、行列に花をまき、歓呼でこれを迎えた。

それは日本で行なわれたどのようなキリシタンの祝典よりも華やかで豪奢《ごうしゃ》だった。ミサのあと、大宴会が開かれ、人々はあるいは祈り、あるいは聖歌をうたい、あるいは歓談し、あるいは感極まって泣いた。

「私はヴァリニャーノ様が堺に到着されてからずっとご一緒に参りましたが」とその信徒は言った。「集ってくる信徒や一般の人々の数は一日一日と多くなって、それがいっこうに減る気配がないのです。街道にあふれ、川を船にのってつきしたがい、どの町に入っても、まるで気のちがったような騒ぎをひきおこすのです」

私もこの馬上のヴァリニャーノを遠くから辛うじて見たにすぎなかった。群衆を整理するために、温厚な京都総督は警備のため数百人の兵士たちを配置したが、それでも混乱はいたるところでおこり、悲鳴があがったり、喧嘩騒ぎがひきおこされたりした。

とくにヴァリニャーノの従者として天蓋を捧《ささ》げていた黒人のジェロニモは群衆の好奇心を刺戟《しげき》したらしく、それを見るために人々はどっと行列めがけて殺到し、溝に落ちて足の骨を折る者、壁に押しつけられて気を失う者などが出た。木塀や柵《さく》や門などが押しつぶされた家もあったという。

ジェロニモの評判はまたたく間に京都じゅうに伝わった。私がヴァリニャーノのそばに近づくことともならず、一足先に教会に帰ってくると、そこに待ちうけていた群衆のあいだでもすでに黒人の噂でもちきりだった。

ジェロニモはジェノヴァで少年時代をおくったことがあり、黒人特有の陽気で、屈託のない男で、ヴァリニャーノに心服する前は、彼も荷担《かつ》ぎや給仕人や傭兵《ようへい》になって各国を転々としていたらしい。ヴァリニャーノとはヴェネツィアで会ったということで、些細《ささい》な借金のため袋叩《だた》きになっているところを巡察使に偶然救いだされたのだった。

このジェロニモの噂はちょうど京都の宮殿《パラッツォ》にいた大殿《シニョーレ》のもとにも届いたらしい。その日のうちに、大殿《シニョーレ》から黒人に会いたい旨《むね》の使いがきた。

「お前さんのためにこの騒ぎだ。おれたちの身体まで押しつぶされそうだった」

従者たちが教会に辿《たど》りつくと、口々にジェロニモに当った。ある者は洋服が破られたといい、ある者は足を痛めたといい、またある者は帽子を失ったといっていた。

しかし当のジェロニモはこうした騒ぎが満更でもないらしく、大殿《シニョーレ》の使者がくると、オルガンティノから指示されるまでもなく、万事心得ていると言って、自分から進んで宮殿《パラッツォ》に出かけたがった。

帰ってからのオルガンティノの話によると、ジェロニモの評判は予想以上で、ふだんなら大殿《シニョーレ》在住中の宮殿《パラッツォ》は静まりかえり、陰気ですらあるのに、この日は我も我もと彼らの通ってゆく廊下に並びたがり、あれは墨を塗ったのではないかとか、身体まで真っ黒なのだろうかとか、こんな黒い人間がなぜ生れたのだろうかなどという囁きが穂波のように人々のあいだに拡がっていった。

大殿《シニョーレ》もさすがにジェロニモの黒さには驚いたらしい。はじめはそれが生れつきの肌の色であることをなかなか信じなかったが、オルガンティノが灼熱《しゃくねつ》の太陽に幾代も幾代も焼かれた結果、このような肌の色となったことを説明して、やっと納得がいったらしかった。大殿《シニョーレ》は例によってお気に入りの地球儀を持ってこさせ、太陽が灼熱して照りつける地域や黒人らが住む土地について話をきいた。

彼はジェロニモに洋服をぬがせ、上半身を調べると、オルガンティノの話を納得した様子であった。

後に彼らは大殿《シニョーレ》の子息たちの宮殿《パラッツォ》に伺候《しこう》し、ジェロニモを披露に及んだが、人々はそのまわりに集り、ジェロニモの肌をこするやら、裸にさせるやら、最後には風呂《ふろ》に入れて身体を洗わせるやらの騒ぎだったという。ジェロニモは芝居気のある男だったので、早速オルガンティノから教えられた挨拶《あいさつ》を日本語で言ってのけ、大殿《シニョーレ》の子息をひどく感じいらせ、連日、宮殿《パラッツォ》に伺候するようにと言われた。

退出に当ってジェロニモは石臼《いしうす》を二つ両腕で持ちあげてみせ、また太綱を身体にまかせ、それを断ちきったという噂もささやかれていた。私の見るところ、オルガンティノはあの手この手を使って、大殿《シニョーレ》の気持を引きたたせ、初対面のヴァリニャーノ巡察使の印象をよくしようと努めているように見えた。でなければ、巡察使の正式対面に先だって、黒人の従者を宮殿《パラッツォ》に連れてゆく必要などなかったのだ。

ヴァリニャーノが大殿《シニョーレ》と対面したのは、その翌々日の午前で、ほかにオルガンティノ、フロイス師、片目のロレンソ老人、三、四人のパードレ、そして私が従った。前からオルガンティノが用意していた贈与の品々が従者の輿《こし》に担がれ、私たちの行列のあとにつづいた。そのなかにはリスボアの金色燭台《しょくだい》、フィレンツェの毛織物、獅子《しし》を織りだした絨緞《じゅうたん》、ヴェネツィアの硝子《ガラス》細工、それに金飾りのある緋ビロード張りの肘《ひじ》掛《かけ》椅子などが含まれていた。

以前、カブラル布教長をともなって、はじめて岐阜へ大殿《シニョーレ》を訪ねたころに較《くら》べると、すべては一変していた。大殿《シニョーレ》の質素な衣服や、敏捷《びんしょう》な挙止は前の通りだったが、岐阜と京都の違いはあるとはいえ、宮殿《パラッツォ》のなかの雰囲気はまったく変っていた。人々は美々しく粧《よそお》っていたし、室内の調度、装飾などには華麗な効果をもつものが好まれていた。

それにカブラル布教長のときは私たちが一人一人神経を緊張させなければならなかったが、ヴァリニャーノ巡察使に関するかぎり、その点はまったく安心だった。オルガンティノのずんぐりした、汗かきの、好人物らしい身体《からだ》つきに較べて、ヴァリニャーノの体軀《たいく》は偉丈夫とよんでいいほど堂々としていた。彼は私たちよりも首一つ大きかった。ゴア、マラッカの陽に焼かれた顔は浅黒かったが、彫りの深い、幅広の顔だちには、上品で冷たい瞑想《めいそう》的な感じがあった。彼はオルガンティノのように誰とでも気楽に話し、陽気で、活動的というわけにゆかなかったが、たえず綿密に考え、微細に観察をつづけ、布教状況の全体を正確につかみ、長期にわたる確乎《かつこ》とした計画をつくりあげる才能をもっていた。

たとえばカブラル布教長が厳禁した神学校、セミナリオの設立、教理要綱の整備、ポルトガル貿易の収入による教会財政の確保などは、なによりもこの美貌のヴァリニャーノの力に多くを負っていた。

私が安土《あづち》セミナリオにおいて自然諸学、数学を教えるようになったのも、ヴァリニャーノの配慮であるし、教会会計の処理を日本人修道士に委託したのも彼の決断によっていた。彼はオルガンティノのように大殿《シニヨーレ》に感激することもなく、また打ちこむこともなかった。といって傲慢なカブラル布教長のように、ことさら威厳を保とうとする態度にもでなかった。

彼はつねに身体の内部の痛みに耐えている人のような様子をしていた。それは沈鬱な冷静な態度であり、一種の距離をおいた敬意であったが、大殿《シニヨーレ》のほうは一目でヴァリニャーノのこの冷静果断な人柄に魅せられたようであった。おそらく学識の点では、インド以東に派遣されている全修道士、全宣教師も彼の右に出るものはなかったであろう。彼が一部で野心家と考えられているのは、この該博な知識の量と疲れを知らぬ知力のためだった。初対面の折、早速、大殿《シニヨーレ》は例の地球儀を運ばせて、ヴァリニャーノの航海行程をつぶさに質問し、彼の知らぬ王国や土地がその話に出てくると、それを詳細に話すように言った。故郷のパドヴァがオルガンティノや私の郷里とわずか数百レグワ離れているにすぎないというと、大殿《シニヨーレ》は三人共通の故郷であるイタリアについても話してほしいと言った。

ヴァリニャーノはローマの繁栄について、巨大なヴァティカノの聖ピエトロ大聖堂について、そこで行なわれる荘厳《そうごん》な大ミサについて、ヴェネツィアの貿易、商業について、フィレンツェの政治、産業、芸術について、そしてヨーロッパの文明や風土について、例をあげ、比較を用い、比喩《ひゆ》を使って、詳しく説明したのである。大殿は、たとえば聖ピエトロ大聖堂の話がでると、それは京都の教会堂の倍ほどのものかと訊《たず》ねる。すると、ヴァリニャーノは首をふって「どうして、どうして、到底比較できる規模ではございません」と答える。オルガンティノがそれを受けて「ちょうど安土の大高楼がそのまま石材で建造されたものとお考え下さい」と言う。「そのような建築が果して可能なものであろうか」と大殿《シニョーレ》がふたたび訊ねる。オルガンティノが紙のうえに円屋根や穹窿《きゅうりゅう》構造を描き、石材を積みかさねる場合、いかにして天井が構築されるかを説明した。

「まさしく理に適《かな》った説明だと思う。だが、それが安土城をしのぐ規模であるというのは、実際にそれを眼にした者でなくては、容易に信じられぬ」

そう言うと大殿《シニョーレ》は腕を組んで、じっとオルガンティノの描いた図面を見つめていた。ロレンソ老人は大殿《シニョーレ》の言葉をヴァリニャーノに通訳した。

「信じられぬ？　聖ピエトロを見なければ信じられぬ？」

ヴァリニャーノはヴァリニャーノで、何ごとかを考えるように、同じくその図面を見つめていた。

私たちの会見は三時間に及んだ。大殿《シニョーレ》の態度はつねに好意的で、オルガンティノや私に対しては、ふだんの打ちとけた様子を隠そうとはしなかった。帰り際《ぎわ》に、大殿《シニョーレ》は東国から届いたばかりの鴨《かも》十羽をヴァリニャーノに贈った。こうした贈与がこの王国においてどのような意味をもっているか、ヴァリニャーノには十分に理解できなかったが、オルガンティノは繰りかえしてそれが大殿《シニヨーレ》の破格の好意を示すものであることを説明した。事実、数刻の後、その噂《うわさ》は京都じゅうに伝えられ、なかにはその鴨が教会堂の正面に吊《つ》りさげられているという噂を信じて、わざわざそれを見にきた人々もいたほどであった。

黒人のジェロニモを見物するために、これほどの群衆がつめかけたということ、野山で酒宴がたえず開かれたということ、高山殿の城廓《じょうかく》の教会祝典に三万五千の人々が集ったということ――こうしたことはいずれもながい戦乱が終り、ようやく平和な日々を取り戻した民衆の心を端的にあらわしていた。ヴァリニャーノの出現もキリシタン信徒にとって同じような効果をあたえ、復活祭を間に挟んだこともあって、聖母被昇天教会はたえず雑踏していた。ミサや説教の時刻には教会の外にまで人々は溢《あふ》れた。洗礼を受ける信徒の数も多く、五畿内の都市へフロイス師はじめシモの島から着いたばかりのパードレたちが派遣された。

山ぞいの地方では桜が盛りであった。青い麦畑が拡《ひろ》がり、街道は乾いて白い埃《ほこ》りが突風に巻かれて舞いあがった。

いま思えば大殿《シニョーレ》の治世はその春、咲きほこる花とともに最盛期を迎えていたといえる。もちろん決して止まることをしなかった大殿《シニョーレ》のことであるから、あの不慮の死さえ遂げなければ、最盛期といわれるものは、もっと後の繁栄を指したにちがいない。しかしその翌年の初夏には、大殿《シニョーレ》の死が迫っていたし、またその年は冬から春にかけて東方の武田軍団の殲滅戦《せんめつせん》が行なわれ、ついで毛利軍団への攻撃が強化されたのであってみれば、まさにこの〔一五〕八一年の春こそが、大殿《シニョーレ》の治世でただ一度の、華麗で豪奢な日々だったと言えるのである。

私はいまもなお京都宮殿《パラッツォ》の東の馬場で行なわれた華やかな騎馬パレードを忘れることができない。私たちはそのパレードへの招待を、例の鴨の贈物をあたえられた翌日、受けたのである。文面によれば、パレードは大殿《シニョーレ》麾下《きか》の全部隊によって行なわれることになっていた。

京都の町々の噂では、この騎馬パレードを見物するために、気の早い人たちはすでに一般用桟敷《さじき》に坐《すわ》りこんでいるということだった。

パレードのための馬場は南北に細長くつくられ、それにそって東側に武士たちの桟敷、反対側に一般用桟敷がつくられていた。馬場の仕切り柱、桟敷の柱、支柱、土台などすべて赤い布地がまきつけられ、大小の長旗や吹流しがはためいていた。旗にはいずれも騎馬パレードに参加する領主、部将たちの紋章が黒に、赤に、紫に、白抜きに、染められていた。中央桟敷は急造のものであったが、金銀の金具を用い、屋根を葺《ふ》き、幔幕《まんまく》をめぐらし、庭園の奥にでも設けられた小宮殿をそのまま馬場に運びだしたように見えた。

当日は、早朝から、中央桟敷を囲んで緑や紫や緋《ひ》の衣服を着た人々が並び、一様に黒い冠をかぶっていたが、ロレンソ老人の説明によると、それは京都宮廷《コルテ》の文官たちであり、Dayri（内裏）にしたがってパレードに臨んでいるということであった。内裏は蒼白《そうはく》な顔をした小男で、たえず眼をしばたたき、時おり傍らの重臣と何ごとかを囁《ささや》いていた。

私たちは中央桟敷のそばに特別席を与えられ、ヴァリニャーノを中心に、オルガンティノとフロイス師が左右にならび、後列にロレンソ老人や他のパードレが坐った。ヴァリニャーノ巡察使は澄んだ落着いた眼で、桟敷を埋めつくした仏僧たち、大名、領主《ゴベルナトーレ》、将軍《ジエネラーレ》たち、それに反対側の桟敷の一般観衆をじっと眺めていた。それは二十万をこえる大群衆であり、遠くはるばる東国から来た人々もいるという話であった。

私たちが馬場に着いたころは、まだ朝日が出たばかりで、横に長い影が馬場に落ちていたが、やがて明るい爽《さわ》やかな風とともに、やわらかな光が桟敷に流れはじめた。

長旗が馬場のあちこちでひるがえり、遠くで馬の嘶《いなな》きが聞えていた。

大殿《シニョーレ》の到着を告げる太鼓が鳴りわたったのはそれから間もなくだった。二十人ほどの近侍に囲まれて、大殿《シニョーレ》が姿を現わしたとき、私は思わずあっと声をあげた。近侍たちの何人かがそこに運んできたのは、数日前、ヴァリニャーノ巡察使が贈った赤ビロード張りの金色装飾のついた肘掛椅子だったからである。大殿《シニョーレ》は椅子を中央に据えさせ、それに腰をおろすと人々の挨拶をうけた。やがて大殿《シニョーレ》がヴァリニャーノの贈った椅子に坐っているのが人々の注意をひきはじめた。人々の囁きがあちらでもこちらでもかわされていた。なかには後からそっとロレンソ老人に、ほんとうにそれがパードレの手で贈られたものかどうか小声で確かめる人もいたのである。

老人はヴァリニャーノの耳もとに、あの椅子がいまどんなに場内の評判になっているかを伝えた。「見物人のなかには、あれは大殿《シニョーレ》がキリシタンに帰依《きえ》する前触れだなどと言う者もいるそうです」老人はそうつけ加えた。

当然、観衆の眼は体軀の大きいヴァリニャーノに集中したが、彼のほうも落着いた様子で観衆の一人一人をよく観察していた。ロレンソ老人の言葉をまつまでもなく、観衆の心に、こうした反応を呼びおこしたのが、思いも及ばない肘掛椅子の効果だったことを、彼はすでに見ぬいていたのである。ヴァリニャーノ巡察使の澄んだ眼は異様な光り方をしていた。前年の口の津会議で種々の改革案をだして、傲慢《ごうまん》なカブラル布教長の方針を弾劾《だんがい》した巡察使は、オルガンティノと同じくシモの地方（九州）を教化する以上に、ミヤコの教化に力をそそがなければならぬという意見であった。しかし実際は、オルガンティノの要請があって、ミヤコへ来たものの、会議の席上ではっきり言明していたほどには、ミヤコの教化の重要な意味を理解していたわけではない。むしろカブラル布教長の方針を批判する戦術として、オルガンティノの布教活動を、ことさら強く支持したようなところがあったのである。

しかしいま大殿《シニヨーレ》が彼の贈った肘掛椅子に坐ったというただそれだけのことで、このような動揺が生れたということは、ヴァリニャーノ巡察使に深い感銘を与えないではいなかった。このとき眼の澄んだ巡察使がどのようなことを考えていたのか、私は知らないが、少くとも彼は、ある異様な驚きとともに、大殿《シニヨーレ》の存在の重さを感じとったことは事実だった。

私はその後何回となく彼がこのときの感銘について話していたのを知っているし、またこのパレードの直後、安土に帰還した大殿《シニヨーレ》を追って京都をたったという事実は、いかにヴァリニャーノの心に大殿の存在が深く刻みこまれたかの証拠であろう。

パレードは大殿《シニヨーレ》の着席後ただちに開始された。すでに前から馬たちの嘶きと地面の遠くを鳴らしてゆく馬蹄《ばてい》の響きが聞えていたが、やがて太鼓の轟《とどろ》きとともに、馬場の北から最初の騎馬隊が姿を現わした。

いずれも背に挿した揃《そろ》いの長旗をはためかせ、黄金の兜《かぶと》、鎧《よろい》を輝かした騎馬武士たちが、緋色の衣服をつけ、同じ緋色の手綱、馬具で飾られた馬にまたがって、風のように走りこんできたのである。二十頭の馬があたかも一本の見えない棒に釘《くぎ》づけされているかのように、一直線に横に並んで、一列、二列、三列、四列と、ながい馬場を走りぬけてゆく。重い地響きがあとからあとからと桟敷をゆるがして、濛々《もうもう》とした砂《さ》塵《じん》が舞いあがった。二十万の観衆のなかから思わず吐息とも歓声ともつかぬどよめきが湧《わ》きおこり、やがてそれはとどろくような拍手と歓声に変った。

後尾につづく隊列は砂塵のなかに巻かれて、影絵のようになり、兜の黄金だけが鋭くきらきらと輝いていた。

第一陣が走りぬけると、つづいて第二陣が馬場の入口に姿を見せた。やがて騎馬隊の姿がはっきり見えるようになると、人々の口から感嘆の声がもれた。百騎にあまる騎馬隊の馬がすべて雪のような白馬で占められていたからである。紺青《こんじょう》の衣服に黒金の甲冑《かっちゅう》、同じく紺青の旗差し物を背にひるがえしたその騎馬隊は、青の手綱、青の馬鎧を用いていた。隊形は先端に二頭、次に四頭、次に六頭という菱形《ひしがた》をとって、砂塵のなかを白い流れとなって走りぬけていった。

ロレンソ老人のそばに附添った武士が騎馬隊の所属を説明する。それを老人はヴァリニャーノらに通訳していた。

第三陣は金襴《きんらん》の衣に黒い冠をつけた文官風の装束で、馬具も黄金の金具が光っていた。彼らは疾走しながら隊形を自由に組みかえ、左右に入れかわり、また縦列になり、横列になりして、馬場を駆けぬけていった。

それから幾組か、十騎から二十騎ほどの小編成の騎馬隊が、あるいは紫に、あるいは緑に、あるいは黄に、衣服や馬具を飾りたてて走りこんできた。ある騎馬隊は大殿の前面で全騎士がいっせいに馬の片側に身をかくし、あたかも無人の馬が走りさってゆくように見えた。また別の騎馬隊は馬場の中央で隊列を変え、一列の縦隊となると、中央桟敷の反対側に設けられた標的の前を駆けぬけながら、一騎ずつ、背から矢をとり、かくしていた弓でびしっ、びしっと音をたてて射ちぬいていった。全速力で走る馬上からうったにもかかわらず、小さい標的は十数本の矢でびっしり覆《おお》われた。最後の一騎には見るからに年少の騎馬武者が乗っていた。彼は濛々たる砂塵のなかを駆け、標的に近づくと、いかにも胸いっぱいといった感じで弓を構えた。人々は一瞬固唾《かたず》をのんだ。が、次の瞬間、彼の放った矢も見事に標的を射ぬいた。どっと感嘆のどよめきが場内をゆるがした。

　ある騎馬隊は豪華な金糸銀糸に縫いとられた衣装に主力をそそぎ、またある騎馬隊は馬につけた手綱を虹色《にじいろ》に飾り、宝石や曲玉《まがたま》をそれに貫きとおしていた。曲芸に似た馬術を披露する騎馬隊がいるかと思うと、自在に隊形を変化させながら駆けぬける騎馬隊があった。また馬場に幾組かに円形をつくり、それぞれの組に同じ障害物を置いてその周囲を同じ速度で廻転し、８の字に行進する派手な飾りつけをした騎馬隊もあった。

　ロレンソ老人に説明していた武士の言うところによれば、これらの騎馬隊は、現在、毛利軍団を攻めている羽柴殿麾下の軍隊をのぞくと、ほとんど全軍から選抜された騎馬隊で、それぞれの将軍《ジエネラーレ》に率いられているということだった。どの騎馬隊も工夫をこらし、美しさ、華麗さを競い、信じられないような費用をかけていた。たとえば白馬をそろえた騎馬隊のごときは、ただこのパレードの数刻のために、全領有地から白馬を買いもとめたのであった……。

　パレードが終り、大殿《シニヨーレ》が退出したあとも桟敷には大勢の人々が残っていた。彼らには、この華やかな騎馬行列が一瞬に走りすぎた幻影のように思えたのである。

　だが、それは他ならぬ私自身の思いでもあったのだ。私は、かつて自分が属していた鉄砲隊や九鬼水軍の兵士たちをこそ見なかったけれど、その馬場を駆けぬけてゆく騎馬隊の影像の向うに、あの陰惨をきわめた長島討伐や、苦戦を重ねた石山城攻防戦を見るような思いをしていたのである。あれからわずか十年の歳月が流れたにすぎないが、なんと大きな変化が大殿《シニョーレ》の周辺に起ったことだろうか。私がはじめて堺《さかい》から京都への道を辿《たど》ったころ、まだ戦乱はいたるところで起っていた。温厚な和田殿もいたし、剛直な荒木殿も存命だった。京都には支配者《ゴベルナトーレ》がいて、大殿を包囲しようと画策していた。北方軍団も淡水の湖の向う側から強く大殿《シニョーレ》を圧迫していた。東方軍団が潮のようにひたひたと攻め寄せていたとき、私は夜ごとに岐阜の城廓の櫓《やぐら》に立って、不安に心がしめつけられたものだった。しかしそうしたものはすべて一瞬のうちに過ぎさってしまった。ちょうどつい今しがた、あのように華々しく疾駆していった騎馬隊のように、あっという間に過ぎさり、あとには空虚な馬場だけが残っているのだ。

もちろんこうした同じ思いはオルガンティノやフロイス師の胸裏を去来したであろうが、眼の澄んだ美貌《びぼう》のヴァリニャーノには、このパレードの華やかさがまったく別のものに見えたことは当然だった。後になってオルガンティノが私によく語ったところによれば、巡察使ヴァリニャーノはこのとき、大殿《シニョーレ》を中心にした広大な日本教区を想像し、日本をインドから以東の一大教区の中心地にしようと構想していたのである。

オルガンティノは政治と宗教をその時々に応じて分離させ、また結合させて、自在な布教態度をとっていた。しかしヴァリニャーノは自らが属する貴族の血がそうさせるのか、大殿《シニョーレ》と深く積極的に結ぶことによって、この地球の半分を占める一大布教圏の確立を胸に思いえがいていたのである。彼はゴアからのながい船旅のあいだ、紺青の海をながめながら、ゴアで読んだ日本教区の報告書のことを繰りかえし思いだし、夢のような空想にふけったものであった。しかし実際に日本に到着し、シモの島を巡察してまわると、彼が想像した以上に、日本人が鋭い知性を所有し、風俗人情も温厚で、とくに礼儀の正しさはヨーロッパ人以上であることを見て驚いたのである。彼は安土《あづち》セミナリオで講話をする折も、よくこれに類した感想をのべていた。彼にしたがえば、安土セミナリオの生徒たちほどに真摯《しんし》で利発な生徒はボローニアにもサラマンカにもコインブラにも見当るまいと言うのだった。彼は思いもしないようなこうした日本人を見いだして、それだけですでに自分の夢想の一部が実現されるように感じたのである。ヴァリニャーノ巡察使がカブラルに反対して、全国に神学校やセミナリオや修練《ノヴイシ》院《ヤド》を設立し、日本人修道士を積極的に養成するように命令したのは、こうした彼の夢がそこに働いていたからだった。

しかし彼がシモの島をたって京都に着き、大殿《シニョーレ》の好意や友情に触れ、この一大パレードを見るに及んで、その空想は、一段と実現の見込みの濃い事柄であるのに気がついたのだ。ヴァリニャーノが無頼な過去の自分を焼きつくすためにも、この壮大な計画のなかにすべてを投げこんだことは、私にはよく理解できる。それはオルガンティノやフロイス師とはまた異なった驚くべき活動力であって、詳細な教授要綱の作成に没頭するかと思うと、日本語文典の編纂《へんさん》委員会をひらき、セミナリオの時間表の作成に当るかと思うと、五畿内の宣教師派遣のプログラムを検討するというふうであった。また部屋にこもってロレンソ老人を相手にラテン語教本を日本語でつくったり、音楽教育のプランを練ったりした。

彼は堺に上陸するころ、一時病気を得て、蒼黒《あおぐろ》いような顔色だったが、安土に移ってからは、日焼けした本来の顔色に戻っていた。しかしその顔にはどこか疲労のあとが残り、前夜の不眠不休の仕事ぶりを物語っていた。

ここでも仕事のなかに自分のすべてを燃焼させ、自己の極限に生きようとしている一人の男を見いだし、私はある親近感を覚えないわけにゆかなかった。ヴァリニャーノが安土へと大殿《シニヨーレ》のあとを追うようにして出発したときの表情には、壮大な夢にとりつかれた人の、悩ましい、喘《あえ》ぐような欲情が、私などにも見てとれたのである。

安土で、大殿《シニヨーレ》がヴァリニャーノ巡察使に示した友情は、こうした態度をぬきにしては理解することができない。二人のあいだには、急速な相互理解と尊敬とが形づくられたように思う。ヴァリニャーノは鋭い直観力で、大殿のなかの孤独な炎を理解したし、それはパドヴァの刃傷事件《にんじよう》以来、彼がひとすじに辿ってきた孤独な道と重ねあわせることができたであろう。大殿《シニヨーレ》のほうでも、フロイス師やオルガンティノとは違って、強い政治力をそなえた、広大な視野をもつこの人物の魅力に、別種の牽引《けんいん》を感じたにちがいない。

もちろん若きヴァリニャーノの反抗や絶望や自負を大殿《シニヨーレ》が知っていたわけはない。まして厳しい戒律に服す美貌の巡察使がかつて女を傷つけヴェネツィアの監獄につながれていたなどということは何一つ知られていなかった。にもかかわらず大殿《シニヨーレ》の言葉や態度のなかには、ヴァリニャーノのこうした隠れた側面を知っている人のような振舞が、時おり感じられたのである。

たとえば大殿《シニヨーレ》が鷹狩《たかが》りの帰途、セミナリオに立寄るようなとき、ヴァリニャーノ巡察使に、若い時期に人がいかに自分でも知らずに孤独に陥っているか、というような話をし、彼自身の粗暴な振舞いも、いま思えば、ひとえにこうした狂暴な孤独感だったようだ、と告白したが、そうした話には、どこか敏感に同類を感じる者の共感が働いていたように思えてならない。

大殿《シニヨーレ》はヴァリニャーノが安土に着いたその翌日、オルガンティノやフロイス師、ロレンソ老人、私などとともに彼を安土城廓《カステルロ》に招待した。

すでに私たちは城廓《じょうかく》内の主要な部屋を見てまわっていたが、その日は巨大な調理場から倉庫、廐舎《きゅうしゃ》まで案内された。調理場では数百人の食事を一時に用意できるだけの設備がととのえられており、大竈《おおかまど》や食器戸棚や料理台や流し台が広い板敷の間に並んでいた。高い天井の奥に、竪坑のように吹きぬけている天窓が四角く開いていた。私たちが廐舎にまわったとき、ちょうど前々日のパレードで喝采《かっさい》を博した白馬のうちの数頭が、淡水の湖を舟で送られてきたところだった。大殿《シニヨーレ》はそれらの鼻面《はなづら》を一頭ずつ撫《な》でて、ヨーロッパ産の馬や、馬術についての質問をヴァリニャーノにした。馬術とパレードの見事さについてはヴァリニャーノは心から賞讃《しょうさん》の言葉を惜まなかったが、馬匹の体格、能力、育成などはヨーロッパのそれのほうが遥《はる》かにすぐれた素質をもっている点を指摘した。

大殿《シニヨーレ》の細かい質問に対して、ヴァリニャーノは、かつて馬術に熱中した折の該博な知識を披瀝《ひれき》しながら、その大きさ、骨格、毛並、艶《つや》、育成法、飼育法などの細目を説明したのである。

私たちは長い渡り廊下を通って七層の高楼のほうへ歩いているときだった。大殿《シニヨーレ》はロレンソ老人やフロイス師が通訳するヴァリニャーノの言葉をじっと聞いていた。

「早速、ヨーロッパ産の馬を届けるようにしてもらいたい。騎馬戦力は鉄砲隊と組合わせることによって、はるかに強大なものとなるはずだ。ぜひ馬を運んできてもらいたい」

大殿《シニヨーレ》は私に目配せをしながらそう言った。彼の顔はあきらかに私の同意をもとめている様子に見えた。しかしあの暑熱のながい航海を耐えうる馬など果して存在しうるだろうか。もし日本へ運ぶとなると、ながい航海のあいだ、波浪にもみぬかれ、また半年、一年と灼熱《しゃくねつ》の港で停泊しなければならない。だが、新しい馬種にこれほど熱中している大殿《シニヨーレ》の気持をなんとか叶《かな》える必要がある。どんな無理をしても、馬を運んでこなければならぬ。ちょうど聖ピエトロ大聖堂の規模の巨大さも、大殿《シニヨーレ》に真に信じてもらうためには、直接それを見る必要があるのと同じように。そうなのだ。ぜひ馬は運んでこなければならぬし、聖ピエトロは実際に眼《ま》のあたりにしなければならないのだ……。

その日、私たちが七層の高楼を見てまわるあいだ、大殿《シニヨーレ》とヴァリニャーノは主としてヨーロッパの寺院や城廓などの大建築について話していたように思う。そして安土城廓《カステルロ》がヨーロッパの城館に較《くら》べても決して劣らぬばかりでなく、その独自の配置法や内外の装飾にいたっては、第一級の結構をそなえているとヴァリニャーノは確言した。その言葉は大殿《シニヨーレ》に忘れられぬものであったらしい。後になって私などと、築城術に関して話した折、やはり同じ話題が取りあげられたことを思いだす。大殿《シニヨーレ》の心に、安土城廓《カステルロ》の精密な細密画を描かせてヴァリニャーノに与えようという気持のうまれたのは、すでにこのころだったと思う。大殿《シニヨーレ》にしてみれば、聖ピエトロ大聖堂の話を詳細に聞くにつけ、それを髣髴《ほうふつ》とさせる絵図のないことが残念だったのであろう。それと同じく、安土城廓《カステルロ》の評判が遥かヨーロッパの土地へ伝わってゆくとしても、絵図なしに、人は真の姿を思いえがくことができるだろうか。

「安土城廓《カステルロ》の絵図はどんなことをしても描かせなければならぬ」

大殿《シニヨーレ》は私たちを送りだしたとき、そう決心していたに違いない。

背の高いヴァリニャーノ巡察使が大殿《シニヨーレ》からあれほど寵愛《ちょうあい》をうけたということは、なお私には説明のつかぬ部分がある。それはオルガンティノのそれとも異なり、また古《ふる》馴染《なじみ》のフロイス師のそれとも違っていた。たとえば彼が安土を離れる日、城廓《カステルロ》の全景を細密に描いた華麗な屛風《びょうぶ》を与えるとか、盛大な祭典を計画するなどということは、単に来訪した巡察使に対して示す友情としては、明らかに度をこしている。これを説明するのは、同じ孤独のなかに生き、それを限度まで持ちこたえようとする態度への共感以外にない。すでに何度も書いたように、大殿《シニョーレ》は理に適《かな》った考えや行動を求め、また一つの事柄を成就《じょうじゅ》させるために、自分や、自らの恣意《しい》などは全く切りすて、ひたすら燃焼して生きぬく人間たちに、言いようのない共感を覚えていたのだ。オルガンティノやフロイス師の辛苦や誠実は、いわばこうした生き方の証拠であるし、私が大殿《シニョーレ》のなかに自分の似姿を感じるのも、そのような燃焼の激しさが、刻々の生活のなかで、こちらに伝わってくるように思えたからだ。

だが、それはあくまで寡黙《かもく》のなかの友情にほかならぬ。それは孤独になるにしたがって――各人が虚無の闇《やみ》のなかに立ちはだかるにしたがって――より一層深く結ばれてゆくといった種類の共感なのである。この点、ヴァリニャーノは陽気で人のいいオルガンティノとも冷静な観察者フロイス師とも違っていた。彼は、前にも書いたように、一人の絶望者であり、その布教活動は絶望の刻々の克服でしかなかった。信仰はヴァリニャーノの場合、安定し、静止したものではなかった。彼は活動をつづけることのなかに――激烈な肉体的活動と知的活動とのなかに――信仰の生きた形を刻んでゆくような人間であった。ヴァリニャーノの日々はかつての放縦無頼な自分との一瞬ごとの鍔迫《つばぜ》り合いだといってよかった。

それがオルガンティノやフロイス師ともっとも異なる点であった。体軀《たいく》の巨大な、眼の澄んだヴァリニャーノは、その端正で落着いた振舞いにもかかわらず、内面的には、たえずこうした危機にさらされていた。大殿《シニョーレ》がヴァリニャーノに魅せられたのは、こうした自分との戦いに生死を賭《と》しているこの巡察使の孤独な、真剣な、ひたすらな生に共感したからである。私はそれに関して直接に大殿《シニョーレ》の口から聞いたことがあり、その炯眼《けいがん》に驚かされたことがある。(大殿《シニョーレ》は最後までヴァリニャーノの前半生については何も知らなかっただけに、私はその直観の鋭さに驚いたのだ。)

私はヴァリニャーノが安土宣教師館の奥の一室で夜おそくまでランプの灯をともして、丹念な字体で日本教区に関する報告書や教化計画や教義や教則本を書いていた姿を思いだすが、そうした姿のなかには、どこか自己の極限に必死にのぼりつめる人の感じが確かににじんでいたように思う。

私たちはすべてヴァリニャーノの新しい教育方針と計画に基づいてセミナリオの日課をたて、授業をすすめていった。実際の教育活動の点では、人のいい、話好きのオルガンティノがすぐれた効果をおさめていた。学院長という職掌からも、彼はセミナリオの生徒たちと起居をともにし、日常にラテン語で会話することをすすめていた。生徒たちのなかでは、ヨーロッパの学生に劣らぬ見事なラテン文を作成する者も何人かいた。オルガンティノはそうした教育効果のいちじるしさに驚くというよりは、むしろ感動していた。ある晩、オルガンティノは生徒の作成したラテン文を私たちの前で読みながら、感情が激して、声が出なくなったことがある。彼はヨーロッパと同質の精神の地平が、ようやくこの王国にひらけてきたことを、そのラテン文を読みながら感じていたのであろう。

しかしヴァリニャーノは、食卓で、こうした話題が出るとき、あくまでオルガンティノの考えに反対した。

「もちろんそれは驚嘆すべきことに違いない」と、そんな折、ヴァリニャーノは落着いた、低い声で言うのであった。「しかし肝要なのは、ただ頭だけで理解することではなく、実際にそこで生き、そこで呼吸をして、真の精神を深く全身をもって吸収することだと思う。これだけ優れた能力をもった国民のことだ。ローマで、またコインブラで、ボローニアで、サラマンカで生活したら、どれほど多くのことを理解し、消化することであろう。学院《セミナリオ》での教育がいかにも一面的であるのを、私は最近痛いように感じる」

もちろんそうは言ってもヴァリニャーノの活動が途中で放棄されたというのではない。いや、それは逆に強化されたといっていい。彼は、全身をもってその精神的な高みへのぼりうる唯一《ゆいいつ》の手段は音楽であるという信念を抱いていた。ヴァリニャーノにしたがえば、音楽だけは、いかなる僻遠《へきえん》の地にあっても、ただちに濃密な精神の圏をそこにつくりだすことができるというのだった。彼がとくにクラヴォの演奏に力を入れたのはそのためである。音楽のなかで人々は別個の精神に変形する――そんなふうにもヴァリニャーノは言っていた。

安土《あづち》セミナリオでは二十五人の少年が厳しい日課によって生活していた。彼らは灰色の制服を着て、寡黙で、真面目《まじめ》だった。日曜の郊外散策や、湖での遊泳のおりに、辛うじて少年らしい明るい声をあげたが、平生はむしろ冷静で、勤勉だった。私が授業のあいだに冗談を言っても、あまり笑わなかった。おそらく彼らが上級武士の子弟であり、極端に真摯な教育を受けていたことによるが、それ以上に、彼らは自分に課せられた使命の重さのようなものを、妙になまなましく自覚しているためであった。私はそうした寡黙な少年たちを見ていると、前に、京都で処刑された荒木殿のあの可《か》愛《わい》い孫たちの姿を思いだした。自分の死に驚きも見せず死んだという子供たちの顔がセミナリオの生徒の顔に、なぜか重なって感じられるのだった。事実、この二十五人の生徒たちの多くは、高山殿麾下《きか》の上級武士の子弟だったのである。

大殿《シニョーレ》は時間があると、よく宣教師館に立ちよった。城廓《カステルロ》と同じ青瓦《あおがわら》をならべ、高い鐘楼をもったイタリア式建物を、大殿《シニョーレ》はそのたびに眺めて「ここにヨーロッパがあるな」と言った。そして三階のセミナリオの教室で、生徒たちの合奏する音楽を好んで聞いた。彼はそれを聞くたびに、複雑な美しさを感じると言っていた。

宣教師館にオルガンティノやフロイス師らの顔馴染がいたにしても、大殿《シニヨーレ》が鷹狩りの帰りや市内巡回の折に、あれほど頻繁に足をとめたのは、おそらくこの建物のなかに、どこか大殿《シニヨーレ》の心に触れるものがあったからにちがいない。人々は単にそれを大殿《シニ》《ヨーレ》の好意とか庇護《ひご》とか新奇好みとか言ったが、私には、もっと深いところで何かが大殿の心に触れているような気がしたが、この印象はいまも変っていないのである。

ヴァリニャーノは安土に落着く間もなく、ふたたび京都にむかい、さらに高山殿の居城にむかった。彼は能《あと》うかぎり広く教会と布教活動の実際を巡察するのが使命だったからである。

ヴァリニャーノが五畿内の巡察をおえて安土へ帰ってきたのは、もう安土山の木々の緑の濃くなった夏のはじめであった。淡水の湖は夏空の下で青いさざ波をゆらせて拡《ひろ》がっていた。セミナリオの日課も夏時間に切りかえ、午後の水浴や運動の時間が多くなった。自由時間を加えたのはオルガンティノであった。彼はブレシア近郊で送った少年時代の夏のたのしみを忘れることができなかった。「彼らもまだ子供なのだ」オルガンティノは汗を拭《ふ》き拭きそう言って、人のいい微笑を浮べた。

ヴァリニャーノ巡察使は必ずしもオルガンティノの方針には賛成ではなかったらしい。しかし少年たちの日焼けした顔、見違えるように元気にはしゃいでいる様子を見ると、彼はあえて自分の意見を表明するのを差しひかえた。彼は、こうした教育は八月いっぱいに限ることを条件にしただけだった。

私がヴァリニャーノの出発を知ったのは、巡察が終って安土に帰着して間もなくのことであった。私の印象では、そのころのヴァリニャーノのなかには、説明できないある焦慮のようなものがあったように思う。つねに冷静さと落着きを忘れることのなかったヴァリニャーノであったが、その夏のはじめ、彼はなぜかせきたてられるようにシモの島へ帰り、なんとか次の便船でローマに向けて出発したいと言うのであった。

オルガンティノの言うところによると、ヴァリニャーノが近々帰国する旨《むね》、大殿《シニョーレ》に言ったとき、その最初の言葉は「また私たちは会えるだろうか」という言葉だった。それに対してヴァリニャーノは「私が急遽《きゅうきょ》帰国いたしますのは、誓って、ふたたびこの国へ帰って参るためでございます」と答えたという。

前に触れた屏風の話が出たのはこの直後のことである。大殿《シニョーレ》はほとんど朗らかといってもいい調子で、この屏風のなかには、安土城廓《カステルロ》とともに、宣教師館も描かれているのだと説明した。

ヴァリニャーノの出発の日どりは、途中立ちよる教会での滞在日数もあって、八月初旬に決められた。しかし折りかえし大殿《シニョーレ》から「出発を十日ほど延ばしてほしい。滞在の記念になるような催しをして御覧に供したい」という言葉が届き、私たちは一瞬、戸迷いを感じた。

ヴァリニャーノは明らかに焦燥の色を浮べていた。めずらしく彼は宣教師館の広間を歩きまわり、足をとめては、窓から、濃い緑にかこまれる安土城廓《カステルロ》の青瓦の幾層もの屋根を眺め、また、階上から聞えるクラヴォやヴィオラやラベイカの三重奏や、オルガンの音に耳をかたむけていた。日によると、急に部屋に入って、何ごとかを例の丹念な字体で書きつづけることがあった。

すでに出発の準備はととのえられ、堺《さかい》まで送ってゆくオルガンティノやフロイス師の荷物も整ったが、大殿《シニョーレ》から、出発すべき日の指定は来なかった。

それは八月半ばのある晴れた日のことであった。私たちが食堂で朝食をとっていると、城廓《カステルロ》から、顔見知りのキリシタン武士が「ながいことお待たせしたが、今夜、日暮れから祝祭が行なわれる。ぜひそれをたのしんで貰《もら》いたい」という言葉を伝えた。

私はセミナリオの生徒を湖の水浴に連れていったが、通ってゆく安土の町並は花や提灯《ちょうちん》で飾られ、城廓《じょうかく》のなかでは爆竹の音がしていた。町じゅうが賑《にぎ》やかに浮れたって、市には大勢の人々が集り、見世物が小屋をかけ、呼び売りする男や、鐘や太鼓を鳴らす男などが目白押しに店をひろげていた。

私たちが午後早目に水浴から帰ってくると、町の賑わいは一段と熱気を加えていて、どの通りにも、着飾った女や娘たちがぞろぞろ歩き、市のたつ町々は身動きもできない人出だった。オルガンティノの説明によると、大殿《シニョーレ》の計画で行なわれる夜の祭典はすでに京都まで伝えられ、それを見るための人が集っているのだということだった。

ながい、明るい、華やかな夏の夕焼けが安土山の向うに消えてゆくと、やがて湖のほうから濃い、輝くような宵闇が安土の町々のあいだを這《は》って流れはじめた。しかし大殿《シニョーレ》からの命令で、夜になっても、蠟燭《ろうそく》一本、燭台《しょくだい》一つともしてもならないことになっていた。突然訪れた濃い闇のなかを、ことさら明るい蛍の群が、青白い光を冷たく明滅させて湖のほうへ急いでいた。

どの町角でも、どの戸口でも、人々は息をのんで、じっと待ちつづけた。闇のなかで人々はひっそり囁《ささや》きかわしていた。何が起るかを知っている人間は、安土の町には一人もいなかったのである。

どのくらいの時間がたったであろうか。私たちが宣教師館の二階の露台に待ちくたびれたころ、突然、安土山のうえに、一すじののろしが赤くするするとのぼり、闇のなかで乾いた鋭い音をたてて爆《は》ぜ、湖の遠くへ反響した。と、それを合図に、突如として、暗闇のなかから、安土城廓《カステルロ》の全貌《ぜんぼう》が火に照らされて浮びあがったのである。私たちは思わず息をのんだ。何百、何千という篝火《かがりび》に、いっせいに火が入り、それが一挙に燃えあがって、安土山を赤々と照しだしたのだった。七層の高楼にはその一層ごとの屋根の形に提灯が並び、それがくっきりと夜空に城の形をえがきだした。

　町角という町角から人々のどよめきが起り、安土山にむかって駆けてゆく群衆の波が暗闇のなかに感じられた。と、思う間もなく、城門の一角に輝きだしたたいまつの火が、あたかも火縄を伝わって走る焔《ほのお》のように、城門から宣教師館に到る道すじの形のままに、次々に燃えあがった。その火の列の先端は、みるみる私たちの立っている宣教師館へと近づいてきて、あっという間に、昼のような明るさになった。そのあかりでよく見ると、道の両側には、黒装束の男がずらりと並んで、燃えさかるたいまつをかかげているのであった。

　しばらくすると、その焔のなかを、黒装束に同じようにたいまつをかざした騎馬武士の群が、ひとつづきの火の河のように、城門から溢《あふ》れだし、宣教師館にむかって疾走し、宣教師館の門前までくると、突然火を消して、闇のなかへ溶けてゆくように次々に姿を消し、そのようにして溢れてくる火の流れは小半時もつづいた。

私たちは呆然《ぼうぜん》として火竜のうねりに似たその火の河を見ているうち、一段と明るい焰の群が、宣教師館に近づいてきた。それは矢のような早さで、城門からの火の道を走りぬけると、宣教師館の門前にぴったりとまった。

私たちは思わず自分の眼を疑がった。その光のなかには、同じ黒装束の大殿《シニョーレ》が馬上から、たいまつを高々とかかげヴァリニャーノにむかって挨拶《あいさつ》を送っているのであった……。

私はいまでもヴァリニャーノを送って安土から十数レグワの湖畔の旅籠《はたご》町へいった日のことを思いだす。オルガンティノの留守のあいだ、セミナリオの事務を代行することになっていた私は、そこから一行に別れて、その夜のうちに安土まで戻ることにしていた。

ヴァリニャーノは私の手を固く握り、この王国のすばらしい滞在は終生忘れえないだろう、と言った。そしてさらに、自分にはまだやるべきことが多く残っており、このまま帰ってしまうわけにはゆかぬ。ぜひ再会の機会をもちたいものである、と言った。

彼らは二十人あまりの信徒に囲まれて、遠ざかっていった。ちょうど赤々と燃える夏の夕焼けが淡水の湖のうえに拡がって、金色の雲が炎のように光っていた。ヴァリニャーノの姿は、その夕焼けのなかに小さい点となって消えていった。私は彼らの姿が地の涯《はて》に見えなくなり、夕焼けが褪《あ》せて、暮色が田や林や街道を包むまで、そこに立ちつくした。

私はヴァリニャーノが立ち去るとともに、彼とともにやってきた華やかなものも、同時に過ぎさっていったような気がした。私が授業をおえて湖畔までの散歩を試みるようなとき、夏の祭典のあとのひっそりした気分が町にあった。湖に出ても、子供たちが波と戯《たわむ》れているほか、賑わいのようなものもなく、帰る道々、安土山の森を吹く風には、この国の秋らしい乾いた冷たさが感じられた。

秋になっても、西方の毛利軍団に対する戦線は依然膠着《こうちやく》状態をつづけていた。一、三の間諜《かんちよう》からの報告で、東の武田軍団がこの膠着状態を利用して、背後から大殿《シニヨーレ》を攻撃するであろうことが予測されていた。長篠《ながしの》会戦からすでに七年、武田軍団もようやくその深傷《ふかで》から癒《い》えたように見えた。

しかし毛利軍団に対する攻撃を主力としていた大殿《シニヨーレ》の方針は、そうした報告によっても、いささかも動揺しなかった。攻撃軍団を指揮する羽柴殿に対する大殿《シニヨーレ》の信頼は絶対的なものだったからである。それに武田軍団に対する備えとして、家康《いえやす》殿の軍団が現在では大殿《シニヨーレ》の配下に属していた。万が一家康殿が謀反《むほん》するというような事態さえなければ、戦力としては、それだけで十分に武田軍団の攻撃を支えることができるはずである。大殿がさまざまな形で家康殿の心の動きに牽制《けんせい》を加えているという噂《うわさ》は、あるいはこうした事情を考えあわせると、事実だったのかもしれない。〔一五〕八二年の早春、武田軍団を追撃して、Xinano（信濃《しなの》）に攻めこんだとき、その先鋒《せんぽう》は家康殿の軍団が引きうけていたのである。大殿は武田軍団の城砦《じょうさい》をつぎつぎに攻略しながら武田殿の所領であるCainokuni（甲斐《かい》国）の奥まで進攻し、各地で抵抗する武田軍団を殲滅《せんめつ》し、戦闘に加わったほどの者は、将たると兵卒たるとを問わず、殺害した。大殿の軍団が通過したあとには、累々《るいるい》とした屍体《したい》が放置された。この戦闘においても大殿は徹底した殲滅を命じていたのであり、全軍への布告も「武田の残党にしてなお生存する者があれば、あえて家郷の門を踏むを恥じよ」と言っているのである。

安土に刻々もたらされる報告のなかには、長島討伐にまさるとも劣らぬ凄惨《せいさん》な戦況も幾つか含まれていた。私はそうした報告が伝えられるたびに、硝煙や炎のなかで、蒼白《そうはく》な顔をじっと敵陣にむけながら、顳顬《こめかみ》をひくひくと動かしている大殿《シニョーレ》の姿を思った。それはどこか安土をたってはるばるローマへ向ったヴァリニャーノの顔と似ているような気がした。ヴァリニャーノ自身がヴェネツィアの監獄にいるころから激しい偏頭痛に悩まされるようになっていたが、そのせいもあって、眼の澄んだ、その端正な顔だちはつねに蒼白で、とくに印度を経てこの王国にくるあいだに焼けた肌は、艶《つや》のない黒ずんだ暗い色に見えた。そしてこの両者に共通していたのは、自分の前の一点を見つめるようにするその眼《まな》ざしであり、何か考えに耽《ふけ》るとき、二人は同じような眼をしていたのである。

それは、ものに憑《つ》かれ、刻々の状況の変化のなかで自らを支え、「事を成ら」しめるために生命を賭《か》けている人間に共通する表情だということもできよう。大殿《シニョーレ》の側近のなかには、この冷たい緊張した表情を、動じることのない残忍さのあらわれと見る人々もいた。同じようにして、ヴァリニャーノの一種の冷淡さを、内に隠した野心のあらわれだと見る修道士たちもいたのである。

だが、すでに私が何度か触れたように、それは、あの学者《ウマニスタ》に似た温厚な佐久間殿をすら譴責《けんせき》し処断した激烈な精神——ただひたすら苛酷《かこく》に事物とむきあった精神から生れるものにほかならなかった。

思えば、佐久間殿を面責した書状に、私は孤独な大殿《シニョーレ》の心のひびきを聞きとっていたのではなかったろうか。たとえば、面責書のなかで、大殿《シニョーレ》はただ二人の将軍《ジェネラーレ》だけを特別に賞讃《しょうさん》して、佐久間殿の優柔不断な態度と対比している。それは明智殿と羽柴殿であったが、おそらく冷静さと陽気さというまったく対照的なこの二人の将軍《ジェネラーレ》のなかに、大殿は、最後に残された友情を感じていたのではなかったろうか。オルガンティノが訳してくれる面責書の内容を聞きながら、私はそう思ったのである。

私は大殿《シニョーレ》がこの二人についてよく話したのを憶《おぼ》えているが、それはつねに彼らが合戦のことにおいて名人上手であるという話題に終始したように思う。大殿はその武略の道において、それぞれに孤独でありつづけたこの二人に対して、同じ孤独者としての愛情と共感を覚えていたのかもしれない。果断と冷厳さに関しては、この二人は、共通したところを持っていたのだ。たとえ羽柴殿が賑やかな宴席を好み、華美な調度を愛好するのに対し、明智殿は明窓浄机を前にして沈思し読書するのを好むという違いはあるにしても、二人に共通したこの将軍《ジエネラーレ》としての素質は、大殿《シニョーレ》に高く評価されていたのだ——そしてそれこそは「事が成る」ための必要物を、何の感情もまじえずに見うる眼であり、それを実現しうる行動力にほかならなかった。

私が明智殿とも羽柴殿とも深い関係を結ばなかったのは、いま思えば不思議である。明智殿に関して憶えていることといえば、ちょうど安土の宮廷《コルテ》に移ったころ、彼がラテン語の書物を手に入れて貰いたいとオルガンティノに頼んでいたのを見て、おどろいたことくらいである。それがキリシタンの信仰で聞えた彼の息女の一人のための願いであることは、私にもすぐわかったのだ。

この明智殿がキリシタンに帰依《きえ》しなかったのは、ひとえに、明徹な理知が、事物の理法を見ぬかせていたためではなかったろうか。その点では、繊細幽玄な茶器を好み、足なえに胸をつかれる大殿《シニヨーレ》が、その明晰《めいせき》な理知のゆえに、非情な戦闘をあえて命じるのによく似ていた。二人に共通の外観の冷たさは事を成すため、理に従うことに徹しようとする人間の刻印だったのかもしれない。だが、明智殿その人のなかに、キリシタン宗の慈悲《ミゼリコルディア》に共鳴する部分がまったくなかったとは考えられないのである。明智殿はその冷徹な理知のゆえに、大殿《シニヨーレ》にまさるとも劣らぬ戦略の苛酷さをあえて遂行しえたが、同時に、佐久間殿のような武将の温厚さ、手ぬるさに対して必ずしも大殿《シニヨーレ》と同じ考えであったとは思われない。むしろ同情的であったかもしれない。戦略家として多少の批判は、もちろん彼に対して抱いていたであろうが、反面、その人間的な弱さを愛していたのではなかったであろうか。

明智殿にとって佐久間殿の追放が他の重臣たち以上に暗い衝撃と受けとられたのは、佐久間殿が単にキリシタン宗門と関係が深かったからばかりではなく、彼のこうしたささやかな人間愛に対して、容赦ない否認の断が下されたからでもある。この追放が、荒木殿の謀反後、数年ならずして起ったことも、明智殿の心を暗くしたにちがいない。荒木殿、佐久間殿はともども明智殿のこうした心情と結びついていたからである。

だが明智殿のこの冷徹な理知の眼ざしが――この氷のような虚無の中での一人だけの力業が――その極限を意識しはじめたとしたら、それはまさに、荒木殿、佐久間殿の事件のさなかだったのではあるまいか。彼はその孤独の極限を支えきれない自分を感じた。彼はただその孤絶した高みに自ら保ちつづけるのに疲れはてた。もはや自分で自分を支えつづけるのに疲れはてた。彼は自分をさらに高い孤独の道を辿《たど》るように促がす一つの眼を感じた。この眼が鋭く自分をみているうちは、自分は休むことができないのを感じたのである。

私がいまでも思いだすのは、武田軍団を壊滅させた大殿《シニヨーレ》の部隊が、つぎつぎに安土に帰還してきた〔一五〕八二年の春の夕方のことである。

町々は勝利に湧《わ》きたち、振舞い酒に酔った男たちが神輿《みこし》をかついで町すじを練りあるき、群衆がそれを取りまいて、波のように渦巻きながら、叫んだり、歌ったり、喚《わめ》いたりしていた。町はずれの桜並木のしたでは若い男女が毛氈《もうせん》を敷き、酒をくみかわし、輪をつくって拍子をとり、輪のなかで何人かが踊っていた。

私はセミナリオへ帰る途中、たまたま街道から行進してくる部隊に出会ったのである。それが明智殿の部隊であることは、教えられるまでもなく、すぐにわかった。旗差し物をはためかせた騎馬隊につづいて、部将《ジェネラーレ》たちの騎馬がゆっくりと行進していったが、その先頭にいたのが明智殿であった。部隊はたちまち群衆に囲まれ、喝采《かっさい》の波があとからあとから湧きおこった。

騎兵隊も徒歩の兵士たちも頭でうなずき、目配せをしながら行進していた。なかには妻らしい女と手を執り合わんばかりにして進んでゆく兵隊もいた。彼らの顔はいずれも明るく、眼は勝利と生還のよろこびに輝き、髯《ひげ》のあいだから笑いがのぞいていた。

しかし私がいまでも忘れられないのは、そのときの明智殿の顔の暗さである。それは周囲の歓声や笑いや叫びと較《くら》べて、あまりに対照的であった。それは憂鬱《ゆううつ》な、暗澹《あんたん》とした、物を思いつめる表情であった。彼は時おり、驚いたように、自分の周囲をながめ、歓声の波がゆれ、人々が踊ったり、歌ったりするのを眺めていた。

そのとき、彼はこんなことをおそらく考えていたのだ。

「彼らは、ああして踊ったり、飲んだり、愛しあったり、歌ったりしている。時には女房の家に借金にゆき、たまに痴話喧嘩《げんか》もするだろう。だが、彼らには自分を追いたてるものはない。その日その日が泰平にすぎて、春のつぎに夏が、そして夏のつぎに秋がきて、やがていつか冬となり、短い赤い夕日が沈むように、彼らの生命も消えてゆく。彼らが眠るとき、その眠りはどんなに深く甘美なことであろう。夜半の風の音に耳をすませ、遠い馬蹄《ばてい》にも心を許すことのない我々の夜とは、まったく違うのだ。

おれもひたすらいまは眠りたい。深い甘美な眠りにつきたい。疲れはて、気力も尽きはてたのだ。だが、おれを見つめている一つの眼がある。それはどんな闇《やみ》のなかでも冷たく鋭くおれを見つめている。それは憎悪《ぞうお》の眼であろうか。それは怨恨《えんこん》の眼であろうか。軽蔑《けいべつ》の眼であろうか。そうではない。憎悪でも、怨恨でも、軽蔑でもない。それは共感の眼なのだ。ひそかに深い共感をこめて、おれを高みへと駆りたてる眼なのだ。この眼がおれを見ているかぎり、おれはさらに孤独な虚空《こくう》へのぼりつめなければならぬ。名人上手の孤絶した高みへと。しかしおれにはもはやこれ以上のぼりつめる力はない。ああ、おれは眠りたいのだ。ひたすら甘美な深い眠りのなかに落ちてゆきたい。冬の夜、白い世界の底へ、音もなく、ひたすらに落ちつづける雪のように、おれはひたすら下へ下へと無限の甘美さの中を落下してゆきたいのだ」

私は後になって、明智殿が安土《あづち》の宮廷《コルテ》を辞去して、Çaquamoto（坂本）の居城へ帰る道々「自分はひどく疲れている。いまはただ眠りたいだけだ」と言ったということを聞いている。人々はそれをこんどの追撃戦の結果だと考えていたようだが、私にはそうは思えない。安土に帰還した折の明智殿の顔は、単なる戦闘の疲労以上のものを、はっきり物語っていたからである。

私が、その頃京都に帰っていたフロイス師から呼ばれたのは〔一五〕八二年五月の終りである。その日は妙にむし暑い一日で、授業をしていても、なにか全身がだるく、ほてるようだった。ホンデュラスで悪疫《あくえき》にやられたとき、熱が出はじめる前がこんなふうだった。その日は早目に床につき、翌朝早く出かけるつもりだった。しかし眼がさめると、夜明け前の薄闇のなかに豪雨が降りしきっていた。私は翌日一日、部屋にこもって休んだ。会堂から響くオルガンの荘重な音の高まりが、壁を伝い、身体をふるわせて聞えていた。

その翌日も雨だったが、私はマントを羽織って馬で出かけた。街道は雨にぬれて、その雨のなかを幾つかの軍隊があわただしく動いていた。その多くは大殿《シニョーレ》に執拗《しつよう》な抵抗をこころみる毛利軍団を最終的に攻撃するため、新たに編成された軍団に所属する部隊らしかった。私は、彼らが馬に糧秣《りょうまつ》をやったり、軒下にたむろしていたり、食事していたりするのを眺めた。

私はその翌々日になって、京都で明智殿の謀反を知ったのであるが、そのとき安土の往還で私のみた兵たちの表情にはそうしたものはまるで感じられなかった。後からの噂によれば、そのころ明智殿は愛宕《あたご》山へ参籠《さんろう》していたわけだが、おそらく彼はそこで自分を見つめていたその眼ざしから――苛酷な共感の眼ざしからただ逃れたいと念じていたのであろう。その眼ざしから逃れることによって、彼はひたすら無限の甘美な眠りの中に融《と》けこみたかったのだ。しかし大殿《シニヨーレ》は近侍三十騎とともに安土を出て、Fonnoxi（本能寺）へ向けて疾走していた。すべては変らなかった。すべては進みつづけていた。西へ西へと向って、軍団は進みつづけていた。

おそらくそれは明智殿にとっては、自分を無限の高みへ駆りたてようとする叱咤《しった》の声に聞えたであろう。

だが、もう休まなければならないのだ。あの眼から逃れなければならないのだ。共感をこめて、高みへと誘うあの眼から逃れたいのだ。あの眼が消えさえすれば、おれは深い眠りのなかに入れるのだ。あの眼さえ消えれば……。そうだ、あの鋭いなつかしい眼は、おれの半身よ、消えなければならないのだ。

おそらく彼もまた茫然《ぼうぜん》とした思いで青葉のうえに降りしきる雨を見つめていたに違いない。すべては燃えつきて、そして消えなければならないのだ。

私はその夜、京都に入ることができなかった。なれないこの東方の王国の木賃宿の枕《まくら》に、私はまんじりともせず雨の音をきいた。夜はなかなか明けなかった。私は夜明けとともに出発した。すでに雨はやみ、曇り空の下に風が冷たく吹いていた。その風に送られて雲の群は低く湖のほうへ急いでいた。そしてその雲の下を兵たちが動揺して、安土の往還を西にむけて動きつづけたのが、いまも、はっきり眼に残っている。

そうなのだ、それにつづいた本能寺の炎上、大殿《シニョーレ》の死、壮麗な安土城廓《じょうかく》の大火災、安土セミナリオの倒壊、青白い焔《ほのお》のように短く燃えて消えた明智殿の反逆、ふたたび京都の町々を影のように走りぬける騎馬武士の姿、そして城砦から城砦へと潮のように襲いかかってゆく羽柴殿の軍団——それはあたかも壮大な何ものかがひたすら崩れつづけているような日々であった。そうなのだ。すでに、あの日から十数年を経過したいま、友よ、ゴア要塞《ようさい》島の灼《や》けつく太陽の下で、これを書きながらも、あのとき、音もなく崩れつづけていた何ものかの音を、なお聞くような思いがするのだ。

それは東方の一王国の体制が崩れさっていた音だったかもしれないが、しかし私にとっては、ほかならぬ自分自身が崩壊していた音に思えてならぬ。その後のこのゴアで過した無為の十数年がそれを証明するためにあったとしたら、友よ、君はそれをわらうであろうか。君はそれをあわれむであろうか。

とまれ、私は大殿《シニョーレ》の死を知って一年後、季節風に送られる最初の船に乗ってこの王国を離れた。その日はおだやかな日和《ひより》で、ジェノヴァの船乗りたちが順風《ブレッツァ》と呼ぶ風が海のうえを吹きわたっていた。

解説

饗庭孝男

辻邦生《つじくにお》の処女作『廻廊にて』（一九六三年）のなかで、薄幸の亡命女流画家、マリア・ヴァシレウスカヤの生前の思い出を、パリの日本人画学生の「私」に語るギリシャ人、パパクリサントスの言葉に次のような一節がある。

「俺《おれ》には、人間がただ無意味であるために生き、この空無のなかで盲目的に生きる刑罰を負っているようにさえ思えたのだ」

「しかし俺は人間がこうした無意味のなかに立ちつづけるのに限度があることを知っていた。空無のなかに立つのは一つの力業《ちからわざ》だ」

このような彼に対して、マリアはこう答えたのであった。

「花々がその美しさを誰に捧《ささ》げるわけでもないのに、完全な形で開くように、人間だって、虚無のなかに、内からの純粋な欲望によって、咲きつづけるべきじゃないかって、考えられはしないかしら……」

このパパクリサントスの言葉とマリアの答えのなかに、われわれが頼るべき〈絶対者〉を喪《うしな》ってしまった時代、いわば中心の喪失ともいうべき時代のなかで、辻邦生が、いかに自分を支《ささ》えるか、そして、この中心を埋める美の行為がどういうものであるかを求め、「偶然」であり「無意味」でしかない一回かぎりの生を文学という想像力の所産のなかで全体的に永遠に意味あらしめたい、という渇望《かつぼう》をいだいていることを私たちは理解する。このような辻邦生の思いは、『嵯峨野明月記《さがのめいげつき》』（一九七一年）のなかでも同じ主調低音のように鳴りひびいているのである。王朝風の華麗な嵯峨本をつくりあげる、本阿弥光悦《ほんなみこうえつ》、俵屋宗達《たわらやそうたつ》、角倉素庵《すみのくらそあん》の、生と芸術とにかかわる苦しみとよろこびの内面の声のなかに、人の所業がすべて空《むな》しいとしても、怱忙《そうぼう》の日々を空無に終らせぬために、一日一日の時間の流れを眼に見えぬものに変えて、時の滴《したた》りを美と化したい願いがひとしなみに、沈黙のなかの深く美しい、浄化された斉唱のようにきこえている。それが、この生にあって、この生の外に生きる意味である。

だが、空無のなかに立つ力業は、単に芸術にかかわることではない。虚無のなかに、純粋な欲望によって咲くという美への生をかけての献身は、マリアの友人、アンドレ・ドーヴェルニュの考え「危険のなかに生きることが本当に生きる価値をもつのだ」「生は危険だからこそ高貴であり、それゆえにこそ生きる価値がある」という言葉と同質の響きをもっている。このような言葉の基調をなしているのは、「生」を意味あらしめるのは、「死」と接しているからだ、という思想である。私たちが、この『安土往還記』の信長《のぶなが》の生の燃焼の純粋な形にみるのも、辻邦生が処女作以来、おい求めている、右のような主題の変奏曲であることに気づくはずである。

　乱世を生きる大殿《シニョーレ》、信長の、ひたすら虚無をつきぬけ、完璧《かんぺき》さの極限に達しようとする意志《ヴォロンタ》、生死のぎりぎりの場にあって、「事が成る」ために力を集中して生きる生の燃焼の前に、温和な生との妥協や慈愛はしりぞけられる。いかなる信仰ももたず、狂気のように、この世の道理を純粋にもとめ、自己に課した掟《おきて》に一貫して忠実であろうとする大殿《シニョーレ》は、ある意味で、歴史の中に生きた人物の姿ではなく、現代に転位され、空無の中に立つ力業を求めている人間である。この小説はいわゆる歴史小説であろうか。そうではない。作者は歴史に身をよせて信長の生きた姿を描いているのではなく、歴史という枠《わく》をかりながら、中心の喪失に苦しむ現代人に一つの指標を与えようとするのである。だからこそ、大殿《シニョーレ》の、自己の掟をまもりぬくという非合理的パトスは、危険な旅をへて、異国に布教にやって来た神父たちと立場はことなっても、内的な、孤独な共鳴音をもつのである。ヴァリニャーノの、自らの半生を徹底して否定することに生涯をかける姿は大殿《シニョーレ》の掟への意志と同じである。問題は、行為する人間が、武将であれ、信仰者であれ、芸術家であれ、作者が、生きることの高貴さとは何であるかをここに問うているということである。寡黙《かもく》でありながら、行為しなければのしかかってくる、生の無意味な重さを変容する力を求めてはげしく生きる人物は、辻邦生の作品のいずれにも登場する。彼らは、その行為によって、個有の「生」の意味を得る。ということはたとえ孤独であっても個有の「死」をもち得る、ということである。

このような作中人物をつくりあげようとした作者の考えの背後にあるものは何であろうか。『廻廊にて』のパパクリサントスが、自分の内部にある虚無感を時代全般の病患とし、自己を信じさせ、感動させるただ一つの理想も時代はつくりだすことができなかった、とつぶやくところに、私は辻邦生と時代とのかかわりの比喩《ひゆ》を感ずる。「とくに戦後の価値体系の動揺ないし崩壊は、若かった私たちの精神形成を二重にも三重にも困難にした。私たちは、出発点そのものを、まず自分の手で定めるという作業からはじめなければならなかった」(『異国から』)

時代の精神共同体が崩《くず》れ去ったあとに、あらわな「私」がとりのこされ、孤独に、そこからの出発を考えてゆかねばならぬ、という苦しみが右の行間からにじみ出ているのではないだろうか。辻邦生の「偶然」や「無意味」という言葉が強いリアリティをもっているのは、彼のこうした原体験なくしてはありえなかった。空無の中に立つ力業という思いは、そこからあらわれてくる。しかしながら、そのような作者の文学観が明確にされるには、逆に堅固な精神共同体をもっていた中世への讃嘆《さんたん》の念があったからである。一九五七年から六一年にかけての彼のフランス留学は、ヨーロッパ中世への強い関心をさそった。『廻廊にて』『夏の砦《とりで》』（一九六六年）の中に、期せずして、中世への苦いアイロニーにみちた憧憬《どうけい》が描かれているのは決して偶然ではなかった。『廻廊にて』で、マリアが、アンドレの住むドーヴェルニュ館《やかた》のサロンにある中世の農耕四季のタピスリを見て、「季節の循環《めぐり》のなかで自然と一つになり、自然の担《にな》う時間の持続を自らの時間とした生――自然に抱《いだ》かれ、自然を信じた素朴な、敬虔《けいけん》な生――のなかにこそ、あのタピスリをうみだした落着いた、晴朗な、快活な気分が漂っているのだと思います」とのべている条《くだり》は、『夏の砦』の中の「……もちろん中世の職人にはこのような手仕事が何よりも尊い神への捧げ物であったのであろう。だからこそ彼は無名《アノニム》のなかで善意の限りを尽しえたのかもしれない」という言葉とむすびついている。

しかしながら、現代において、いかにしても中世的精神共同体をもつことがない、いわば〈絶対者〉をもたぬニヒリズムは、文学的表現の場を、たとえ歴史の枠をかりても、作者の〈原体験〉と重なる乱世の時代における、時代と個人の相剋《そうこく》のなかに求めてゆく。『安土往還記』、『嵯峨野明月記』、『天草の雅歌』（一九七一年）の舞台がそれにあたる。もちろん、十七世紀の江戸時代の、長崎の通辞《つうじ》、上田与志と混血のコルネリアとの愛をえがいた『天草の雅歌』は乱世の時代ではないと人は言うかもしれぬ。しかし、キリシタン処刑と海外貿易との隠微な関係のなかに身をよこたえ、ついには禁令によってコルネリアと永劫《えいごう》の別離を強《し》いられ、死をえらんだ上田与志は、やはり歴史の苛酷《かこく》さを味わったと言うべきであろう。歴史小説の三部作をとおして作者は、死の危険に身をさらし、その予感にひたされ、生を終りの目からみることによって、与えられた運命を、いかに人間が、行為によって、芸術によって超《こ》え、生という《時間》の中に生きながら、生の外に生きたかを示そうとしたのである。かりそめの《時間》を永遠に変え、美と化する営為は、ほかならぬ作者の、過去の歴史ではなく、現代の虚無を生きる視点から生れていると言えよう。そこに、空無の中の純粋な自己貫徹の美しい狂気がある。

『安土往還記』は、辻邦生の文学の、右にのべたような文脈《コンテクスト》のなかで理解しなければならないと私は思う。とはいえ、この小説の魅力は、そうした思想のゆたかな感性化にあるのみではない。語り手のジェノヴァ生れの船員が大殿《シニヨーレ》をみる視点は、事の理非をあきらかにし、道理をつらぬく大殿《シニヨーレ》のなかに、イタリア・ルネッサンスの政治の暗闘を生きぬいた人間たちの、果断な意志《ヴォロンタ》と重ね合されている。そう考えてみると、大殿《シニョーレ》は単に日本の歴史の中に生きた人物というだけではなく、世界の歴史における十六世紀の政治家のなかに数えられ、よりひろい歴史の展望のなかに置かれていることが理解される。そして大殿《シニョーレ》を中心とした当時の日本の激動と栄華が巨視的にうかびあがってくる。作者の想像力のひろがりはまことにゆたかであると言わなければならない。

また抑制のきいたストイックな文体が時にきらめくような光芒《こうぼう》を放ちながら、力業を「永遠」と化して時代を横切った大殿《シニョーレ》の華麗な決断と深い孤独の翳《かげ》を浮きぼりにし、また一代の栄華の盛衰をあざやかに定着させる。たとえば京都宮殿《パラッツォ》でひらかれたきらびやかな騎馬パレードの、一瞬のうちに走りすぎてゆく姿や、やみの中から美しい炎をかざしてヴァリニャーノへ告別の挨拶《あいさつ》を送る黒装束の大殿《シニョーレ》の姿は、現世の時間を束《つか》の間《ま》にすぎてゆく「美」の一瞬である。光と影の対照のように、そうした状景は、この小説の中で《時間》のなかを、歴史の中を、すぎてゆくものと、不滅となったものが何であるかを私たちに示してくれる。大殿《シニョーレ》の時代の崩壊が、また語り手の、現世主義者のエピキュリアンであり、自己の宿命を先取りしてそれを肯定した船員の内部の崩壊であると作者は書いているが、そう書くことで同時に、そこから、虚無への意志をつらぬこうとして生きた高貴な人物の姿が確実にのこり、語り手を超えて立っているることを作者は結果的に私たちに力強く訴えているのである。それは、作者が『小説への序章』(一九六八年)のなかでのべているような「時間の外にでること——それは永遠のなかに立つことでなければならない」という芸術観によってつくりだされた人物である。

なお、この小説は、一九五八年、作者のパリ滞在中より考えられ、具体的には一九六七年の春に構想がまとまり、翌年『展望』一月、二月号に連載され、同年、文部省芸術選奨新人賞を受けたものである。

(一九七二年二月、文芸評論家)

この作品は昭和四十三年八月筑摩書房より刊行された。

司馬遼太郎著

国盗り物語（一～四）

貧しい油売りから美濃国主になった斎藤道三、天才的な知略で天下統一を計った織田信長。新時代を拓く先鋒となった英雄たちの生涯。

司馬遼太郎著

新史 太閤記（上・下）

日本史上、最もたくみに人の心を捉えた〝人蕩し〟の天才、豊臣秀吉の生涯を、冷徹な史眼と新鮮な感覚で描く最も現代的な太閤記。

司馬遼太郎著

関ケ原（上・中・下）

古今最大の戦闘となった天下分け目の決戦の過程を描いて、家康・三成の権謀の渦中で命運を賭した戦国諸雄の人間像を浮彫りにする。

司馬遼太郎著

城塞（上・中・下）

秀頼、淀殿を挑発して開戦を迫る家康。大坂冬ノ陣、夏ノ陣を最後に陥落してゆく巨城の運命に託して豊臣家滅亡の人間悲劇を描く。

司馬遼太郎著

覇王の家（上・下）

徳川三百年の礎を、隷属忍従と徹底した模倣のうちに築きあげていった徳川家康。俗説の裏に隠された〝タヌキおやじ〟の実像を探る。

司馬遼太郎著

歴史と視点

歴史小説に新時代を画した司馬文学の発想の源泉と積年のテーマ、〝権力とは〟〝日本人とは〟に迫る、独自な発想と自在な思索の軌跡。

遠藤周作著
王国への道
―山田長政―

シャム（タイ）の古都で暗躍した山田長政と、切支丹の冒険家・ペドロ岐部――二人の生き方を通して、日本人とは何かを探る長編。

遠藤周作著
侍
野間文芸賞受賞

藩主の命を受け、海を渡った遣欧使節「侍」。政治の渦に巻きこまれ、歴史の闇に消えていった男の生を通して人生と信仰の意味を問う。

遠藤周作著
王妃マリー・アントワネット（上・下）

苛酷な運命の中で、愛と優雅さを失うまいとする悲劇の王妃。激動のフランス革命を背景に、多彩な人物が織りなす華麗な歴史ロマン。

大岡昇平著
俘虜記
横光利一賞受賞

著者の太平洋戦争従軍体験に基づく連作小説。孤独に陥った人間のエゴイズムを凝視して、いわゆる戦争小説とは根本的に異なる作品。

大岡昇平著
武蔵野夫人

貞淑で古風な人妻道子と復員してきた従弟勉との間に芽生えた愛の悲劇――武蔵野を舞台にフランス心理小説の手法を試みた初期作品。

大岡昇平著
野火
読売文学賞受賞

野火の燃えひろがるフィリピンの原野をさまよう田村一等兵。極度の飢えと病魔と闘いながら生きのびた男の、異常な戦争体験を描く。

安岡章太郎著
海辺《かいへん》の光景
芸術選奨・野間文芸賞受賞

精神を病み、弱りきって死にゆく母――。精神病院での九日間の息詰まる看病の後、信太郎が見た光景とは。表題作ほか、全七編。

山崎豊子著
暖簾（のれん）

丁稚からたたき上げた老舗の主人吾平を中心に、親子二代〝のれん〟に全力を傾ける不屈の大阪商人の気骨と徹底した商業モラルを描く。

山崎豊子著
ぼんち

放蕩を重ねても帳尻の合った遊び方をするのが大阪の〝ぼんち〟。老舗の一人息子を主人公に船場商家の独特の風俗を織りまぜて描く。

山崎豊子著
仮装集団

すぐれた企画力で大阪勤音を牛耳る流郷正之は、内部の政治的な傾斜に気づき、調査を開始した……綿密な調査と豊かな筆で描く長編。

吉行淳之介著
原色の街・驟雨
芥川賞受賞

心の底まで娼婦になりきれない娼婦と、良家に育ちながら娼婦的な女――女の肉体と精神をみごとに捉えた「原色の街」等初期作品5編。

吉行淳之介著
夕暮まで
野間文芸賞受賞

自分の人生と〝処女〟の扱いに戸惑う22歳の杉子に対して、中年男の佐々の怖れと好奇心が揺れる。二人の奇妙な肉体関係を描き出す。

安部公房著　壁
戦後文学賞・芥川賞受賞

突然、自分の名前を紛失した男。以来彼は他人との接触に支障を来し、人形やラクダに奇妙な友情を抱く。独特の寓意にみちた野心作。

安部公房著　砂の女
読売文学賞受賞

砂穴の底に埋もれていく一軒屋に故なく閉じ込められ、あらゆる方法で脱出を試みる男を描き、世界20数カ国語に翻訳紹介された名作。

安部公房著　箱男

ダンボール箱を頭からかぶり都市をさ迷うことで、自ら存在証明を放棄する箱男は、何を夢見るのか。謎とスリルにみちた長編。

大江健三郎著　死者の奢り・飼育
芥川賞受賞

黒人兵と寒村の子供たちとの惨劇を描く「飼育」等6編。豊饒なイメージを駆使して、閉ざされた状況下の生を追究した初期作品集。

大江健三郎著　われらの時代

遍在する自殺の機会に見張られながら生きてゆかざるをえない〝われらの時代〟。若者の性を通して閉塞状況の打破を模索した野心作。

大江健三郎著　芽むしり 仔撃ち

疫病の流行する山村に閉じこめられた非行少年たちの愛と友情にみちた共生感とその挫折。綿密な設定と新鮮なイメージで描かれた傑作。

三島由紀夫著

近代能楽集

早くから謡曲に親しんできた著者が、古典文学の永遠の主題を、能楽の自由な空間と時間の中に〝近代能〟として作品化した名編8品。

三島由紀夫著

音楽

愛する男との性交渉にオルガスムス＝音楽をきくことのできぬ美貌の女性の過去を探る精神分析医――人間心理の奥底を突く長編小説。

三島由紀夫著

サド侯爵夫人・わが友ヒットラー

獄に繋がれたサド侯爵をかばい続けた妻を突如離婚に駆りたてたものは？　人間の謎を描く「サド侯爵夫人」。三島戯曲の代表作2編。

川端康成著

掌《てのひら》の小説

自伝的作品である「骨拾い」「日向」、「伊豆の踊子」の原形をなす「指環」等、著者の文学的資質に根ざした豊穣なる掌編小説122編。

川端康成著

山の音

62歳、老いらくの恋。だがその相手は、息子の嫁だった――。変わりゆく家族の姿を描き、戦後日本文学の最高峰と評された傑作長編。

川端康成著

古都

祇園祭の夜に出会った、自分そっくりの娘。あなたは、誰？　伝統ある街並みを背景に、日本人の魂に潜む原風景が流麗に描かれる。

玉岡かおる著

お家さん（上・下）

織田作之助賞受賞

日本近代の黎明期、日本一の巨大商社となった鈴木商店。そのトップに君臨し、男たちを支えた伝説の女がいた――感動大河小説。

髙樹のぶ子著

光抱く友よ

芥川賞受賞

奔放な不良少女との出会いを通して、初めて人生の「闇」に触れた17歳の女子高生の揺れ動く心を清冽な筆で描く芥川賞受賞作ほか2編。

辻　仁成著

そこに僕はいた

初恋の人、喧嘩友達、読書ライバル、硬派の先輩……。永遠にきらめく懐かしい時間が、笑いと涙と熱い思いで綴られた青春エッセイ。

辻　仁成著

海峡の光

芥川賞受賞

函館の刑務所で看守を務める私の前に現れた受刑者一名。少年の日、私を残酷に苦しめた、あいつだ……。海峡に揺らめく、人生の暗流。

福永武彦著

草の花

あまりにも研ぎ澄まされた理知ゆえに、友を、恋人を失った彼――孤独な魂の愛と死を、透明な時間の中に昇華させた、青春の鎮魂歌。

池澤夏樹著

マシアス・ギリの失脚

谷崎潤一郎賞受賞

のどかな南洋の島国の独裁者を、島人たちの噂でも巫女の霊力でもない不思議な力が包み込む。物語に浸る楽しみに満ちた傑作長編。

新潮文庫最新刊

コンラッド
高見浩訳
闇の奥
船乗りマーロウはアフリカ大陸の最奥で不気味な男と邂逅する。大自然の魔と植民地主義の闇を凝視し後世に多大な影響を与えた傑作。

カポーティ
小川高義訳
ここから世界が始まる
―トルーマン・カポーティ初期短篇集―
社会の外縁に住まう者に共感し、仄暗い祝祭性を取り出した14篇。天才の名をほしいままにしたその手腕の原点を堪能する選集。

C・R・ハワード
高山祥子訳
56日間
パンデミックのなか出会う男女。二人きりの愛の日々にはある秘密が暗い翳を投げかけていた。いま読むべき奇跡のサスペンス小説！

P・オースター
柴田元幸訳
写字室の旅／闇の中の男
私の記憶は誰の記憶なのだろうか。闇の中から現れる物語が伝える真実。円熟の極みの中編二作を合本し、新たな物語が起動する。

P・ベンジャミン
田口俊樹訳
スクイズ・プレー
探偵マックスに調査を依頼したのは脅迫された元大リーガー。オースターが別名義で発表したデビュー作にして私立探偵小説の名篇。

D・E・ウェストレイク
木村二郎訳
ギャンブラーが多すぎる
ギャンブル好きのタクシー運転手が殺人の容疑者に。ギャングにまで追われながら美女とともに奔走する犯人探し――巨匠幻の逸品。

安《あ》土《づち》往《おう》還《かん》記《き》

新潮文庫 つ－3－1

昭和四十七年四月二十五日 発行
平成十七年十一月二十五日 二十八刷改版
令和 四 年十一月二十五日 三十五刷

著者 辻《つじ》邦《くに》生《お》

発行者 佐藤隆信
発行所 株式会社 新潮社
郵便番号 一六二―八七一一
東京都新宿区矢来町七一
電話 編集部(〇三)三二六六―五四四〇
読者係(〇三)三二六六―五一一一
https://www.shinchosha.co.jp

価格はカバーに表示してあります。

乱丁・落丁本は、ご面倒ですが小社読者係宛ご送付ください。送料小社負担にてお取替えいたします。

印刷・大日本印刷株式会社　製本・加藤製本株式会社

ISBN978-4-10-106801-5 C0193